LOUANGES

« J'avais prévu de me coucher tôt, mais impossible de poser ce livre avant de l'avoir terminé vers 3 heures du matin. Comme ses autres romans, les personnages sont fascinants et l'intrigue réussie, proche de la vie réelle. Ma recommandation : foncez lire tous les livres de Tammy L Grace. »
— *Carolyn, à propos de Beach Haven*

« Ce livre est une belle romance simple dont l'histoire de fond ressemble beaucoup à celles de Debbie Macomber. Alors si vous aimez ses livres, vous aimerez celui-ci. Un roman où se côtoient chiens, plaisirs de vacances et joie de donner, qui vous réchauffera le cœur. »
— *Lecteur anonyme, à propos de A Season for Hope: A Christmas Novella*

« Ce livre était aussi féérique que les autres. Face à l'adversité, l'amour d'un groupe d'amis. Je recommande cette

série incontournable. J'ai adoré chaque chapitre de ce roman. Une nouvelle auteure fabuleuse. »
— *Maggie! à propos de Pieces of Home: A Hometown Harbor Novel (Tome 4)*

« Tammy est une auteure extraordinaire. Elle me rappelle beaucoup Debbie Macomber... Un roman agréable, réconfortant... et réaliste. »
— *Plee, à propos de A Promise of Home: A Hometown Harbor Novel (Tome 3)*

« Un roman divertissant et apaisant. Tammy Grace a une façon simple et convaincante d'entraîner le lecteur dans la vie de ses personnages. Ce fut un plaisir de lire une histoire qui ne compte pas sur des drames, des événements irréalistes ou des scènes de sexe torrides pour remplir les pages. Ses personnages et son intrigue suffisent à retenir l'intérêt du lecteur. »
— *MrsQ125, à propos de Finding Home: A Hometown Harbor Novel (Tome 1)*

« C'est une histoire très bien écrite qui évoque la perte d'un être cher, le deuil, le pardon et la guérison. Je crois que tout le monde peut s'identifier aux situations et aux sentiments de cet ouvrage. C'est une lecture qui vous accompagnera longtemps, même une fois terminée. »
— *Cassidy Hop, à propos de Finally Home: A Hometown Harbor Novel (Tome 5)*

« Mélodie mortelle est un roman policier bien écrit et bien ficelé. Les personnages vifs et hauts en couleur brillent au fur et à mesure que l'auteure dévoile leurs secrets cachés. Un

roman captivant dont on ne se lasse pas de tourner les pages.
»
— Jason Deas, auteur best-seller de Pushed et Birdsongs

« Je n'ai pas pu lâcher ce livre ! C'est soigneusement écrit et bourré de suspense ! Une histoire 5 étoiles ! Vivement la suite ! »
—Colleen, à propos de Killer Music (version anglaise)

« Sans conteste, le meilleur livre de cette auteure. L'intrigue est bien ficelée avec une chute inattendue. J'aime essayer d'anticiper la fin. Si j'ai été capable de prédire une partie de l'intrigue, j'étais loin d'imaginer certains détails, rendant la lecture des derniers chapitres très captivante. »
—0001PW, à propos de Deadly Connection

LIEN FATAL

LIEN FATAL

DÉTECTIVE COOPER HARRINGTON 2

TAMMY L. GRACE

LONE MOUNTAIN PRESS

LIEN FATAL
de
Tammy L. Grace

LIEN FATAL est une œuvre de fiction. Les noms, personnages, lieux et incidents sont le fruit de l'imagination de l'auteure ou utilisés de manière fictive. Toute ressemblance avec des événements, des lieux, des entités ou des personnes réelles, vivantes ou décédées, est purement fortuite.

www.tammylgrace.com
Facebook : https://www.facebook.com/tammylgrace.books
Twitter : @TammyLGrace

Publié aux États-Unis par Lone Mountain Press, P.O. Box 5384, Fallon, NV 89407

Couverture conçue par Elizabeth Mackey

Traduit de l'anglais par Ariane Linstrumelle
Édité par Christelle Livoury

Imprimé aux États-Unis d'Amérique
ISBN 9781945591433 (eBook)
ISBN 9781945591457 (paperback)

PLUS DE LIVRES DE TAMMY L. GRACE

DÉTECTIVE COOPER HARRINGTON (version française)

Killer Music (Mélodie mortelle)

Deadly Connection (Lien fatal)

SÉRIE HOMETOWN HARBOR

Hometown Harbor: The Beginning (Prequel Novella)

Finding Home

Home Blooms

A Promise of Home

Pieces of Home

Finally Home

Forever Home

ROMANCES DE NOËL

A Season for Hope: Christmas in Silver Falls Book 1

The Magic of the Season: Christmas in Silver Falls Book 2

Christmas in Snow Valley: A Hometown Christmas Novella

One Unforgettable Christmas: A Hometown Christmas Novella

Christmas Sisters: Soul Sisters at Cedar Mountain Lodge

Christmas Wishes: Soul Sisters at Cedar Mountain Lodge

SÉRIE GLASS BEACH COTTAGE

Beach Haven

Moonlight Beach

Beach Dreams

SÉRIE DÉTECTIVE COOPER HARRINGTON

Killer Music

Deadly Connection

Dead Wrong

Cold Killer

SÉRIE THE WISHING TREE

The Wishing Tree

Wish Again

Overdue Wishes

SOUS LA PLUME DE CASEY WILSON

A Dog's Hope

A Dog's Chance

Tammy aime communiquer avec ses lecteurs sur les réseaux sociaux et espère vous retrouver sur votre plateforme préférée.

N'oubliez pas de vous inscrire sur sa liste de diffusion pour recevoir une interview exclusive avec les chiens de ses livres, réservée exclusivement aux lecteurs inscrits sur sa liste de diffusion. Suivez ce lien pour vous inscrire : https://wp.me/P9umIy-e.

En mémoire de mes grands-parents, Karl et Ruthe

CHAPITRE UN

Pour la troisième fois aujourd'hui, Callie bravait le mauvais temps pour s'aventurer dans le repaire de l'éminent juge Reese Hunt. Installé dans un grand bâtiment Art déco, le palais de justice situé au cœur de Nashville surplombait la rivière Cumberland, dont la couleur sombre s'intensifiait au gré des conditions climatiques. Alors que la jeune femme attendait sagement devant le comptoir de la réception que l'assistante à l'air revêche termine son appel, son regard se perdit sur l'une des fenêtres constellées de gouttes d'eau. Tout en se maudissant être venue à pied, elle frotta ses mains gantées l'une contre l'autre et frissonna d'avance en pensant à son trajet retour. D'ordinaire, les bouchons couplés aux difficultés à se stationner rendaient la circulation en ville pénible et incitaient les citoyens à marcher plutôt qu'à prendre leur voiture, mais la pluie diluvienne avait eu raison de Callie.

Une oreille tendue vers la discussion, elle entendit la réceptionniste alors mettre à fin à l'appel et tenta désespérément d'attirer son attention en s'approchant timidement avec un doigt levé. Hélas, sa tentative fut interrompue par un couinement de baskets mouillés sur le sol immaculé de la pièce. Interpellée, la standardiste leva la tête et afficha tout à coup une expression adoucie. Callie se retourna vivement et vit un jeune homme en tenue de sport et un casque de vélo à la main faire son entrée.

— Bonjour, mademoiselle Sadie, claironna le coursier avec un air aussi joyeux que la gaieté naturelle qui illuminait son visage.

Son interlocutrice remonta ses lunettes sur l'arête de son nez et attrapa une pile de dossiers placée derrière le comptoir.

— Et voilà, Billy. Bon courage avec ce sale temps.

Il jeta un coup d'œil aux étiquettes, puis les scanna une à une à l'aide d'un appareil électronique avant de glisser l'ensemble des documents dans une épaisse enveloppe, puis dans sa sacoche.

— À demain !

Le jeune homme se retourna, éclaboussant légèrement au passage Callie de son anorak trempé, et lui adressa un bref signe de la tête.

— Bonne journée, mademoiselle.

À peine Billy eut-il regagné l'ascenseur que Sadie reprit son air austère derrière le comptoir.

— Comment puis-je vous aider ? demanda-t-elle d'un ton faussement aimable.

Démangée par l'envie de savoir pourquoi la réceptionniste ne parvenait pas à se souvenir d'elle après tant d'allées et venues, Callie afficha un sourire crispé et lui répondit pour la énième fois qu'elle venait de la part du cabinet Brandon King. Après un rapide regard par-dessus ses lunettes, la femme récupéra une petite liasse de dossiers dans un classeur et la lui tendit.

— Merci, Sadie, souligna-t-elle en fourrant les documents dans son cabas. Passez une bonne soirée.

Sans un regard ni un mot supplémentaire, la standardiste replongea dans son travail tandis que Callie se dirigeait vers la sortie.

— Un jour, elle finira bien par se souvenir de mon nom, maugréa-t-elle à voix basse alors que les portes de l'ascenseur se refermaient doucement devant elle.

La jeune femme quitta à contrecœur la chaleur du bâtiment et se précipita sur le trottoir pour regagner au plus vite son bureau situé à quelques pâtés plus loin. Trempée jusqu'aux os, la sensation de son corps frigorifié ne fit qu'exacerber sa mauvaise humeur lorsqu'elle arriva devant l'immeuble. Comme dix-sept heures approchaient, elle renonça finalement à retourner jusqu'à son poste, préférant arrêter les frais pour aujourd'hui, et prit la direction de sa voiture. Une fois sur place, elle jeta son sac côté passager et monta le chauffage à fond avant de s'adosser dans un long soupir à son siège. Alors que la pluie battait son plein, elle resserra son manteau autour elle et suivit des yeux le va-et-vient incessant des essuie-glaces contre le pare-brise. Au fur et à mesure que le chauffage emplissait l'habitacle et décongelait ses doigts et ses orteils pétrifiés par le froid, Callie aperçut dans le rétroviseur ses cheveux tristement mal coiffés. Elle secoua la tête, loin de s'offusquer d'un tel désastre après cette journée éprouvante : elle n'était plus à ça près. Dans une énième inspiration-expiration, elle s'empressa de rentrer et roula durant une trentaine de minutes jusque chez elle. Sa voiture garée sous l'auvent, la jeune femme gravit les marches du perron quatre à quatre. Autour d'elle, le temps semblait se gâter. Une multitude de feuilles sèches tourbillonnaient dans l'allée et un vent d'air glacé s'infiltrait dans son écharpe, l'encourageant à retrouver au plus vite le confort de son foyer. Une fois à l'intérieur, elle se débarrassa de ses chaussures et de son manteau dans l'entrée et fila dans sa chambre troquer sa tenue pour un pyjama bien chaud.

Malgré l'heure du dîner encore éloignée, la faim et la fatigue l'incitèrent à enfreindre cette règle universelle qui poussait les gens à manger à partir d'une certaine heure. Après avoir mis au micro-ondes quelques restes, elle alluma la télévision et sélectionna sa chaîne d'informations favorite. Grande adepte de l'actualité, que ce soit chez elle ou au bureau, Callie ne passait pas une journée sans se tenir informée des dernières nouvelles dans le monde. Il y avait quelque chose de rassurant dans le fait d'avoir en fond sonore un flot de voix continu ; comme une présence qui lui tenait compagnie et lui rappelait aussi son éternel célibat à l'approche de Noël. La jeune femme n'avait d'ailleurs pas pris la peine d'investir dans un sapin ni de décorer son intérieur, puisqu'elle passerait les fêtes de fin d'année avec sa famille, en Virginie. Bien que douillette et localisée dans un coin paisible de Green Hills, sa petite maison était loin d'être ce dans quoi elle avait eu l'habitude de vivre. Son repas enfin chaud, elle s'installa confortablement devant son émission préférée.

Dehors, la tempête continuait de faire rage. Un temps à s'allumer un feu de cheminée, se dit Callie en tressaillant. Elle dut pourtant se contenter de la chaleur du plaid duveteux que sa mère lui avait offert, à défaut d'une cheminée. Tout en picorant dans son assiette, elle prêta une oreille distraite aux informations, l'esprit ailleurs. Elle savait que sa vie était loin de ressembler à celle qu'elle aurait voulue. Tout recommencer à Nashville était un pari risqué, mais aussi son meilleur espoir de rebondir. Trois mois s'étaient écoulés depuis son déménagement. Trois longs mois qui lui avaient permis de progresser un tantinet dans sa carrière. À quarante ans et des poussières, Callie exerçait en tant que collaboratrice dans un cabinet d'avocat. Une fonction malgré tout plus souhaitable qu'être radiée du barreau. Certes, elle travaillait dans un open-space entourée de jeunes diplômés, un environnement loin de représenter toutes ses années d'expérience. Elle pouvait toutefois se réjouir d'avoir un emploi fixe. Si ses parents n'avaient pas fait appel à leurs relations, elle serait vendeuse dans une supérette. Callie sentit une énième crispation s'emparer de son corps à cette pensée et tenta de l'apaiser en faisant rouler ses épaules en arrière, puis tourner son cou dans un sens puis dans l'autre.

Pour s'occuper, elle parcourut la revue mensuelle du quartier et scruta les différents articles. Entre les prochains événements organisés pour les vacances scolaires, les rappels quant au tri des ordures et les conseils de sécurité, un encart consacré aux animaux trouvés et à adopter attira son attention.

— Oh. Je me sentirais moins seule avec un chien, s'apitoya-t-elle devant la photo de trois chiots à l'air penaud.

Décontenancée par la bêtise de sa remarque, Callie secoua la tête. À quoi bon vouloir un chien si c'était pour qu'il reste seul toute la journée à tourner en rond entre quatre murs ?

Dans un dernier soupir, elle se dirigea vers la cuisine, y mit un semblant d'ordre, puis partit chercher dans son cabas à l'entrée les dossiers récupérés plus tôt au palais de justice. Après avoir parcouru les différents documents, la jeune femme prépara une liste de notes visées à impressionner M. King, son patron. Dès l'instant où elle posa son stylo sur la table basse, le générique de l'édition du soir retentit dans le salon. Alors qu'elle s'apprêtait à ranger la pile de dossiers dans son sac, la présence d'une enveloppe kraft parmi les feuilles blanches l'interpella. Intriguée, elle la retourna et s'aperçut alors que l'étiquette comportant le nom du destinataire était venue se coller au dos de son dossier. Elle tenta de la décoller avec la plus grande délicatesse, mais l'enveloppe se déchira.

— Merde.

En l'inspectant, Callie s'aperçut qu'il s'agissait d'une enveloppe ordinaire adressée à un certain H. Featherstone, mais étrangement dépourvue de la mention de son expéditeur, le palais de justice AA Birch. Incertaine de savoir que faire, mais certaine de ne pas vouloir s'attirer les foudres du tribunal, elle fila dans la chambre d'amis et trouva par chance dans sa papeterie une enveloppe similaire. Après avoir examiné l'étiquette déchirée, elle dut se résoudre à l'idée que celle-ci était complètement inutilisable et prit donc soin de recopier le nom du destinataire en imitant l'écriture d'origine.

Paniquée, elle se rongea nerveusement un ongle lorsqu'un nouveau flash info vint interrompre ses réflexions. À l'écran, le présentateur mentionna un accident mortel commis suite à un délit de fuite. Captivée, la jeune femme sursauta quand elle entendit l'identité de la victime, un jeune coursier dénommé William Corey, plus connu sous le nom de « Billy » par tous ses clients. Interviewé, le propriétaire de l'entreprise pour laquelle il travaillait peinait à cacher son émotion en évoquant à quel point son employé inspirait l'admiration pour sa bonté et sa bonne humeur permanente. Les doutes de Callie se confirmèrent lorsqu'elle vit apparaître le visage de Billy dans son uniforme, tel qu'il était quelques heures plus tôt. Une main sur la poitrine, elle écouta, impuissante, un communiqué de la police, soucieuse d'entendre quiconque aurait des informations à lui transmettre.

Bien qu'elle ne l'eût vu qu'une seule fois, Callie ne put s'empêcher d'éprouver de la peine pour le jeune homme et de partager la douleur de la famille. Le cœur lourd, elle s'obligea à reporter son attention sur les documents et récupéra le contenu de l'enveloppe déchirée pour le glisser dans la nouvelle.

Tandis qu'elle prit les liasses de feuilles, un détail piqua sa curiosité. Parmi les différents documents, plusieurs photos d'un homme d'une cinquantaine d'années captèrent son regard. Certaines étaient prises de loin devant une maison, d'autres excessivement zoomées. Deux feuilles accompagnaient également les clichés. Sur la première figurait le nom « Avery Logan », une adresse à Nashville, une liste d'autres individus portant le même nom de famille, ainsi que plusieurs photos de deux véhicules. Sur la seconde, des dates, des heures et une ribambelle de lieux en ville.

— Très étrange. Je ferais mieux de remettre tout ça au cabinet du juge Hunt.

Les sourcils froncés, elle observa à plusieurs reprises la liste et les images, puis retira une partie de l'étiquette intacte de l'ancienne enveloppe et la colla sur la nouvelle.

— Quoique, je pourrais tout aussi bien la remettre en mains propres demain, remarqua-t-elle. Ce n'est pas loin du bureau.

Elle admira le résultat avant de décoller les morceaux restants de l'étiquette sur son porte-documents et de mettre le tout dans son cabas.

Alors qu'elle éteignait la télévision pour partir se coucher, un sentiment de culpabilité la rongea. Bien qu'elle assistât d'ordinaire assidument et avec plaisir à ses réunions Alcooliques Anonymes à Belle Meade, ce soir-là faisait exception. Callie savait au fond qu'elles étaient importantes pour son bien-être et que ces moments contribuaient à sa reconstruction et à son futur. Avec l'événement caritatif de Vanderbilt le lendemain soir, il faudrait soit qu'elle se rende à la séance organisée en ville sur l'heure de sa pause déjeuner, soit manquer deux réunions d'affilée. Elle tapota avec fermeté son oreiller et positionna confortablement sa tête.

— J'irai demain, déclara Callie comme pour se rassurer. Je vais avoir besoin de cette réunion pour profiter pleinement de la soirée.

À peine fut-elle installée dans son lit, prête à dormir, qu'elle se redressa en se souvenant d'avoir oublié de recharger son téléphone portable. De mauvaise humeur en rentrant, la jeune femme n'avait pas pris le temps de le faire ou d'y jeter un coup d'œil. Elle leva les yeux au ciel en découvrant trois appels manqués d'Ollie, son ex-petit ami. Il n'avait pas arrêté d'essayer de la contacter depuis plusieurs semaines. Sans succès. Callie avait d'autres chats à fouetter et préférait l'ignorer. Sous le dernier message désespéré de son ex apparut un texto d'Annabelle, qui lui rappelait la collecte de fonds et réitérait son impatience d'y être.

Annabelle, ou Annab' comme la surnommaient ses proches, avait toujours été là pour elle. À son retour à Nashville, Callie avait pu compter sur son amie pour l'aider à remonter la pente. Une amitié solide née sur les bancs de l'université, qui avait perduré malgré de longues années sans nouvelles. Lorsqu'elle lui avait narré son expérience désastreuse en Virginie, Annabelle ne l'avait pas jugée une seule fois. Depuis, les deux jeunes femmes se voyaient presque toutes les semaines, au plus grand plaisir de Callie.

Quand elle avait appris qu'Annabelle travaillait pour Coop Harrington, avocat reconverti en détective privé, également diplômé de l'université Vanderbilt, Callie avait craint que son amie ne lui fasse part de ses échecs. Cependant, Annabelle lui avait assuré qu'elle garderait toutes leurs conversations confidentielles. Rassurée d'avoir une amie aussi précieuse, Callie pianota rapidement une réponse, puis mit son téléphone à charger pour la nuit avant de fermer les yeux.

———

Le lendemain matin, après un réveil tardif, la jeune femme se pressa pour arriver à l'heure au cabinet. Consciente que livrer l'enveloppe sur le chemin se révélait trop ambitieux et qu'être en retard pouvait mettre en péril son travail, elle n'était pas prête à prendre ce risque. Une fois à son poste, elle laissa l'enveloppe contenant les photos dissimulée à l'intérieur de son sac pour la déposer plus tard et prit les dossiers du juge Hunt ainsi que la vieille enveloppe déchirée et se dépêcha d'aller la glisser dans la déchiqueteuse. Sans pouvoir parvenir à s'endormir la veille, Callie en avait profité pour réfléchir au meilleur plan d'action et avait conclu qu'il valait mieux remettre au plus vite le courrier à son destinataire. Autant rester discrète et ne pas attirer l'attention sur elle au palais de justice.

Une fois son café habituel avalé, elle alluma les informations et se mit au travail. Vers onze heures, elle fignola les derniers détails du dossier sur lequel elle bûchait depuis quelques jours, puis l'envoya par email à l'assistante de son responsable. Par chance, il lui restait juste assez de temps pour assister à la réunion de onze heures trente, située à quelques rues de son bureau. La pluie continuant de tomber et l'église disposant d'un grand parking pour accueillir ses visiteurs, elle décida de s'y rendre en voiture.

Sur place, la jeune femme déposa sa contribution dans la

boîte de collecte et choisit un des sandwichs au thon présentés sur un plateau à l'entrée. Un service qu'elle trouvait fort pratique pour tous les participants venus sur leur pause déjeuner. Tandis que Callie écoutait les différents intervenants évoquer leur chemin vers la sobriété et leurs difficultés pour y arriver, elle sentit une partie de la tension installée dans sa poitrine se dissiper. Ses propres problèmes semblaient toujours passer au second plan lorsqu'elle assistait à ces réunions. Comme si elle retrouvait une sorte de paix intérieure et que tout cela lui donnait un sentiment d'accomplissement et de reconnaissance personnelle.

Pour une fois, elle n'avait pas envie de partager sa propre histoire ou progression ; elle préférait se concentrer sur toute la force dont elle aurait besoin pour passer la soirée sans boire un seul verre. Bien qu'elle eût été également toxicomane, son addiction était nettement moins marquée que pour l'alcool. Elle savait combien la drogue avait détruit sa vie. À cause de ce fléau, elle avait même volé des fonds du cabinet où elle travaillait pour alimenter sa dépendance. Et malgré son intention de rendre l'argent, elle ne l'avait jamais fait. Ses parents l'avaient aidée à rembourser son dû et le cabinet avait accepté de taire l'affaire si elle partait sans faire d'histoire. Elle était à ce moment-là sur le point de devenir associée senior, et cette mésaventure avait détruit sa carrière. Un an plus tard, Callie luttait toujours contre ses démons, bien qu'ils fussent bien moins sévères que par le passé.

Quand la réunion fut terminée, elle consulta sa montre et réalisa qu'il ne lui restait plus guère le temps de déposer l'enveloppe avant de retourner au cabinet. De retour à son bureau, elle entreprit de dissimuler soigneusement son sac dans l'armoire métallique derrière elle, dans l'éventualité où la lettre attirerait les curieux. Bien que visible par tous, son espace de travail demeurait heureusement cossu et plutôt spacieux, avec plusieurs paravents lui offrant un minimum d'intimité. Situé à l'extrémité de la pièce, son bureau jouissait même d'une télévision et d'une grande fenêtre avec vue. Rassurée de savoir l'enveloppe bien cachée, elle accrocha sa veste au portemanteau et, alors qu'elle s'installait derrière son ordinateur, le nom « Avery Logan » résonna à la télévision. Le cœur battant, elle scruta l'écran et écouta avec intérêt l'annonce du journal du soir évoquant une nouvelle enquête en cours suite au décès d'un habitant de Nashville, Avery Logan, retrouvé abattu dans un parc tôt dans la matinée.

Une main sur la bouche, elle réprima un cri de surprise devant le reportage et fut tentée d'ouvrir l'enveloppe pour vérifier le prénom et le nom du défunt. Elle savait au fond d'elle qu'il s'agissait du même homme identifié sur les photos. Telle une balle de plomb, son déjeuner sembla peser tout à coup une tonne dans son estomac. Elle déglutit avec difficulté et regarda nerveusement autour d'elle, craignant de régurgiter son repas à la vue de tous. Heureusement, personne ne semblait lui prêter attention ni s'intéresser aux informations. Tête baissée, elle se dirigea d'un pas pressé vers la cuisine pour remplir son verre et revint aussitôt à son poste.

Pétrifiée, elle se laissa tomber sur sa chaise, le regard dans le vide, les mains tremblantes.

L'idée d'en parler à M. King lui effleura l'esprit, mais elle se ravisa aussitôt, ne souhaitant pas être source d'une énième histoire. D'autant plus qu'elle avait surpris quelques jours plus tôt son supérieur et son assistante, pourtant tous les deux mariés, dans une posture compromettante. Pour couronner le tout, dans la panique, elle avait trébuché en voulant quitter la pièce sous leur regard interloqué. Aucun d'eux n'avait dit un mot à Callie au sujet de l'incident, et elle préférait également faire comme si rien ne s'était passé. Cet emploi représentait son ultime chance de faire carrière dans le droit. Elle ne comptait certainement pas se retrouver au milieu d'une liaison sur son lieu de travail. Hormis sa marraine aux Alcooliques Anonymes, elle n'en avait parlé à personne, ni à Annabelle ni à aucun de ses collègues.

En dépit de ses tourments, elle se força à s'occuper l'esprit en travaillant, mais lorgna la télévision quand le journal télévisé du soir débuta. Après quelques minutes d'introduction, l'édition dévoila enfin le visage de l'homme assassiné. Alors que son portrait apparaissait à l'écran, Callie manqua de s'étouffer avec son verre d'eau : l'individu correspondait bel et bien à celui des photos de l'enveloppe.

Assaillie par le stress, elle tapota ses doigts sur son bureau et vérifia machinalement sa boîte de réception pour consulter ses emails. L'espace d'un court instant, elle sentit son moral remonter en lisant le message de félicitations de son responsable suite à son travail. Pour se changer les idées, elle fit défiler son calendrier avec les différents événements des prochains jours, dont la collecte de fonds organisée à la bibliothèque de droit de Vanderbilt dans la soirée.

La réponse lui apparut alors comme une évidence sous ses yeux. Elle parlerait à Annabelle dès ce soir et lui demanderait d'organiser un rendez-vous avec Coop. Brillant élève à l'université, il excellait désormais comme détective et avocat. S'il était au moins aussi talentueux que son amie le disait, il l'aiderait assurément.

Soudain, la vibration de son téléphone sur son bureau la fit sursauter. Elle regarda l'écran et sentit la tension monter d'un cran dans ses épaules : Ollie la suppliait de le rappeler.

— Je n'ai vraiment pas besoin de ça en ce moment, murmura-t-elle en supprimant le message.

CHAPITRE DEUX

Le même jour, à quelques kilomètres plus loin, deux vieux amis confortablement installés dans leur repaire favori profitaient du petit-déjeuner pour échanger sur leurs enquêtes respectives.

Comme chaque vendredi depuis près de vingt ans, Coop Harrington et Ben Mason se retrouvaient au café Peg's Pancakes, une habitude qu'ils avaient prise dès leur sortie de l'université. Malgré leurs physiques opposés, l'un petit, trapu et chauve, l'autre grand, dégingandé et à la tignasse sombre, les deux compères étaient inséparables. Aujourd'hui, la criminalité qui sévissait à Nashville était au centre de leur conversation.

— Alors, aucune piste pour le moment ? demanda Coop.

D'un signe négatif de la tête, Ben repoussa sa tasse de café pour laisser Myrtle, la serveuse, poser deux assiettes fumantes devant eux.

— Bon appétit ! Est-ce qu'il manque quoi que ce soit à mes deux clients préférés ?

— Ça m'a l'air délicieux. Juste la commande d'Annabelle avant qu'on parte, précisa le détective en souriant.

La serveuse lui rendit son sourire et leur servit une généreuse quantité de café.

— Évidemment ! Comment oublier cette charmante petite ? Je reviens dans une seconde.

— Non, pas de pistes concluantes, reprit Ben une fois Myrtle repartie en cuisine. Pour le moment, les images des vidéos surveillance ne montrent qu'un SUV noir aux fenêtres sombres, sans plaque d'immatriculation ou caractéristique spécifique permettant de l'identifier. On a essayé de rehausser les contrastes et la luminosité pour clarifier l'image, mais avec la pluie et le reflet des lumières, la qualité est plus que médiocre.

— Quelle tragédie ! déplora Coop. Ce garçon avait l'air foncièrement gentil.

Ben acquiesça et fourra un morceau de pancake dans sa bouche.

— Personne ne s'est jamais plaint de lui. Je ne comprends pas pourquoi la voiture ne s'est pas arrêtée. La fuite de cet homme ne fait qu'aggraver son délit.

— Gagner sa vie en travaillant comme coursier peut se montrer dangereux de nos jours, surtout à vélo.

— Oui, et surtout vu la circulation en centre-ville. Personnellement, je ne m'y aventurerais pas à vélo, compléta Mason. On a retrouvé sa sacoche un pâté de maisons plus loin avec des papiers éparpillés partout par terre. L'entreprise en a fait tout un foin. Ils travaillent avec un certain nombre de cabinets d'avocats et veulent s'assurer que tous les dossiers sont récupérés en temps et en heure et que leurs clients sont contactés. Bref, c'est le bazar.

Une vingtaine de minutes plus tard, Myrtle réapparut auprès d'eux, l'addition et un sac en papier dans les mains.

— Et voilà, dit-elle joyeusement en tendant à Coop le repas d'Annabelle.

La sonnerie du téléphone de Ben se mit alors à retentir. Il essuya d'un revers de la main le sirop au coin de sa bouche et décrocha.

— Ça marche. J'arrive tout de suite.

Sa chaise racla sur le sol alors qu'il se levait et avalait le reste de son café d'une traite.

— Une urgence ?

Ben hocha la tête.

— Homicide à Bells Bend. Un type tué par balle pendant son jogging, lâcha l'inspecteur.

— Une raison de plus qui me fait haïr le sport, fit Coop en gonflant sa poitrine pour que Ben puisse admirer son t-shirt à l'inscription originale sur le même thème.

Son ami réprima un sourire et jeta quelques billets sur la table.

— C'est à moi de payer, cette semaine. Passe le bonjour à Annab' de ma part.

— Ça marche. À plus tard.

Alors que Ben s'éclipsait, Myrtle vint débarrasser leur table.

— Ce pauvre Ben n'a jamais le temps de profiter de son repas, soupira-t-elle en remplissant la tasse de Coop. Ce monde est rempli de voyous en tous genres.

— Il a dû partir en urgence pour un meurtre.

Il lui tendit l'argent et l'addition, et ajouta en souriant :

— Garde la monnaie.

— À la semaine prochaine, répondit la jeune femme en glissant l'argent dans la poche de son tablier.

Une fois son café terminé, le détective sortit par les portes vitrées décorées de houx et de baies rouges et regagna sa Jeep où l'attendait Gus, son fidèle golden retriever.

— Ce n'est pas pour toi, mon grand, fit Coop en caressant la tête de son chien, intrigué par l'odeur émanant du sac en papier.

De retour chez Harrington and Associates, il se gara comme à son habitude derrière la grande bâtisse rénovée qui se dressait sur trois étages. Au pas de course, Gus était déjà sorti de la Jeep pour échapper aux gouttes de pluie et patientait sagement devant la porte arrière. À leur arrivée, Coop trouva Annabelle à son bureau et déposa son petit-déjeuner avant de se pencher vers elle pour la serrer dans ses bras.

— De la part de Ben, précisa-t-il.

Prise de court, la jeune femme sursauta et éclata de rire.

— Comment va notre inspecteur général préféré en cette matinée pluvieuse ?

— Très occupé. Il bosse sur l'affaire du coursier et du délit de fuite, et il vient d'être appelé pour un homicide perpétré au parc Bells Bend.

— Pauvre Ben. Il...

Elle s'interrompit en fermant les yeux, un sentiment d'extase sur le visage.

— Pardon, mais mon Dieu, que c'est bon ! Merci, se pâma Annabelle en prenant une nouvelle bouchée de son pancake aux framboises recouvert de crème fouettée.

— Un autre avantage d'être le meilleur avocat / patron du Tennessee, plaisanta Coop avec un sourire penaud. C'était au tour de Ben de payer cette semaine.

Toujours aux aguets quand il s'agissait de nourriture, Gus s'était positionné stratégiquement sous le bureau d'Annabelle, qui se faisait toujours une joie de partager son repas avec lui. Elle gloussa en voyant seulement la queue du chien frétiller sous ses jambes.

— J'ai donné aux jeunes un peu de temps libre, dit-elle entre deux mastications. Ils voulaient étudier pour leurs examens de la semaine prochaine.

Son regard s'attarda sur le bureau où étaient habituellement installés deux stagiaires de Vanderbilt.

— Quel est le programme aujourd'hui ?

— Pas grand-chose. J'ai quelques rapports à terminer qui attendent ta validation. C'est toujours calme à cette époque de l'année. Pour le moment, on est dans les temps sur tous les dossiers en cours. Et ça tombe bien vu que le bureau sera fermé deux semaines à Noël.

— Je ne dirais pas non à quelques affaires supplémentaires. Il nous reste encore du temps avant la fermeture annuelle. De quoi mettre du beurre dans les épinards pour payer les factures, remarqua le détective en grattant sa barbe de trois jours.

— Madison et Ross travaillent toujours sur ce cas de sécurité d'entreprise. Ils devraient finir l'analyse d'ici la semaine prochaine, lui précisa la jeune femme en donnant un morceau de pancake à Gus. Je vais passer quelques coups de fil à nos habitués, histoire de trouver quelque chose pour nous occuper.

Repue, elle prit une dernière bouchée et donna le reste à Gus avant de refermer le couvercle de la boîte cartonnée.

— J'imagine que tu n'arriveras pas à convaincre ton père de venir pour les fêtes étant donné qu'il a déjà fait le déplacement pour Thanksgiving ?

— Non. J'ai déjà essayé, mais il m'a dit avoir eu son quota de voyages pour l'année.

— Il s'est amusé, au moins ?

Un sourire s'étira sur les lèvres de Coop.

— Il a passé un bon moment, oui. Tante Camille aussi.

Elle a adoré s'occuper de lui. Son départ l'a chamboulée. Oncle John lui manque. Passer du temps avec mon père, c'était un peu comme retrouver son époux.

— Il compte passer Noël avec ton frère ?

Coop hocha lentement la tête.

— Oui, être entouré d'enfants lui fera le plus grand bien. Je ne peux pas rivaliser, soupira-t-il en regardant la pluie marteler la fenêtre. Tante Camille a invité plusieurs de ses amies, veuves et célibataires, à se joindre à nous cette année. Dommage que tu partes pour les vacances. Ta compagnie serait tombée à pic. On se sent jeune, tu sais, entouré de tante Camille et de ses amies.

Annabelle éclata de rire.

— Tu sais combien j'aurais adoré t'accompagner si je ne partais pas aux Bahamas. Je n'en reviens toujours pas que ma famille ait accepté de passer des vacances au soleil cette année au lieu de notre Noël traditionnel. J'ai hâte de profiter de la plage.

— Si tu savais à quel point je t'envie, accorda le détective d'un air rêveur. Peut-être que je devrais y aller, moi aussi.

Après un sourire complice à son amie, il partit à la cuisine pour se servir une tasse de son éternel breuvage noir remplacé depuis quelques mois par du décaféiné suite aux recommandations de son médecin. Pour ne pas souffrir de nouveau de calculs rénaux, même sa collation préférée était désormais réduite à un petit sachet de M&M's par semaine. Décidément, prendre de l'âge n'avait rien de plaisant.

Une fois dans son bureau, Coop s'installa dans son fauteuil. Il se sentait incroyablement bien dans cet espace atypique aux murs en briques rouges aménagé de mobilier en bois et décoré de tapisseries vert foncé. Dans la grande cheminée, un feu allumé quelques heures plus tôt par Annabelle crépitait en fond, son agréable chaleur se répandant dans toute la pièce. Chaque jour, le détective appréciait ce lieu chargé d'histoire dans lequel sa carrière avait commencé. Travailler dans l'ancien bureau de son oncle John l'avait toujours réconforté et stimulé. Et tout comme tante Camille, sa présence lui manquait terriblement. Passer ces fêtes de fin d'année sans lui serait une véritable épreuve.

Loin d'être palpitante, la matinée semblait s'éterniser pour Annabelle et Coop qui s'occupèrent principalement des tâches administratives en cours. Le détective en profita pour lancer une vérification des antécédents d'un de leurs clients réguliers, puis consulta le fichier des créances sur son ordinateur tout en griffonnant quelques notes. Il s'attendait à recevoir plusieurs paiements d'ici la fin de l'année, dont certains provenant de nouveaux clients qui tardaient à arriver.

— Je vais partir un peu plus tôt cet après-midi. Ça ira ? s'enquit Annabelle en picorant dans la salade qu'elle leur avait préparée pour le déjeuner.

— Bien sûr. Tu as cette fête organisée pour les femmes diplômées de Vanderbuilt, c'est ça ?

— Oui. Elle aura lieu dans la bibliothèque de droit de l'université. Et c'est plus une soirée caritative qu'une réelle fête, corrigea-t-elle en souriant. Mais j'imagine que ce sera tout de même divertissant. D'ailleurs, Callie sera aussi de la partie. C'est son premier événement depuis son retour à Nashville. Elle est un peu nerveuse.

— Ça se comprend. Tu ne m'as pas dit grand-chose à ce sujet, d'ailleurs. Je suis persuadé qu'il s'est passé quelque chose. Personne ne passe du statut d'associée senior dans l'un des plus anciens cabinets de Virginie à celui de simple collaboratrice chez King, à moins qu'il y ait un problème majeur.

Sans un mot, la jeune femme continua de déjeuner sous le regard insistant de Coop.

— Si tu veux en savoir plus à propos de sa carrière, demande-lui toi-même, rétorqua Annabelle.

— Je dis ça comme ça. Nul besoin d'être Einstein pour voir qu'il y a un truc qui cloche.

Il observa son amie, légèrement vexée par sa remarque, et jugea utile de préciser :

— J'ai toujours apprécié Callie. Et tu m'en vois désolé d'apprendre qu'elle peine à s'en remettre. J'imagine que ça ne doit pas être simple, surtout avec une famille comme la sienne.

— Ils sont enracinés dans le métier, ça ne fait aucun doute. Si tu n'es pas avocat, juge, législateur ou gouverneur, tu n'existes pas à leurs yeux.

— Elle a du mal à s'acclimater ?

— Je pense, oui. Elle a toujours eu l'habitude d'être entourée de sa famille et de vivre dans un environnement luxueux. Leur propriété familiale à McLean est inqualifiable. Je crois qu'elle surpasse celle de tante Camille. Bien qu'elle ait étudié ici, Callie a passé sa vie en Virginie. Tu sais ce que c'est d'être loin de chez soi.

— Oui, mais j'avais oncle John et tante Camille. Sans parler de Ben et toi.

— Exactement. Il faut qu'elle se reconstitue un cercle d'amis. On sort après le travail toutes les deux semaines, mais en dehors de moi, elle ne fréquente personne d'autre. Je peux peut-être réussir à la convaincre de passer une soirée avec toi, Ben et Jen.

— Bonne idée. Tu es une vraie amie, Annab', déclara Harrington. La seule femme que je connais qui ne s'adonne pas aux ragots. Même quand j'essaie de t'appâter avec de la nourriture.

Avec un air mi-énigmatique, mi-farceur, il haussa ses sourcils et déposa leurs assiettes sales dans l'évier.

— Je suis immunisée contre tes subtilités. Je te connais, Coop. Je ne vais pas déroger à ma promesse. Tu es suffisamment intelligent pour comprendre qu'il s'est passé quelque chose, mais ce n'est pas à moi de te le raconter.

Il termina de sécher la vaisselle, puis passa son bras autour de son épaule.

— Tu es une fille bien, Annab'. Allez. Sors d'ici et va t'amuser.

De nouveau joviale, elle offrit un gros câlin à Gus et rangea ses affaires avant de monter dans sa petite Coccinelle vert vif, façon gecko tropical.

———

Avec comme thème « Femmes de Droit de Vanderbilt », la soirée exigeait une tenue digne des icônes glamour de l'Hollywood d'antan. Des robes que l'éducation et le style de vie mondain de Callie lui avaient permis d'acquérir sans difficulté. Elle s'était donc fait un plaisir de partager avec son amie sa somptueuse collection de vêtements. Émerveillée par la quantité de pièces, Annabelle avait fait le choix de s'inspirer de Grace Kelly dans *La Main au Collet* avec une sublime robe bustier en mousseline blanche. L'une des premières à arriver sur place, elle déposa son manteau au vestiaire, puis attendit Callie dans le grand hall.

L'avocate s'était mise quant à elle dans la peau d'Audrey Hepburn avec une tenue iconique, toute de satin noir vêtue, accompagnée d'une paire de gants, d'un collier de perles et même d'un diadème agrémentant sa coiffure inspirée de celle de l'actrice. Annabelle accueillit son amie d'une chaleureuse accolade, ravie de la retrouver pour une telle occasion.

— Désolée, je suis un peu en retard. J'ai beau être partie un peu plus tôt ce soir, cette coiffure m'a pris une éternité, déclara Callie en omettant volontairement de mentionner son détour pour délivrer l'enveloppe.

Malgré ses efforts pour se détendre et ralentir son rythme cardiaque, elle ne pouvait s'empêcher de repenser sans cesse à ce qui s'était passé suite à son départ du travail. Frustrée après avoir tourné en rond pendant de longues minutes pour trouver une place de parking, elle s'était finalement stationnée à l'hôtel Hilton, à quelques rues de l'adresse indiquée sur l'enveloppe. Une fois sur place, la devanture sombre et visiblement fermée d'un magasin d'affranchissement et d'expédition ne fit qu'exacerber sa colère. Elle avait vérifié une énième fois l'adresse et avait consulté le numéro mentionné après le nom de la rue, ce qui, selon elle, devait correspondre à l'une des boîtes aux lettres privées. Bien que l'entrée était ouverte 24 heures sur 24, une clé était nécessaire pour accéder à la section des boîtes aux lettres.

Après plusieurs minutes passées à tenter de trouver la moindre information susceptible de l'aider, la jeune femme avait aperçu une note précisant que le magasin était fermé le week-end. Sans perdre davantage de temps, elle s'était précipitée, furibonde, jusqu'à sa voiture pour rentrer chez elle se changer.

Ce qui expliquait la présence de l'enveloppe dans son cabas.

— Aucun problème. Ils prennent les manteaux là-bas, l'informa Annabelle en désignant une porte ouverte.

Torturée par cette histoire, Callie, le regard perdu dans le vide, ne répondit pas. Son amie posa alors une main sur son épaule.

— Callie, tout va bien ? Tu peux laisser ton manteau là-bas.

Le son de la voix et le contact d'Annabelle ramenèrent aussitôt la jeune femme à la réalité. Elle battit plusieurs fois des paupières et reporta son attention sur son amie.

— Désolée, je déteste être dans la précipitation, dit-elle avec un sourire pincé en retirant sa fourrure pour la tendre à la jeune femme du vestiaire.

— Je peux également prendre votre sac à main si vous le souhaitez, proposa-t-elle aimablement en regardant le grand fourre-tout que Callie tenait fermement dans sa main.

— Euh, non merci, ça ira. J'ai besoin de certaines choses.

Elle prit son ticket et le glissa furtivement dans la poche intérieure de son sac avant de se retourner vers Annabelle. La petite pochette de soirée tissée de perles que portait son amie était beaucoup plus glamour que son fourre-tout en cuir usé, mais Callie ne voulait pas perdre de vue l'enveloppe ne serait-ce qu'une seconde. Tant pis pour ce détail qui gâchait certainement le reste de sa tenue réussie. Lorsqu'elle leva les yeux de son cabas, elle vit derrière elle une kyrielle de femmes dont les visages lui rappelèrent aussitôt l'époque de la faculté de droit. Avec leurs badges épinglés, elle n'eut donc aucun mal à se souvenir d'elles. Après avoir discuté avec plusieurs d'entre elles, Callie se dirigea vers la table d'inscription et récupéra le sien, puis les deux jeunes femmes partirent se mêler à plusieurs autres petits groupes. Quand Annabelle revint quelques minutes plus tard avec des boissons non alcoolisées, Callie lui adressa un grand sourire.

— Merci pour ton soutien, souffla-t-elle en trinquant.

Impressionnées par la beauté du lieu décoré pour l'occasion, elles se dirigèrent vers les tables d'enchères et firent quelques offres sur certains objets, dont de magnifiques robes, toutes plus rayonnantes les unes que les autres. Du coin de l'œil, Annabelle vit alors une femme s'approcher d'elles.

— Ne regarde pas, mais Trixie nous a vues, chuchota-t-elle à son amie.

Callie émit un soupir qui laissait présager une tension palpable.

— J'espérais secrètement qu'elle ne viendrait pas.

— Mon Dieu, si ce n'est pas Calista et Annabelle. Je n'en crois pas mes yeux. Ça fait des années que je ne vous ai pas vues ensemble, s'écria la concernée.

— Callie vient de revenir en ville et j'en suis ravie, déclara Annabelle en tendant la main à leur nouvelle interlocutrice.

Par le plus grand des hasards, Callie portait une robe similaire à celle de Trixie, qui fit de son mieux pour imiter Audrey Hepburn, mais échoua lamentablement.

— Merveilleux, susurra-t-elle d'une voix mielleuse. Je suppose que tu gâches toujours tes talents aux côtés de notre détective privé préféré, Annabelle ?

— Oui, Coop et moi sommes toujours à fond.

— Eh bien, de mon côté, rétorqua Trixie sans avoir été questionnée, Chandler insiste pour que je reste à la maison depuis que je l'ai épousé. Oh, bien sûr, papa a accepté de me laisser partir. Chandler travaille comme associé au cabinet de papa.

Elle prit une gorgée de son vin mousseux et feignit la surprise.

— C'est drôle que Calista et moi partagions les mêmes goûts en matière d'hommes et en matière de divas hollywoodiennes... Ma petite Calista, tu savais que j'avais épousé Chandler, n'est-ce pas ? Je n'ai pas besoin de te dire à quel point c'est un homme formidable. Dommage que tu l'aies quitté. Mais comme on dit, qui part à la chasse perd sa place.

Elle battit des paupières et scruta la pièce à la recherche d'une autre proie sur laquelle déverser son venin.

— Oui, en effet, répondit simplement Callie, priant au fond d'elle pour que n'importe quel événement vienne interrompre cet échange sans intérêt. Toutes mes félicitations à vous deux. Passe le bonjour à Chandler.

— On a toujours partagé une certaine rivalité, toi et moi. J'espère que tu n'es pas revenue pour charmer Chandler.

Trixie s'interrompit et s'approcha pour parler d'une voix si basse que seule Callie l'entendit.

— Tu ferais mieux de te rappeler qu'il est à moi et qu'il a déjà fait son choix. Reste à l'écart. On n'a pas besoin que tu reviennes te mêler de nos vies.

Prise de court par sa remarque, Callie écarquilla les yeux.

— Bien sûr que non. Je ne suis pas intéressée par Chandler !

— Alors que fais-tu à Nashville ?

Attendant sa réponse, Trixie haussa les sourcils sur un air de défi.

— Je travaille au cabinet de Brandon King.

Mal à l'aise, Annabelle pointa tout à coup du doigt l'autre côté de la pièce.

— Oh, j'aperçois Molly là-bas ! On lui a promis de la retrouver. Ravie d'avoir pu te parler, Trixie, s'exclama-t-elle en prenant précipitamment Callie par le bras pour l'emmener vers leur ancienne camarade de classe.

Annabelle tenait à tout prix à éviter à Callie de divulguer un quelconque détail sur sa situation professionnelle à qui que ce soit, et encore plus à son ennemie jurée.

Bras dessus, bras dessous, elles s'arrêtèrent devant plusieurs groupes pour saluer les anciennes étudiantes qu'elles connaissaient, puis firent mine de s'intéresser à d'autres enchères pour échapper au regard de Trixie.

Lorsqu'elles en eurent assez de se mêler aux autres, les deux jeunes femmes prirent place à table.

— Je crois que nous sommes les Grace et Audrey les plus crédibles de la soirée.

— Tu l'as dit, confirma Callie en regardant au loin la piètre tentative de Trixie pour essayer de ressembler à Audrey Hepburn.

Contrairement à elle, la malheureuse n'avait pas la morphologie adaptée pour porter la tenue ajustée de *Diamants sur Canapé*. Sa robe en satin faisait grossièrement ressortir sa silhouette replète. D'un air amusé, Callie pouffa et repositionna son sac sous la table.

À vingt heures trente, la présidente de l'événement fit son apparition sur l'estrade, incitant toutes les participantes à rejoindre leurs tables respectives. Profitant du brouhaha général, Callie serra son sac entre ses pieds pour se donner du courage et se pencha vers Annabelle.

— Il faut que je prenne rendez-vous avec Coop et toi, chuchota la jeune femme. Dès que possible. J'ai un problème délicat, j'ai besoin de votre aide et de vos conseils.

Interloquée, Annabelle la dévisagea et perçut au son de sa voix et de son air grave que quelque chose n'allait pas.

— Bien sûr. Je vais envoyer un message à Coop et lui demander s'il est libre dimanche. Je sais qu'il est occupé demain.

— Le plus tôt sera le mieux.

— Tout va bien ?

Callie jeta un regard anxieux autour d'elle.

— Je pense, oui. Je suis juste un peu nerveuse.

— Que s'est-il passé ?

Elle scruta de nouveau les dernières robes à paillettes regagner leur place, puis baissa davantage la voix :

— Un problème au travail. Je suis accidentellement

tombée sur un dossier. J'ai essayé de m'en charger toute seule, mais au fond, j'ignore quoi faire. Le fait de l'avoir en ma possession m'angoisse et en même temps, j'ai peur de le montrer à qui que ce soit. Ce travail, c'est ma dernière chance et à présent...

L'air affolée, elle s'interrompit.

— Je ne peux pas en parler ici. Si je peux voir Coop dimanche, ce serait génial.

Annabelle posa sa main sur la sienne pour la rassurer tandis que quatre autres femmes se joignirent à leur table et ne manquèrent pas de les complimenter sur leurs robes. Pendant qu'elles discutaient, elle prit son téléphone sur ses genoux et envoya un message comme convenu au détective pour lui demander d'être disponible dès la première heure ce dimanche matin.

Tandis que les serveurs apportaient les entrées à chaque table, tout le monde porta son attention sur la présidente en plein discours. Sentant son portable vibrer, Annabelle jeta un coup d'œil sur ses genoux et fut aussitôt soulagée par le message de son ami. Elle lui envoya une réponse courte avant de refermer son sac, puis se pencha vers Callie, un sourire en coin :

— Coop dit que dimanche huit heures lui convient.

— Parfait. Merci beaucoup, souffla la jeune femme en lui serrant la main.

Après le plat principal, une chasse au trésor fut organisée. Toutes les participantes, regroupées selon le plan de table, reçurent plusieurs indices et devaient trouver toute une liste d'objets présents à l'intérieur du bâtiment. À leur retour les attendraient le dessert ainsi qu'un prix pour les gagnantes.

On vit alors Grace Kelly et Audrey Hepburn accompagnées de Ginger Rogers, Katharine Hepburn, Elizabeth Taylor et Marilyn Monroe tenter de déchiffrer l'énigme et partir fouler les rayonnages de livres de droit. Réticente à l'idée d'abandonner son cabas, Callie hésita puis se décida à le porter à son épaule pendant toute la durée du jeu, aussi étrange que cela pouvait paraître aux yeux des autres femmes. Afin de maximiser leur chance de remporter la chasse au trésor, le petit groupe se répartit les indices pour ainsi trouver chacune un objet et gagner du temps.

Leur stratégie paya. À elles six, elles trouvèrent les six objets de leur liste et furent les premières à retourner à table. Alors qu'elles attendaient les autres participantes, les jeunes femmes discutèrent de leurs carrières respectives. La plus jeune travaillait comme collaboratrice, toutes les autres étaient associées ou en passe de l'être. De son côté, Callie ne révéla pas grand-chose, si ce n'est qu'elle était employée au cabinet de Brandon King. Percevant le malaise grandissant de son amie, Annabelle prit le relais pour parler de son propre parcours. Bien qu'elle n'exerce pas, la jeune femme se réjouissait de son statut de responsable administrative et assistante juridique au sein du cabinet d'avocat et de détective privé de Coop Harrington.

Suscitant alors l'intérêt du groupe, Annabelle dut répondre à diverses questions sur ses tâches en tant que détective. Sous leur regard captivé, elle évoqua notamment la dernière affaire en date, le meurtre très médiatisé du magnat d'une maison de disques, Grayson Taylor. Assaillie de questions, elle leur raconta son rôle dans l'enquête et leur divulgua quelques détails inédits. Quand les autres participantes revinrent à leur siège, la conversation s'était désormais orientée sur leurs souvenirs communs, à l'époque où elles passaient le plus clair de leur temps à la bibliothèque de droit.

Galvanisées par cette chasse au trésor, les participantes savourèrent leur dessert bien mérité et applaudirent les gagnantes récompensées de grands sacs-cadeaux remplis de DVD classiques, de places de cinéma, de produits pour le bain et de chocolats raffinés. Enfin, la présidente annonça avec joie les gagnantes de la vente aux enchères et le montant de l'argent récolté.

Il était près de minuit lorsque la soirée toucha à sa fin. Après s'être attardées devant l'entrée pour dire au revoir à leurs anciennes camarades, les deux jeunes femmes sortirent et s'enlacèrent dans une longue accolade. Lorsque Callie desserra son étreinte en la remerciant une énième fois, son énorme sac-cadeau glissa jusqu'à son poignet.

— Où est passé ton sac ? s'étonna Annabelle en l'aidant à le replacer sur son épaule.

— Mince. J'ai dû le laisser sous la table. Je reviens.

Sans perdre une seconde, elle se précipita dans la pièce principale, repéra sa table au loin, et récupéra son précieux cabas.

— Il était bien là-bas, déclara Callie, soulagée, après avoir rejoint son amie dans l'entrée. On se voit dimanche matin. Je passerai prendre des cafés et des beignets en chemin.

— Excellente stratégie. Tu auras toute l'attention de Coop. Comme ça, je pourrais ensuite lui mettre la pression pour qu'il aille à la salle de sport. Les donuts auront l'effet d'un parfait catalyseur.

Annabelle crocheta son bras dans celui de Callie et ajouta :

— Tu peux dormir chez moi ce soir, si ton travail te préoccupe.

— Oh, c'est gentil, Annab'. Ça va aller. Le fait de savoir que Coop et toi allez m'aider me rassure beaucoup.

Elle marqua une pause et afficha un sourire sincère.

— Merci d'avoir insisté pour que je vienne ce soir. C'était drôle de se remémorer le passé et de se souvenir de toutes les heures passées à la bibliothèque. J'ai adoré ces années-là.

Elle scruta la grande bâtisse d'un air nostalgique, puis salua son amie avant de monter dans sa voiture. D'un appel de phares, Annabelle lui adressa un dernier signe d'au revoir alors que son amie prenait la direction de son foyer.

———

Le lendemain matin, Callie se força à se lever tôt pour assister à une réunion des Alcooliques Anonymes à Belle Meade. Tourmentée par le mystère autour de cette mystérieuse enveloppe, elle savait pertinemment que le stress était l'un des principaux déclencheurs de sa consommation d'alcool. Malgré son envie irrépressible de boire un verre, elle devait réussir à faire sans durant les prochaines vingt-quatre heures avant son rendez-vous avec Coop.

Après la séance, elle partit prendre un café avec sa marraine, Hattie Mae, une femme âgée, sobre depuis des décennies, qui savait l'écouter. Callie mourait d'envie de lui parler de l'enveloppe, mais elle résista et préféra simplement lui dire qu'un problème au travail la perturbait ces temps-ci. Après avoir promis de revenir la semaine prochaine, Callie quitta le café et se dirigea vers le centre commercial de Green Hills.

L'avocate passa le reste de la journée à faire ses courses de Noël et quelques emplettes, puis se laissa tenter par un déjeuner tardif chez Panera, l'un de ses restaurants préférés. Après avoir rempli son réfrigérateur et ses placards pour la semaine, elle s'installa confortablement pour un marathon cinématographique. Tous les films du sac-cadeau reçu la veille la comblaient, mais par respect pour son personnage emprunté le temps d'une soirée, elle commença avec *Diamants sur Canapé.*

Elle venait tout juste d'ouvrir la boîte de chocolats aux différents parfums alléchants quand son téléphone se mit à vibrer. D'un geste de la main, elle tâtonna la banquette, puis soupira en voyant le nom d'Ollie apparaître sur l'écran. Partagée entre lui répondre ou l'ignorer, elle mit le film en pause et se décida à lui parler avec l'infime espoir de s'en débarrasser une bonne fois pour toutes. Sans lui laisser la chance de dire quoi que ce soit, elle explosa.

— Ollie, je te l'ai dit, je n'ai pas envie de te parler ni de te revoir. Tu dois arrêter de m'appeler constamment. Laisse-moi tranquille.

Silence.

— Hé, Callie, arrête. Je t'aime. J'ai besoin de toi. Tu me manques, bredouilla-t-il d'une voix lente.

— Tu es défoncé ?

— Non, non.

Il éclata de rire.

— Bon, d'accord, juste un tout petit peu.

— Ça suffit, Ollie. Ne m'appelle plus jamais. Tu as compris ? Je ferai en sorte d'obtenir une ordonnance restrictive s'il le faut.

— Un bout de papier ne m'arrêtera pas, chérie. Je t'aime, j'peux pas vivre sans toi. Je suis à Nashville pour une conférence la semaine prochaine. Je veux te voir, lâcha-t-il.

— Ça n'arrivera pas, Ollie. Je suis en train de tout recommencer à zéro ici et je ne peux pas tout gâcher.

— Alors dans ce cas, je vais venir à ton bureau. Je sais que tu travailles au cabinet King.

— Ne t'avise pas de t'y pointer, aboya Callie, hors d'elle. Je te verrai à ta conférence. Envoie-moi les détails par message.

— Parfait, Callie. À la semaine prochaine, chérie.

— Un rendez-vous, Ollie, un seul, c'est tout. Tu as besoin d'aide. Arrête de ruiner ta vie et laisse-moi tranquille.

Elle appuya avec rage sur le bouton rouge pour déconnecter l'appel et jeta son téléphone sur le canapé.

— Quel loser ! marmonna-t-elle entre ses dents. Comment ai-je pu faire l'erreur de me retrouver avec lui ?

Furieuse, elle tripota la télécommande pour reprendre son film et pria pour que cela l'aide à se détendre. Par chance, Ollie vivait en Virginie et elle dans le Tennessee, mais une sensation d'effroi saturait ses pensées à l'idée de le revoir la semaine prochaine.

Après avoir épongé ses angoisses dans plusieurs truffes au chocolat, elle se prépara une tasse de thé et lança un autre DVD. À son plus grand bonheur, les pitreries de Katharine Hepburn et de Spencer Tracy l'apaisèrent au point de l'endormir à poings fermés.

———

Quelques heures plus tard, la jeune femme profondément assoupie sentit un vent d'air frais balayer son visage. Désorientée, elle battit des paupières pour y voir plus clair, puis releva lentement la tête. À peine eut-elle le temps de réaliser ce qui lui arrivait qu'une main glacée gantée se referma sur sa bouche. Les yeux écarquillés de terreur, Callie sentit alors son cou se briser sous la poigne puissante de son agresseur, puis son corps lourd s'affaisser contre les coussins moelleux du canapé.

En silence, l'intrus appuya sur le bouton de lecture pour relancer le film pourtant depuis longtemps terminé. Sans un bruit, il progressa à l'aide de ses couvre-chaussures jetables et fouilla les effets personnels de la jeune femme, dont son fourre-tout, ses dossiers, ses armoires, ses placards, ses étagères et ses commodes et en éparpilla leur contenu sur le sol. Il empocha plusieurs bijoux coûteux et s'empara de toutes ses cartes de crédit et de l'argent dans son portefeuille avant de s'échapper par la porte arrière sous le regard sans vie de Callie qui fixait pour la dernière fois son film préféré.

CHAPITRE TROIS

À son arrivée au cabinet dimanche matin, Coop trouva Annabelle dans son bureau, occupée à lire près de la cheminée dans laquelle ronflait un feu fraîchement allumé.

— Il fait bon ici, remarqua-t-il en entrant dans la pièce.

Sur ses talons, Gus sauta aussitôt sur son fauteuil en cuir préféré.

— J'étais frigorifiée. Je me suis dit qu'on pourrait recevoir Callie ici. Elle m'a d'ailleurs promis d'apporter du café et des beignets pour le petit-déjeuner.

— Je savais que Callie était quelqu'un de bien, renchérit Coop avec un sourire enfantin.

Il retira sa veste, dévoilant son t-shirt bleu marine sur lequel était inscrit « Admettez-le, la vie serait ennuyeuse sans moi ».

— Oh, très ennuyeuse, répondit-elle en gloussant. En parlant de choses qui fâchent, on va à la gym aujourd'hui après la visite de Callie ?

Éludant avec brio sa question, il se frotta le nez, les sourcils froncés.

— Alors, la soirée ?

— C'était sympa !

Elle fouilla dans sa poche et sortit son téléphone.

— J'ai pris quelques photos. Tiens, fais-les défiler.

— Vous êtes superbes tous les deux, commenta Coop en souriant. Une véritable réincarnation de Grace et Audrey des temps modernes.

— Une chasse au trésor était même organisée et notre table l'a remportée, ajouta-t-elle fièrement. On a toutes reçu des prix. La soirée a plu à Callie, je crois. Enfin, elle semblait bien plus détendue du moins.

Harrington jeta un coup d'œil à sa montre.

— Elle est souvent en retard ?

— Non, surtout qu'elle était impatiente de nous voir. Je vais l'appeler.

Après plusieurs longues sonneries, Annabelle tomba finalement sur sa messagerie vocale ; elle lui envoya un message qui resta tout autant sans réponse.

— Elle a une ligne fixe ?

— Non, juste son portable.

Pensive, la jeune femme se mit à faire les cent pas, puis regarda par la fenêtre dans l'espoir de voir apparaître son amie.

— Peut-être qu'on devrait sonner chez elle, finit-elle par proposer.

— Allons-y. Je vais conduire.

Sans broncher, Gus céda son siège à Annabelle et se positionna à l'arrière, la tête sur son épaule. Moins de cinq minutes plus tard, le détective se stationna derrière la BMW dernier cri de Callie et ordonna à Gus de les attendre dans la voiture.

— Bizarre, observa Annabelle non sans une pointe

d'inquiétude dans la voix en frappant plusieurs coups secs sur la porte arrière.

L'absence de vitre sur la porte et les stores des fenêtres adjacentes fermés empêchaient de voir quoi que ce soit à l'intérieur de la maison.

Coop proposa alors d'essayer la porte d'entrée, qui avait pour seule ouverture une vitre décorative. Hélas, personne ne vint leur ouvrir et la poignée resta verrouillée dans sa main. Hors d'atteinte, les fenêtres étaient closes et cachées par des rideaux.

— Essaie encore de l'appeler.

Les mains tremblantes, Annabelle retenta de la joindre, tandis que Coop colla son oreille contre la fenêtre pour tenter de discerner une éventuelle sonnerie.

— Je crois que j'entends quelque chose, mais le son est faible.

— J'ai son double de clé en cas d'urgence, se souvint la jeune femme en courant jusqu'à la Jeep pour fouiller dans son sac à main. Ça me semble être une raison suffisante de l'utiliser.

Avant d'insérer la clé, Coop examina la serrure, mais ne vit aucun signe visible d'effraction. Il ouvrit doucement la porte, une main devant son amie alors qu'elle voulait se précipiter à l'intérieur.

— Attends. Laisse-moi d'abord vérifier les lieux.

Trépignant d'impatience, elle leva les yeux au ciel, mais accepta sans un mot.

— Callie, c'est Coop. Je suis avec Annabelle. Tu es là ?

Alors qu'il pénétrait lentement dans la maison, le détective déboucha dans une petite cuisine ouverte sur un salon de taille moyenne et repéra une grande télévision allumée sur un menu, vraisemblablement celui d'un DVD. Son regard s'orienta aussitôt vers le canapé. Près de l'accoudoir, il aperçut la chevelure noire de Callie. Le cœur battant, il se précipita vers elle et, lorsqu'il contourna le sofa, Coop sut immédiatement que la jeune femme ne respirait plus. Accroupi près d'elle, il plaça tout de même un doigt sur son cou pour vérifier son pouls, malheureusement sa crainte se confirma. Ses beaux yeux marrons ne ressemblaient plus qu'à deux perles sombres embrumées par la mort.

Accablé par la peine, il leva les yeux et vit son amie se tordre le cou pour tenter de voir quelque chose.

— Reste là, Annab'... C'est fini, elle est partie, déclara Coop à mi-voix.

Il l'entendit réprimer un souffle suivi d'un long gémissement.

— Qu...Qu'est-ce que tu veux dire ? Elle est morte, Coop ? Que s'est-il passé ?

Il jeta un coup d'œil à travers la pièce, décontenancé par le désordre et les objets qui jonchaient le sol.

— Je ne sais pas, répondit-il simplement en revenant sur ses pas. Je suis vraiment désolé, Annabelle.

Incapable d'en dire plus, il la serra dans ses bras, puis la guida jusqu'à la voiture où la jeune femme se laissa tomber sur le siège passager. Anéantie par la nouvelle, elle ne perçut même pas la présence réconfortante du golden retriever.

Désemparé par cette découverte macabre, Coop prit son portable et contacta aussitôt la personne la plus à même d'intervenir dans ce genre de situation.

— Salut, Ben. Je suis avec Annabelle. On avait rendez-vous ce matin avec Callie, mais elle n'est pas venue. On s'est rendus directement chez elle pour comprendre. Hélas, le pire est arrivé. Elle est décédée et son appartement a visiblement été fouillé.

D'un hochement de tête, il écouta Ben lui donner la démarche à suivre.

— Ça marche. On t'attend.

Il raccrocha après lui avoir transmis l'adresse, puis reporta son attention sur son amie qui tremblait de la tête aux pieds. Il mit le moteur en route, tourna le chauffage à fond et prit le plaid qui servait à protéger la banquette arrière pour l'enrouler autour d'Annabelle. Certes, elle sera couverte de poils de chien, mais au moins, elle aura un peu plus chaud.

— Ben est en route.

Annabelle hocha doucement la tête en reniflant, puis s'essuya le nez avec le dos de sa main.

— Quelque chose la tracassait. J'aurais dû insister pour qu'elle reste chez moi.

Des larmes coulèrent sur son visage et son corps fut pris de nouveaux soubresauts.

Quelques minutes plus tard, un véhicule de police banalisé se gara de l'autre côté de la rue. En apercevant Jimmy et Kate en sortir, deux des meilleurs agents de l'équipe de Ben, Coop quitta la Jeep et les rejoignit au milieu de la rue.

— Ben arrive bientôt, l'informa Kate. Dis-moi ce qui s'est passé.

Coop passa en revue les faits avec eux, de la requête de Callie pour un rendez-vous d'urgence à leur tentative de la contacter, jusqu'à leur venue chez elle.

— Qu'est-ce que vous avez touché spécifiquement ? interrogea Jimmy.

— La porte arrière et la porte avant. J'ai ensuite vérifié son pouls, puis je suis reparti du canapé en suivant mes pas jusqu'à la porte arrière. Annab' est restée sur le seuil de la porte. Elle n'est pas entrée. D'après ce que j'ai vu, aucun signe visible d'effraction.

— D'accord. Attends ici avec Annabelle, on va y aller. Le

médecin légiste est en chemin.

Coop s'empara de plusieurs mouchoirs dans la voiture de Kate, puis se réinstalla derrière le volant de sa Jeep, désormais transformée en fournaise. Assis entre les jambes d'Annabelle, Gus haletait tout en profitant des caresses mécaniques de la jeune femme. Coop lui glissa doucement un petit tas de mouchoirs entre les mains.

— Merci, souffla-t-elle en reniflant.

Comme s'il comprenait sa tristesse, le chien poussa un petit gémissement et posa sa tête sur ses genoux.

— Kate et Jimmy sont à l'intérieur. Ben sera là dans quelques minutes. Tu as une idée de ce qui a pu lui arriver ?

— Pas vraiment... Je me suis creusé la tête. La seule chose qui me vient, c'est ce problème au travail. Elle ne savait pas quoi faire.

Elle se tut un instant pour tamponner ses yeux larmoyants avant de reprendre.

— À l'entendre, Callie semblait réellement inquiète de cette chose qu'elle possédait. Elle ne voulait absolument rien faire qui puisse compromettre son travail, puisque que c'était sa dernière chance.

Alors que Coop l'observait en silence, à la fois songeur et peiné de voir son amie bouleversée, on toqua sur la vitre de la Jeep. Ben se tenait devant la portière, un sac en papier à la main.

— Je suis passé chez Donut Hole prendre le café et le petit-déjeuner. Je me suis dit que ça vous mettrait un peu de baume au cœur, annonça-t-il en tendant le sac à Coop. Salut, Annab'. Je suis navré pour ton amie. Ça va aller ?

Elle lui répondit par un petit signe de tête, ses pleurs redoublant à l'évocation des beignets que Callie était censée leur amener.

— Oui... Je suis encore... sous le choc, parvint-elle à

articuler entre deux sanglots.

Elle entoura la tasse de café fumante de ses mains et inspira son arôme apaisant.

— Retournez au bureau, décréta l'inspecteur devant leurs mines déconfites. On passera prendre vos déclarations dès qu'on aura fini. Il faudrait qu'on puisse aussi contacter sa famille.

— J'ai leurs coordonnées, chevrota Annabelle.

Prêt à partir, Coop délogea doucement Gus de ses genoux et l'incita à retourner sur la banquette arrière.

— À tout à l'heure, Ben.

Une fois au cabinet, il s'empressa de jeter quelques bûches dans l'âtre pour raviver le feu endormi, puis força Annabelle à manger un peu de donuts en attendant la venue de Ben et de son équipe. Après avoir lancé la cafetière, il appela tante Camille et lui expliqua qu'il ne rentrerait pas à la maison de sitôt. Dans la foulée, Ben lui demanda par message les coordonnées des parents de Callie.

Le visage marqué par le chagrin, Annabelle les lui communiqua, puis prit place sans un mot devant les flammes dansantes, une main caressant le pelage doux de Gus, une autre serrant un énième mouchoir.

Ben arriva en début d'après-midi les bras chargés d'un autre sac bien garni qu'il déposa dans la cuisine avant de serrer la jeune femme dans ses bras. Il profita de la convivialité du repas pour leur poser quelques questions tandis qu'ils entamèrent sandwichs et salades.

Sous l'oreille attentive de l'inspecteur, Annabelle lui narra tout ce qu'elle savait. Après avoir griffonné les éléments essentiels sur son carnet, il posa son stylo et déclara :

— Kate et Jimmy sont en route pour aller parler au responsable de Callie. La police de Virginie s'occupe d'annoncer la nouvelle aux parents.

— Annabelle, commença Coop en lui prenant la main, Ben doit connaître tout ce que tu sais sur Callie. Même les détails qu'elle tenait à garder confidentiels, comme son départ de Virginie.

Hochant la tête en silence, elle avala à contrecœur une minuscule bouchée de son sandwich, prit une gorgée de thé pour se donner du courage et inspira profondément avant de se lancer.

— Callie était alcoolique et toxicomane.

Son annonce tomba comme un couperet. Personne ne l'interrompit pour autant.

— Elle… Elle n'avait touché à rien depuis environ un an, mais son employeur en Virginie l'avait licenciée suite à un détournement de fonds. Ses parents avaient évidemment remboursé tout l'argent qu'elle devait, mais ça ne suffisait pas. Elle a dû se reprendre en main en assistant notamment à des réunions Alcooliques Anonymes plusieurs fois par semaine, confia Annabelle. Elle avait aussi un petit ami, Ollie, qui était à l'origine de ses rechutes permanentes, je crois. C'est d'ailleurs lui qui l'a entraînée dans la drogue.

— Tu sais comment on pourrait le contacter ? demanda Ben.

— Non. Je sais simplement qu'il vit en Virginie. Il me semble qu'il est banquier ou qu'il travaille dans le secteur bancaire.

— On a retrouvé son portable enfoui dans les coussins de son canapé, derrière elle. On va donc passer en revue tous les appels et sa liste de contacts. Avec un peu de chance, on tombera sur ce fameux Ollie, l'informa l'inspecteur d'une voix douce. Si j'ai bien compris, en dehors de ses problèmes de drogues, de cette chose qu'elle a découverte à son travail et de son ex débauché, rien d'autre ?

— Tu… Tu penses qu'il s'agissait d'un cambriolage qui a

mal tourné ? s'enquit Annabelle, les larmes aux yeux.

— J'en doute. Son argent liquide et ses cartes de crédit se sont volatilisés, tout comme ses bijoux, mais, hum, d'après nos premières expertises, on penche plutôt pour un… tueur professionnel.

La jeune femme lâcha alors un petit cri horrifié, envoyant des dizaines de larmes ruisseler sur ses joues rouges.

— Qu'est-ce que tu veux dire ? bredouilla-t-elle.

— Pour le moment, on ne peut pas en être certains à cent pour cent tant que Lawrence n'a pas terminé ses analyses, mais selon elle, l'agresseur lui a brisé la nuque autour de trois heures du matin. Aucune marque ou blessure visible qui montrent qu'elle a tenté de lutter ou de se défendre, commenta Mason. Sa mort a été brutale et instantanée. Je suis désolé, Annabelle. La plupart des cambrioleurs ne font pas preuve d'autant de dextérité sans laisser de traces. Il faut avoir un certain aplomb pour faire une telle chose.

Comme il fut le premier sur les lieux et à découvrir le corps, Coop dut remplir une déclaration par écrit. Au même moment, le téléphone d'Annabelle sonna. Elle s'excusa et partit y répondre dans son bureau.

Quelques minutes plus tard, elle revint les yeux toujours gonflés, le visage empreint de tristesse.

— C'était sa maman, murmura-t-elle. Elle veut que Coop se charge de l'enquête. Apparemment, Callie lui a dit combien je comptais pour elle et qu'elle savait que je travaillais pour un excellent détective. Elle ne veut pas qu'on lésine sur les moyens pour découvrir l'assassin de sa fille.

Mason consulta rapidement ses notes, puis déclara avec un demi-sourire :

— Comment refuser l'aide d'un détective aussi brillant que toi ? À dire vrai, on est débordés. Pour l'instant, on ne dispose d'aucun élément sur l'homicide commis au parc vendredi matin. Entre nous, je ne serais pas contre un peu d'aide.

Le concerné haussa les épaules comme pour signifier que ça lui était égal, puis sourit à son tour, ravi de pouvoir se lancer sur une nouvelle affaire, aussi sordide fût-elle. Même Annabelle parvint à retrouver un semblant de sourire parmi ses larmes.

— J'avais promis à Callie qu'on l'aiderait. C'est le moins que l'on puisse faire, souffla la jeune femme en regardant ses deux amis.

— Naturellement, approuva Coop avec compassion.

— Très bien. Occupez-vous de ses fameuses réunions Alcoolique Anonyme. Mon équipe et moi allons regarder de plus près ses finances et ses appels. Je vous tiens au courant dès que j'en sais davantage de la part de son travail.

— Tu as vérifié le GPS de sa voiture ?

— Oui, plusieurs de nos meilleurs agents sont sur le coup, répondit Ben en fourrant son carnet dans la poche de sa veste. Retrouvons-nous demain après-midi pour débriefer tout ça. Essaie de te reposer, Annabelle. Toutes mes condoléances encore une fois.

Sur ces mots, il s'éclipsa. Coop proposa alors à son amie de commencer par Hattie Mae, la marraine de Callie, et contacta sa tante avec l'espoir qu'elle connaisse le pasteur de l'église où se déroulait chaque séance. Comme il s'en était douté, ce fut le cas.

Camille adorait les assister sur différentes enquêtes dès qu'elle le pouvait. Une implication que Coop et Annabelle appréciaient toujours et qui rendit le sourire à cette dernière l'espace d'un instant. D'une bienveillance inégalable, tante Camille avait même proposé à son neveu d'inviter la jeune femme pour le souper et ainsi en savoir plus sur l'affaire.

Lorsqu'ils débouchèrent sur le grand parking de l'église,

le détective repéra un des véhicules garés et l'identifia comme celui du révérend Clark. Sa supposition se confirma lorsqu'ils poussèrent les portes sacrées et tombèrent sur un homme à l'air aimable et aux cheveux grisonnants.

— Révérend Clark ?

— Oui. Comment puis-je vous aider ?

Les deux hommes se serrèrent la main.

— Je suis Cooper Harrington. Je crois que vous connaissez ma tante Camille. Je travaille comme détective privé, et voici mon assistante, Annabelle.

La jeune femme lui serra la main à son tour, puis recula légèrement, toujours ébranlée par cette journée, préférant laisser son ami s'occuper des questions pour le moment.

— Camille et moi nous connaissons depuis des lustres. Elle nous aide chaque année à organiser notre événement caritatif. Une femme adorable, déclara-t-il en souriant avant de reporter son attention sur ses deux interlocuteurs. Que puis-je faire pour vous, détective ?

Coop lui expliqua leur travail d'enquête tout juste débuté suite au décès d'une de leurs anciennes camarades de classe et amie, Calista Baxter. Il résuma succinctement la chronologie et la participation régulière de la jeune femme aux réunions Alcooliques Anonymes à l'église.

— Nous espérions parler avec sa marraine, une femme dénommée Hattie Mae.

— Oh, oui. Je vois très bien qui c'est, confirma Clark. Elle parraine un certain nombre de nos membres depuis quelques années maintenant. Un très bel exemple de réussite. Elle fait même partie de nos employées à l'église. Je vais vous donner ses coordonnées.

Il feuilleta un classeur posé sur son bureau, pointa du doigt une inscription, puis la recopia minutieusement sur un pense-bête.

— En temps normal, je ne suis pas supposé partager l'identité de nos membres, mais dans un cas comme celui-ci, je suis certain que Hattie n'y verra pas d'inconvénient.

— Merci, Révérend. Et merci pour votre temps.

— Vous êtes les bienvenus à tout moment. Transmettez mes amitiés à votre tante.

Il les raccompagna jusqu'à la porte de l'église, puis les salua chaleureusement.

— Allons directement chez elle. Je préfère m'entretenir en personne que par téléphone.

Toujours murée dans le silence, Annabelle approuva d'un signe de tête et entra les coordonnées de Hattie Mae dans son téléphone. Après plusieurs kilomètres, la Jeep se stationna dans une rue bordée de résidences du quartier tranquille de Hillsboro Pike. Coop coupa le moteur et composa depuis son véhicule le numéro de téléphone de la marraine de Callie. Lorsqu'elle répondit, il lui expliqua son poste et sa mission en collaboration avec la police, et lui précisa devoir lui poser quelques questions sur Callie.

À leur soulagement, Hattie accepta sans hésiter et les invita à venir dans son appartement situé au deuxième étage. Lorsqu'ils arrivèrent devant chez elle, la vieille dame les attendait déjà près de la porte entrouverte d'où se dégageait un délicieux mélange de café et de pâtisserie. Avec un sourire cordial, elle les conduisit dans le salon et leur offrit des cookies tout chauds qu'ils déclinèrent poliment. Lorsque Coop présenta Annabelle, les yeux de leur hôte s'illuminèrent.

— Oh, vous êtes la fameuse Annabelle. Elle n'a fait que me dire du bien de vous. Je suis ravie de vous rencontrer.

Annabelle ne put retenir ses larmes, mais tenta de lui sourire malgré tout en lui serrant la main. Choisissant ses mots avec soin, Coop lui expliqua la raison de leur venue et, par conséquent, le meurtre de Callie. Bouleversée, Hattie plaqua sa main contre sa poitrine.

— Je l'ai vue hier matin pour prendre un café, murmura Hattie d'une voix tremblante.

— Je suis désolé d'être porteur de si mauvaises nouvelles, mais nous devons connaître tous les éléments susceptibles d'aider notre enquête. Par exemple, vous a-t-elle déjà évoqué un problème au travail ?

Elle regarda à travers la pièce, perdue dans ses pensées, et après quelques instants, confessa :

— Callie était tellement préoccupée par le souhait de garder son emploi. Pour tout vous dire, elle m'a confié avoir surpris son responsable et son assistante la semaine dernière. Elle était terriblement nerveuse à l'idée d'avoir des ennuis suite à cette découverte, se souvint Hattie d'un air peiné. Elle m'a dit hier être angoissée par rapport à un problème au travail, mais lorsque j'ai souhaité en savoir plus, elle m'a dit que ce n'était pas en lien avec M. King et sa liaison. À l'entendre, ça semblait être autre chose. Elle n'a pas voulu m'en dire plus.

— Qu'en est-il de son ex-petit ami, Ollie ? demanda Annabelle.

— D'après Callie, c'est un vaurien. À cause de lui, elle a traversé des périodes misérables. Certes, elle était déjà alcoolique, mais la drogue n'a fait qu'empirer la situation, déplora-t-elle en secouant la tête. Elle s'en sortait si bien.

— Est-ce qu'elle était proche d'un autre participant aux réunions ? Ou au contraire, avait-elle des problèmes avec quelqu'un ?

— Non, elle restait discrète la plupart du temps. Je crois que sa situation la gênait et qu'elle n'aimait pas beaucoup parler d'elle ou de sa vie. Avec moi, c'était différent. Mais sinon, Callie n'avait pas beaucoup d'amis.

Avec un sourire aimable, Coop lui tendit sa carte et lui demanda de l'appeler si elle se souvenait de quoi que ce soit.

Avant de partir, Hattie Mae prit la main d'Annabelle dans la sienne.

— Elle était tellement reconnaissante de votre aide. Chaque jour, elle me disait combien elle n'en revenait pas que vous ne l'ayez pas jugée une seule fois et que vous l'ayez acceptée comme elle était. Vous étiez une amie formidable pour elle.

— Merci, répondit Annabelle, émue par les propos de la vieille femme.

— Transmettez toutes mes pensées à sa famille, murmura-t-elle du bout des lèvres en les conduisant à la porte. Elle nous manquera terriblement.

Alors qu'ils descendaient les marches du perron vers la Jeep, Coop prit son amie par les épaules.

— Et si on passait chez toi pour prendre tes affaires ? proposa Coop. Tu peux rester chez Camille ce soir.

Elle posa sa tête contre lui et acquiesça. L'épuisement se lisait clairement dans ses yeux. Par respect, il ne la força pas à lui faire la conversation sur le trajet du retour et se contenta de les conduire jusque chez elle.

Tandis qu'elle partit faire son sac pour la soirée, Coop l'attendit dans son salon ordonné et admira le petit sapin de table et les décorations qui ornaient la cheminée.

Une dizaine de minutes plus tard, Annabelle revint chargée d'une housse à vêtements et d'une petite valise. Coop les lui prit et les rangea dans le coffre de la Jeep pendant qu'elle s'assurait que la maison était bien verrouillée.

— Merci de m'avoir proposé. J'aurais pu rester ici, mais je préfère être entourée, admit-elle d'une voix triste.

— Avec plaisir, Annab'. Avec grand plaisir.

CHAPITRE QUATRE

Lorsqu'elle leur ouvrit la porte, tante Camille afficha un sourire aussi rayonnant que l'immense sapin décoré de guirlandes lumineuses derrière elle. Devant la mine déconfite d'Annabelle et l'air fatigué de son neveu, elle les invita rapidement à rentrer, puis conduisit la jeune femme dans l'une des nombreuses chambres d'amis dont regorgeait la demeure. Éclairée par une lampe douce, la pièce respirait le calme et la relaxation avec ses nuances pêche, taupe et beige, ainsi que son grand lit recouvert d'un plaid luxueux, semblable à du vison. Sur la table de chevet trônait un petit vase artisanal au bouquet multicolore dont le parfum enivrant se mêlait agréablement à celui du dîner. Pour parfaire ce thème floral, la vieille dame avait même pris le soin d'agrémenter la chambre d'un arbre de Noël aux ornements fleuris. Persuadé que son amie s'y sentirait bien après cette journée éprouvante, Coop accrocha sa housse dans l'armoire et déposa sa valise en dessous.

— Si tu as besoin de quoi que ce soit, tu sais où me trouver. Les serviettes sont dans le placard de la salle de bain, et tout ce qui est crème et savons, dans le tiroir. Fais comme chez toi, ma belle, assura Camille d'une voix douce en lui caressant la main. Le souper est bientôt prêt, mais prends tout le temps qu'il te faut pour te mettre à ton aise.

Laissant Annabelle s'installer et se retrouver seule avec ses pensées, Coop suivit sa tante et referma derrière lui tout en cherchant son chien des yeux.

— Gus est avec toi ? demanda-t-il en revenant dans la chambre.

— Oui. Il peut rester. Je le ferai venir avec moi tout à l'heure.

Rassuré de la savoir en bonne compagnie, il referma doucement la porte et l'entendit s'adresser au chien avec sa jovialité habituelle. Coop ne put alors s'empêcher de sourire et prit la direction de la cuisine, où il s'assit derrière le vaste îlot central pour regarder sa tante fignoler les derniers détails du repas. Les dimanches, la gouvernante de Camille était en jour de repos, reléguant la vieille dame au poste de cuisinière, un exercice auquel elle se prêtait volontiers. Tandis qu'il l'observait orchestrer d'une main de maître la confection du plat principal, le détective en profita pour la mettre au diapason quant à l'affaire et la supplia de ne pas poser trop de questions quand Annabelle serait de retour.

— Je sais tout de même me comporter, jeune homme. Si je peux aider, je le fais, s'offusqua Camille, les sourcils froncés.

— C'est vrai, tu m'as été d'une grande aide avec le Révérend Clark. D'ailleurs, il te passe le bonjour.

— C'est un homme charmant, concéda-t-elle en appliquant une généreuse noix de beurre sur une marmite de purée. Prends les maniques et apporte la volaille à table, s'il te plaît.

Elle lui montra du doigt le four et en profita pour sortir

également la fournée de crackers tout juste cuits qu'elle glissa dans un petit panier.

Lorsque l'intégralité du repas fut servie à table, Annabelle et Gus firent leur apparition dans la salle à manger.

— Timing parfait ! s'exclama Camille. Assieds-toi confortablement. Je vais te servir un peu de thé.

Ce n'est qu'une fois à table que Coop se rendit compte à quel point il était affamé. Il garnit son assiette d'une bonne quantité de chaque mets, puis recouvrit sa farce et ses pommes de terre de sauce et enfin se servit une grosse portion de compote de pommes, dont seule sa tante avait le secret. Il passa le plat à Annabelle et entama son repas.

— Comme d'habitude, tout ça m'a l'air délicieux, tante Camille.

Radieuse, elle accepta le compliment, se servit à son tour, puis se tourna vers Annabelle.

— Dis-nous en plus à propos de la famille de Callie en Virginie. Que sais-tu à leur sujet ?

— Eh bien, ils vivent à McLean. Je me rappelle être allée chez eux à plusieurs reprises à l'époque du lycée. Je n'y suis pas retournée depuis, se souvint Annabelle. Ils possèdent une immense propriété avec une dizaine de salles de bains d'après mes souvenirs. C'est magnifique, mais presque trop extravagant. Je sais que Callie est restée là-bas jusqu'à son déménagement ici en septembre.

Elle marqua une pause pour prendre une bouchée de purée.

— C'est succulent.

— Ravie que ça te plaise. Pour le dessert, ce sera tarte aux pêches, déclara-t-elle sur le ton de la confidence. C'est ton préféré, si je ne m'abuse ?

La vieille dame lui adressa un clin d'œil complice qui fit sourire Annabelle.

— Je ne vais jamais vouloir partir d'ici si vous continuez comme ça.

Elle prit une autre fourchette, puis poursuivit.

— La fortune des Baxter provient essentiellement de sa mère, de la famille Campbell. Non pas que son père soit un fainéant. Carter était avocat et juge. Aujourd'hui, il est à la retraite et travaille simplement comme consultant. Les Campbell occupent depuis des générations la scène politique de Virginie, précisa-t-elle. Il y a beaucoup de sénateurs et de gouverneurs. Callie est la plus jeune. Elle a deux frères plus âgés. L'un est sur le point de devenir le prochain conseiller du gouverneur de l'État et l'autre travaille comme juge et vise la Cour suprême de Virginie.

— Effectivement, Callie a dû être sous pression, convint Coop en prenant un autre cracker. Visiblement, il semble y avoir beaucoup d'attentes et de compétitions dans cette famille.

Annabelle acquiesça.

— À mon avis, c'est pour cette raison que Callie est revenue. Elle savait qu'elle ne leur faisait pas honneur. C'était plus facile pour eux de la savoir ailleurs. Sa présence leur rappelait constamment ses échecs. Mais je sais combien elle se sentait seule ici…

Elle essuya avec sa serviette les quelques larmes qui perlèrent au coin de ses yeux.

— Les relations familiales peuvent se révéler compliquées, déclara Camille. Surtout quand un enfant ne rentre pas dans le moule que ses parents ont voulu lui fabriquer.

— Il faut qu'on mette le doigt sur la cause de son meurtre. Le mobile nous mènera à l'assassin, commenta Coop en repoussant son assiette vide.

— Surtout si c'est un professionnel qui est impliqué, compléta Annabelle.

Devant l'air surpris de sa tante, Coop s'empressa de lui expliquer la théorie de Ben.

— Oh, mon Dieu.

— Je sais que les parents d'Ollie sont aussi fortunés, ajouta la jeune femme, les sourcils froncés, donc il aurait les moyens d'engager quelqu'un. Je ne vois pas la propre famille de Callie commettre une telle chose, mais je ne les connais pas si bien que ça.

— Tu penses qu'elle aurait pu replonger dans la drogue ? hasarda Coop.

Annabelle secoua vigoureusement la tête.

— Non, non. Du moins, pas à ma connaissance. Elle ne montrait aucun signe de dépendance ou de manque.

En revanche, elle se souvenait de l'attention presque exagérée que portait Callie à l'égard de son cabas ce soir-là et de son refus de le laisser au vestiaire. Résultat, son fourre-tout surdimensionné avait gâché sa sublime robe en satin, un peu comme une paire de tennis peut ruiner une robe de soirée.

— Maintenant que j'y pense, elle passait son temps à vérifier son sac à main, comme s'il contenait quelque chose de très précieux. J'ai trouvé ça très étrange. Elle n'a pas voulu le laisser au vestiaire et l'a gardé toute la soirée, même pendant la chasse au trésor.

— Refais-moi voir les photos, demanda Coop.

Elle chercha les clichés en question sur son smartphone et le lui tendit. De son index et de son pouce, il élargit une des photos en plissant les yeux pour mieux voir.

— Oui, je le vois là, dans sa main. Même moi, je trouve que ça ne va pas avec sa robe.

Curieuse d'avoir son mot à dire, Camille se tordit le cou pour apercevoir l'image et tendit sa main étincelante de bagues en diamant à travers la table.

— Oh, ce sac est épouvantable. Il ressemble plus à une sacoche de travail, pas du tout adapté à une si belle robe, commenta la vieille dame comme si on lui avait demandé son avis sur la question. Toutefois, vous êtes toutes les deux magnifiques.

Coop pianota un message bref à Ben pour lui demander de vérifier au plus vite le contenu du cabas et d'analyser la présence de drogue ou non dans le sang de la victime.

— Je sais que tu n'as pas envie d'entendre qu'elle se droguait, Annab', mais il faut qu'on étudie toutes les possibilités.

Attristée, son amie baissa la tête et posa sa fourchette sur le bord de son assiette.

— Je comprends, mais honnêtement, je ne pense pas qu'elle ait replongé. Callie m'a dit qu'elle avait souvent été tentée de boire, mais que la drogue ne l'intéressait plus.

— Vérifions ce détail au plus vite, ainsi, on pourra l'écarter. Pareil pour sa famille et son ex-petit ami louche. À mon avis, l'homicide est lié à ce qu'elle voulait nous demander ou à son fameux problème au travail, mais je ne veux pas avoir une vision trop étroite des choses.

Heureuse de constater qu'Annabelle semblait avoir retrouvé l'appétit, Camille se leva pour débarrasser la table et leur proposa de patienter un peu avant de prendre le dessert après ce repas copieux. Décision que ses deux convives approuvèrent sans contester. Pendant qu'Annabelle et Camille s'occupèrent de la vaisselle, Coop partit dans son bureau pour transmettre à la mère de Callie, Arden Campbell Baxter, par l'intermédiaire de son assistante personnelle, le contrat en lien avec sa demande. Il ne manqua pas de lui exprimer ses plus sincères condoléances et lui fit savoir qu'Annabelle et lui travailleraient d'arrache-pied sur l'affaire et la contacteraient dès lundi pour faire le point.

Une demi-heure plus tard, il les rejoignit dans la pièce favorite de sa tante, un petit salon cossu tout droit sorti de l'univers merveilleux de Barbie. Un énième sapin orné de boules de Noël roses et argentées venait compléter la décoration au style rococo du séjour. Coop prit place à côté de son amie sur le canapé recouvert de brocart rose et se servit du thé dans une des tasses à fleurs du petit service en porcelaine posé devant lui. Il ne put s'empêcher de pouffer intérieurement en s'imaginant en train de boire dans cette tasse ridicule, entouré de fioritures rose bonbon sur ce sofa de mauvais goût. À en croire sa posture, une patte sur les yeux, même Gus refusait de voir ça et se sentait tout aussi humilié dans son panier framboise façon canapé miniature à poils.

———

Malgré les stores épais, les bruits paisibles de la nature, les oreillers infusés de lavande et tout un mélange d'huiles essentielles, Coop ne réussissait pas à dormir. Il avait beau avoir la chambre la plus parfumée de tous les célibataires de la région, impossible de trouver le sommeil. À son grand désespoir, on lui avait diagnostiqué il y a quelques années de l'insomnie chronique. Ses symptômes s'étaient déclarés au divorce de ses parents à l'époque de l'université et aggravés avec le temps. Il refusait catégoriquement de prendre tout médicament, mais en pâtissait chaque nuit. Cette nuit-là, il en profita pour faire des recherches sur Callie et sa famille.

Après une douche revigorante, il sortit de l'aile de la

maison qu'il occupait indéfiniment et, sur le chemin de la cuisine, sentit alors l'arôme réconfortant de la cannelle. Mme Henderson était déjà aux fourneaux, occupée à préparer le petit-déjeuner, tandis que son mari s'apprêtait à s'attaquer à l'entretien des espaces verts.

— Bonjour, M. Cooper, le salua l'homme, en basculant son chapeau alors qu'il ouvrait la porte.

— M. Henderson, comment allez-vous ?

— C'est un temps radieux pour travailler le sol après toute cette pluie ! Passez une bonne journée.

Coop lui rendit son sourire et se servit la seule tasse de véritable café caféiné autorisée chaque matin. Pour être certain de profiter pleinement de ce petit plaisir, il s'assurait toujours de prendre le plus grand mug du placard. Hier soir, Gus l'avait abandonné pour passer la nuit aux côtés d'Annabelle. Coop ne les avait toujours pas vus émerger depuis. Il prit son café et le journal et s'installa, comme à son habitude, sur l'un des tabourets du plan de travail en granit pour parcourir les gros titres.

Par le biais d'une déclaration de Ben, la police réquisitionnait l'aide de tous les citoyens témoins de près ou de loin d'une activité suspecte dans l'heure qui avait suivi le lever du soleil sur Bells Bend Loop Trail où Avery Logan avait été retrouvé abattu. Sous l'article, deux numéros étaient communiqués pour contacter les enquêteurs de façon anonyme et dans les plus brefs délais.

Alors qu'il continuait à parcourir le journal, Coop repéra un second petit article mentionnant Ben Mason. D'après son interview, la police enquêtait toujours sur le délit de fuite ayant causé la mort du coursier à vélo et déplorait toujours le manque de suspect. Dans un soupir, Coop feuilleta le reste du quotidien.

— La semaine s'annonce difficile pour Ben, marmonna-t-il. Les affaires non élucidées le rendent fou, et avec celle de Callie qui vient de s'ajouter, il va avoir du pain sur la planche.

Derrière lui, il entendit les griffes de Gus retentir sur le parquet, puis le sentit s'appuyer contre sa jambe, la queue frétillant près de sa chaise.

— Mais qui voilà ? Ce ne serait pas ce petit traître de Gus ? s'écria Coop en plongeant ses yeux dans ceux de son animal.

Gus releva la truffe et se mit à renifler frénétiquement, interpellé par la délicieuse odeur des roulés à la cannelle dans le four.

Le temps qu'il termine le journal, Annabelle fit son apparition, non sans un coup d'œil amusé au t-shirt provocant de son ami qui contrastait avec la jolie blouse blanche et le jean qu'elle portait.

— Je me suis dit qu'on pourrait interroger quelques personnes aujourd'hui. Tu comptes vraiment porter ce t-shirt ?

Harrington baissa les yeux sur sa poitrine.

— Je peux porter une veste par-dessus si tu préfères, si on voit des gens importants.

— Le petit-déjeuner est servi, s'exclama Mme Henderson depuis la salle à manger.

Hilares, Annabelle et Coop virent Gus détaler dans sa direction, visiblement prêt à se mettre à table.

Coop se leva et fit signe à Annabelle de le suivre.

— Tu as bien dormi ?

— Profondément. J'en avais bien besoin.

— Tu as l'air en forme. Je veux dire… tu as l'air reposée, se rattrapa Coop. Tu as toujours l'air en forme. Je voulais simplement dire que tu as meilleure mine qu'hier.

Réalisant qu'il s'enfonçait, Coop grimaça, les dents serrées, sous le regard amusé de son amie.

— Non pas que tu avais une sale tête hier.

Il s'interrompit et éclata de rire.

— Je n'arrive pas à faire une phrase cohérente, désolé. Où Gus a-t-il dormi ?

Annabelle regarda le chien en souriant.

— Euh, eh bien, d'abord par terre, puis il a fini sur le lit. Je crois qu'il avait froid.

Coop secoua la tête et regarda à son tour Gus, la langue pendante, l'air heureux.

— Il t'a dans la peau, Annab'.

— Tu réalises qu'on a manqué la gym hier ? On devrait y aller aujourd'hui.

— Demain. Je suis déjà habillé, répondit-il avec un clin d'œil en pointant du doigt son t-shirt.

— Crois-moi, je ne vais pas te lâcher. Demain, sept heures. Et toi ? Tu as bien dormi ?

— Une heure ou deux tout au plus. J'ai passé la nuit sur Internet à faire des recherches sur Callie et sa famille.

— Et alors, tu as appris quelque chose ? demanda Annabelle en se servant une portion d'œufs brouillés accompagnés de fruits et d'un roulé à la cannelle.

— Pas grand-chose, hormis qu'ils sont tous étroitement liés. Sa famille côtoie les politiciens de Washington et organise un grand nombre d'événements classes dans leur maison huppée. Son père, Carter, travaille en tant que consultant pour le ministère américain de la Justice. En ce qui concerne ses frères, l'un semble être en bonne voie de devenir le prochain conseiller du gouverneur et l'autre est un juge très respecté dans le milieu. En toute franchise, je n'ai rien trouvé de négatif sur le clan Baxter. Et pour le moment, rien de publié sur le décès de Callie, donc ils ont probablement les moyens financiers de ne pas attirer l'attention du public.

Tandis que Coop s'interrompit pour fourrer le reste de son roulé à la cannelle dans sa bouche, Annabelle glissa discrètement un morceau à Gus, puis se délecta du sien en sirotant son café.

— Mmm. Ça faisait des années que je n'en avais pas mangé. Leur goût est encore plus gras que leur odeur. Un pur délice.

Après avoir débarrassé leurs assiettes, ils partirent en silence pour le bureau, sans réveiller tante Camille qui devait certainement s'autoriser une grasse matinée. Coop alluma aussitôt un feu de cheminée pour réchauffer les lieux, puis envoya un message à Ben pour connaître la progression de l'enquête.

Son téléphone sonna une heure plus tard. Ben l'informa qu'ils obtiendraient les données téléphoniques et GPS de la voiture de Callie dans l'après-midi, mais qu'ils ne disposaient pas de la main-d'œuvre nécessaire pour les analyser avec les deux autres affaires en cours. L'autopsie avait confirmé l'heure et la cause de la mort soupçonnées. Enfin, son ami lui demanda si Annabelle pourrait passer en revue les photos de la scène du crime pour déterminer si quelque chose manquait.

— On peut se charger des données. Je peux passer les récupérer dans l'après-midi, proposa Coop. Annab' s'occupera des photos, et on se retrouve tous les trois demain pour en parler.

— Parfait, lâcha Ben d'une voix dénuée d'énergie. On n'avance pas d'un poil sur l'homicide au parc. Tous les techniciens sont occupés à tenter de reconstituer les séquences vidéo du centre-ville et à retracer le trajet du véhicule en fuite.

Après avoir raccroché, Coop s'occupa de vérifier les antécédents de Callie ; Annabelle, quant à elle, rédigea le rapport préliminaire à partir du travail effectué par Madison et Ross. En début d'après-midi, le détective s'éclipsa après avoir promis à son amie de revenir avec les photos et les données de la scène du crime, ainsi que leur déjeuner.

Durant son absence, la jeune femme reçut un appel de l'assistante d'Arden Baxter, qui l'informa des funérailles en petit comité de Callie organisées ce samedi. La mère de la défunte tenait apparemment à ce qu'Annabelle soit présente et même conviée à la réception et puis chez eux pour y passer la nuit. Après lui avoir précisé qu'elle pouvait venir accompagnée, l'assistante lui demanda de la tenir informée quant aux modalités de son voyage afin que la famille puisse envoyer une voiture la chercher si elle arrivait par avion ou en train.

Après avoir pris quelques notes, Annabelle raccrocha et se mit aussitôt en quête d'un vol pour ce week-end. Lorsque Coop revint avec le repas et un dossier dans les mains, il la retrouva, les yeux rivés sur son ordinateur, une main sur le front. Elle lui fit alors part de l'appel qu'elle avait reçu depuis la Virginie et de son souhait de ne pas conduire pendant dix heures, d'où ses recherches fastidieuses.

— Prends deux sièges. Je ne suis pas certain que nous aurons résolu cette affaire d'ici samedi. J'aimerais rencontrer sa famille, quoi qu'il arrive, déclara-t-il.

— Oh, ce serait super, répliqua la jeune femme soulagée. J'étais terrifiée à l'idée d'y aller seule.

Rassurée, elle s'empressa de prendre un vol le vendredi et, une fois qu'elle l'eut confirmé, envoya un message à l'assistante avec les détails de leur voyage. Une minute plus tard, son téléphone émit un bip et une réponse apparut sur l'écran de son portable pour l'informer qu'une voiture et un chauffeur les attendraient à Dulles le vendredi après-midi.

— Ils sont vraiment réactifs, remarqua Annabelle en transmettant le message à Coop.

Accompagnés d'un bol de soupe et d'une salade chacun, ils étudièrent les photos de la scène de crime. Ben avait pris le soin d'exclure toutes celles qui dévoilaient le corps sans vie de Callie, détail que la jeune femme ne manqua pas d'apprécier tout en se séchant les yeux avec sa serviette en papier. Alors qu'ils étaient encore attablés, Gus se précipita vers la porte arrière quelques instants avant que tante Camille ne fasse son apparition, avec à la main une assiette remplie de ses célèbres cookies noix de pécan et chocolat. Fou de joie, Gus dansait autour d'elle, la truffe en l'air.

— Oh, mon Dieu, Gus, s'exclama la vieille dame en élevant davantage le plat hors de sa portée. Je me suis dit que vous apprécieriez un petit remontant.

Elle leur sourit avec son air enjoué habituel, puis plaça l'assiette au milieu de la table avant de se débarrasser de sa fourrure et de son chapeau à plumes.

— Qu'il fait bon et chaud ici !

Alors qu'elle prenait place à côté d'eux, Camille ne fit rien pour dissimuler sa curiosité légendaire en voyant les photos éparpillées sur la table.

— Oh, mon Dieu, quel désordre épouvantable ce vaurien a laissé derrière lui ! s'exclama-t-elle en poussant des petits cris. Quel dommage !

— À part quelques bijoux, je n'arrive pas à dire ce qu'il manque, déclara Annabelle. Je sais qu'elle possédait un collier de diamants et des boucles d'oreilles assorties. Je ne les vois nulle part. Elle avait aussi de très jolies perles et un grand pendentif en saphir serti de diamants, avec les boucles d'oreilles coordonnées. Ses bagues et sa montre TAG Heuer ne sont pas dans sa boîte à bijoux non plus. D'après mes souvenirs, elle ne la portait pas souvent ; elle préférait la

Movado pour aller au travail. Ces deux modèles sont clairement au-dessus de mon budget.

Coop fouilla le rapport à la recherche de la liste de ses effets personnels.

— Quand on l'a trouvée, elle portait une montre Movado, une bague en diamant, et un pendentif en diamant sur une chaîne en or. C'est tout.

— J'imagine que cette enflure ne les a pas vus. Quoi qu'il en soit, les bijoux manquants sont tous de grande valeur.

Camille mordit dans un biscuit au cœur coulant et intervint :

— Si je peux me permettre, il aurait pris les bijoux qu'elle portait si c'était un cambriolage.

Coop acquiesça tout en scrutant chaque photo pour la énième fois.

— On va partir du principe que l'assaillant est un homme, si je me base sur sa façon de procéder pour tuer Callie. Donc soit notre agresseur était là pour une autre raison et il en a profité pour s'emparer de quelques bijoux, soit quelque chose l'a interrompu ou effrayé avant qu'il ne puisse mettre la main sur d'autres objets, comme des appareils électroniques.

— S'il est venu à pied, peut-être qu'il n'a pu prendre que les petits objets de valeur, suggéra Annabelle.

— C'est une possibilité. Mais vu qu'elle se faisait un sang d'encre au sujet de quelque chose, je penche pour la première option : le crime et l'opportunité, avança Coop. Les cambrioleurs surveillent généralement une maison et y pénètrent quand il n'y a personne. En plus, on sait que sa voiture était présente et que sa télévision et les lumières étaient vraisemblablement allumées. Le tueur savait pertinemment qu'elle était chez elle.

— Je vais demander à sa famille si elle possède des photos

ou une description des bijoux pour les transmettre à Ben. Il pourra les communiquer aux prêteurs sur gages et autres, suggéra Annabelle en débarrassant la table avant de se diriger vers son bureau.

Resté dans la cuisine, Gus se contenta quant à lui de leur prêter main-forte en se reposant sous la table pour garder un œil sur les biscuits.

Une fois Camille partie pour son rendez-vous chez le coiffeur, Coop proposa qu'ils se réunissent dans la salle de conférence pour analyser les données GPS de la voiture de Callie. Ils se concentrèrent essentiellement sur ses activités le jour du meurtre et remontèrent le fil de sa journée. Les données contenaient des coordonnées géographiques que la jeune femme intégra dans son ordinateur pour identifier les adresses précises. Simultanément, Harrington inscrivit sur le grand tableau blanc la liste des heures et des lieux de chaque événement. Lorsqu'ils eurent décortiqué les dix derniers jours de la vie de Callie, le soleil avait déjà laissé place à l'obscurité la plus totale, signe qu'il était temps de rentrer.

Loin d'avoir terminé d'identifier l'ensemble des coordonnées, Coop prit avant de partir une photo du tableau avec son téléphone, puis verrouilla la porte des bureaux. Le trio s'engouffra ensuite dans la Jeep et rentra au chaud.

Camille avait proposé à Annabelle de se joindre à eux pour le dîner, anticipant le fait qu'ils travailleraient tard sur l'affaire. À leur arrivée, Coop s'excusa un instant pour tenir la mère de Callie au courant de l'évolution de l'affaire avant qu'ils ne passent à table.

Mme Henderson leur avait préparé un délicieux rôti accompagné de légumes grillés. Alors que les deux femmes attendaient le retour de Coop, Camille fit de son mieux pour convaincre la jeune femme de rester une nuit de plus.

— La mère de Callie est… efficace. C'est surprenant à quel point elle sait contenir ses émotions, s'étonna le détective. En tout cas, elle est ravie que nous puissions tous les deux venir à la réception. Je lui ai fait part de notre enquête sur les déplacements de sa fille précédant son meurtre.

Annabelle hocha doucement la tête tout en se servant, puis lui passa le plat.

— D'après mes souvenirs, Mme Baxter a toujours gardé une attitude froide et professionnelle. Ça fait longtemps que je ne l'ai pas côtoyée. Quand je lui rendais visite, elle ne semblait jamais détendue. Toujours tirée à quatre épingles. Rien en elle n'inspirait la sympathie.

— Oui, c'est l'impression que j'ai eue au téléphone, approuva Coop en prenant un cracker et des restes de compote de pommes. Elle m'a dit que son assistante nous enverrait par mail des photos des bijoux de Callie. Elle les avait assurés. Elle m'a aussi mentionné Ollie, pour qu'on puisse regarder de son côté.

— D'après Callie, c'était un vrai déchet, précisa Annabelle.

Coop opina, puis changea totalement de sujet pour alléger l'atmosphère.

— Tu es bien coiffée, tante Camille. Les filles vont bien ?

Flattée qu'il le remarque, elle passa sa main dans ses cheveux blancs et fit rebondir ses mèches parfaitement coiffées sur le côté. Sa tante se rendait au salon de coiffure toutes les deux semaines pour entretenir son cuir chevelu clairsemé.

— Oh oui, elles se portent à merveille. Bon, évidemment, on a parlé de la pauvre Callie. Elles ne l'ont jamais rencontrée, mais ne peuvent pas croire qu'une telle chose se soit produite dans un quartier aussi sécurisé. Certaines des célibataires sont particulièrement inquiètes.

— Je ne pense pas que ce soit une attaque aléatoire, fit Coop. Dis-leur de ne pas s'inquiéter.

Avec un grand sourire, il tenta de nouveau de changer de sujet.

— Annabelle t'a dit qu'elle allait aux Bahamas avec sa famille à Noël ?

— Aux Bahamas ? s'étonna tante Camille en fronçant les sourcils. Ça ne fait pas très Noël.

— Ça change des fêtes traditionnelles, c'est sûr. J'ai hâte d'y être, répondit l'intéressée en souriant.

— J'ai tellement de choses à faire pour être prête pour les fêtes. Je n'ai pas vu le temps passer cette année. Coop et moi allons passer Noël ici, j'ai invité quelques amies.

Mme Henderson apparut alors pour débarrasser la table et apporter des restes de la tarte aux pêches réchauffée, accompagnée de boules de glace à la vanille.

— Je suis sûre que ce sera merveilleux, assura la jeune femme. Oh, mon Dieu. Je ne pourrai jamais rentrer dans mon maillot de bain si je continue comme ça.

Une fois le dessert terminé, Coop et Annabelle se réfugièrent dans le bureau et se remirent à disséquer les activités de la défunte. Tout en suivant les informations du GPS, ils s'efforcèrent de compléter la liste des coordonnées et tentèrent d'identifier chaque adresse ainsi que la raison qui se cachait derrière la présence de Callie à chaque endroit. Le détective utilisa l'ordinateur de son bureau et Annabelle, installée sur le canapé, son PC portable. Après des heures de travail fastidieux, Coop releva les yeux et vit son amie et Gus tous les deux assoupis.

Tout doucement, Coop retira son ordinateur de ses genoux et la recouvrit d'un plaid chaud en cachemire. Il sortit à pas feutrés du bureau, puis referma la porte qui reliait sa chambre à coucher à la pièce. Enfin, il se laissa tomber sur le lit, sentant la douleur écrasante prendre possession de son cou et de ses épaules à force de travailler sur son écran, tout comme ses yeux qui lui suppliait d'aller dormir. Éreinté, il ferma ses paupières, espérant que l'épuisement lui permettrait de trouver le sommeil, au moins pour quelques heures.

CHAPITRE CINQ

Le mardi qui suivit, Coop, Annabelle et Ben se réunirent au bureau du détective pour réunir les nouveaux éléments concernant les quelques jours précédant la mort de Callie.

— Aucune zone d'ombre sur ces déplacements, à l'exception de la fois où elle s'est rendue au Hilton vendredi en fin d'après-midi, exposa Coop en parcourant du doigt les différentes adresses du GPS inscrites sur une feuille.

— Elle ne t'en a pas parlé ? demanda Ben à Annabelle.

— Non. Elle était un peu en retard à la soirée, mais elle m'a dit qu'elle avait mis du temps à se coiffer.

— Il faut qu'on vérifie auprès de son responsable si elle avait une raison spécifique pour le travail de se trouver à cet hôtel.

Il griffonna quelques notes sur son carnet, puis tourna une nouvelle page vierge.

— Donc, pour résumer : son ex-petit, Oliver Talbot, travaille pour une société financière en Virginie. Aucun casier judiciaire. Ses parents sont fortunés. Pas autant que les

Baxter, mais presque. J'ai contacté son responsable, et apparemment, il est arrivé à Nashville samedi pour assister à une conférence et logerait du côté de Vanderbilt. Son hôtel se situe à environ trois kilomètres de chez Callie. Jimmy et Kate vont aller vérifier tout ça.

— Qu'a dit M. King ? demanda Coop.

— Rien de négatif à déclarer. D'après lui, c'est une avocate talentueuse et responsable qui faisait parfaitement son travail. On lui a demandé de nous en dire plus au sujet de cette liaison avec son assistante. Après quelques hésitations, il a admis en disant que c'était simplement un moment de faiblesse et d'égarement et que ce n'était pas récurrent. Kate a parlé quant à elle à la jeune femme, qui a avoué sans broncher et s'est même mise à pleurer pour qu'on ne révèle pas le pot aux roses à son mari.

— Tu penses que l'un ou l'autre aurait pu s'en prendre à Callie ? suggéra Annabelle.

— J'en doute. Mais je préfère tout de même creuser cette piste.

— Aucune mauvaise rencontre à la soirée de vendredi soir ?

— Pas dans mes souvenirs. À part Trixie, la grande rivale de Callie. Comme à son habitude, elle était… charmante. Elle n'a pas pu s'empêcher de glisser à Callie qu'elle avait épousé Chandler et que sa vie était merveilleuse.

Devant leur regard interrogateur, elle précisa :

— Callie est sortie avec Chandler à l'université. Ce n'est probablement rien, mais elle a dit vouloir s'assurer que Callie n'était pas là pour séduire son mari. Elle rôdait toujours dans les parages à la soirée, sauf pendant la chasse au trésor. Bref, hormis Trixie, Callie a passé une bonne soirée. Elle semblait plus détendue à la fin.

— On analyse actuellement son sac à main, mais pour le

moment, rien de spécifique. On en saura peut-être plus la semaine prochaine.

— Selon moi, vous n'y trouverez pas de drogue. Je suis persuadée qu'elle avait réussi à vaincre sa dépendance, appuya Annabelle en essuyant une larme sur sa joue.

Coop posa une main sur la sienne.

— On doit simplement vérifier, surtout avec Ollie dans les parages.

Il se tourna ensuite vers Ben.

— Je peux assister à l'entretien avec Ollie ? J'aimerais me faire une idée de sa personne.

— Bien sûr. Je vais demander à Kate de t'appeler, confirma Mason en composant rapidement un message sur son téléphone avant de se lever. On a communiqué à tous les prêteurs sur gages locaux le vol des bijoux. Pas de retour pour le moment, les informa-t-il. Je dois y aller. J'ai une réunion concernant une autre affaire. Vous savez, ce pauvre type abattu alors qu'il faisait son jogging.

— On se voit vendredi pour le petit-déjeuner. Notre vol part en fin de matinée. On pourra débriefer avant.

— À moins que quelque chose ne surgisse d'ici là, compléta Ben.

— Je vais aller au Hilton pour tenter d'en savoir plus sur la raison de sa présence là-bas.

———

Coop retrouva Kate devant l'hôtel d'Ollie Talbot, où elle avait prévu de le surprendre à la sortie de sa dernière conférence. Assis sur un banc devant la salle, ils ne pouvaient pas manquer son arrivée.

Une dizaine de minutes plus tard, ils n'eurent que peu de

mal à reconnaître l'homme au visage cerné, marqué par l'usage de substances illicites.

— Oliver Talbot, police de Nashville, l'interpella Kate d'une voix forte et autoritaire en lui tendant son insigne. Nous avons quelques questions à vous poser.

— Euh, oui. De quoi s'agit-il ? bredouilla-t-il, visiblement pris de court.

Coop vit ses yeux s'attarder sur Kate et lui, puis sur le petit groupe d'hommes et de femmes d'affaires qui affluaient de la conférence.

— On aimerait vous parler de Callie Baxter.

— Oh, c'est pas vrai. Ne me dites pas qu'elle m'a dénoncé aux flics ? Quelle garce !

Surpris par sa grossièreté évidente, Kate et Coop échangèrent un regard avant de le guider vers un espace clos, loin du bruit.

— Quand avez-vous contacté Callie pour la dernière fois ?

— À mon arrivée à Nashville. Je lui ai envoyé des messages et l'ai appelée. Elle devait passer me voir ici.

— Quand êtes-vous arrivé à Nashville exactement ? demanda Coop.

L'homme haussa les épaules.

— Hum, je dirais samedi, autour de quinze heures.

— Et qu'avez-vous fait ce soir-là ?

— Je me suis baladé en ville et fais quelques bars. Pas grand-chose, honnêtement.

— À quelle heure êtes-vous retourné à votre chambre ?

Tout à coup interloqué par ces questions presque indiscrètes, Ollie dévisagea le détective.

— Pourquoi ? Qu'est-ce qu'il se passe ?

— Répondez simplement à la question, M. Talbot, affirma calmement Kate.

Devant leurs visages fermés, l'homme préféra ne pas tergiverser.

— Hum, je dirais que je suis rentré à l'hôtel un peu après minuit. Je ne suis pas certain.

— D'après votre hôtel, vous avez fait votre enregistrement samedi après-midi à quinze heures quarante-huit. La dernière fois que la carte de votre chambre a été utilisée, il était trois heures trente-trois dimanche matin, énonça la jeune femme en tirant plusieurs feuilles de son porte-documents.

Décontenancé, Ollie se passa les mains dans ses cheveux. Son attitude trahissait de plus en plus un malaise grandissant. Il se mit à se tortiller sur son siège et à jeter des regards vers le couloir.

— Oh, oui. Je suis sorti acheter des bières. J'avais oublié.

— Où donc ? appuya Kate.

— Euh, dans une supérette en bas de la rue.

— Vous avez encore le reçu ?

— Euh, non. J'ai réglé en liquide, répondit-il avec des yeux écarquillés.

— Quelle heure était-il à ce moment-là ?

— Je dirais autour de trois heures du matin.

Kate rassembla les feuilles pour les remettre dans son porte-documents et se leva.

— Allons-y. Vous allez nous montrer le magasin.

— Euh, maintenant ?

— Tout à fait, affirma la policière en l'invitant d'un geste de la main à les suivre.

Il agrippa sa sacoche en cuir et marcha d'un pas lourd jusqu'à l'entrée.

— Je vais avoir besoin de mon manteau, marmonna Ollie.

— Je vais vous accompagner jusqu'à votre chambre pour que vous puissiez aller le chercher.

Coop le suivit jusqu'à sa chambre, tandis que Kate partit demander les vidéos surveillance de dimanche matin de l'hôtel, qui accepta de le lui faire une copie sur DVD qui serait prête d'ici une heure.

À leur retour, Ollie affichait un air terrorisé, Coop sur ses talons.

— On peut y aller.

Ils sortirent du bâtiment et prirent à gauche avant de marcher sur plusieurs rues, quand Kate désigna une enseigne lumineuse au coin de la rue.

— C'est ici ?

Ollie regarda autour de lui.

— Oui, je pense.

— Donc, il nous a fallu trois minutes pour marcher jusqu'ici, déclara Kate en consultant sa montre. Vous dites que vous étiez ici vers trois heures. Comment se fait-il que vous ayez mis trente minutes pour rentrer à l'hôtel ?

Elle le vit cligner des yeux, abasourdi.

— Je, euh, ne sais pas. J'imagine que j'ai simplement pris mon temps.

— Décrivez-nous le vendeur ou la vendeuse qui vous a reçu.

— Quoi ? s'exclama-t-il. Mais je ne me souviens pas.

— S'agissait-il d'un homme ou d'une femme ? demanda Kate.

— Euh, un homme.

— Quoi d'autre ?

— Je n'ai pas fait attention. J'ai juste pris mon pack de bières et je suis parti.

— Très bien, retournons à l'hôtel.

Lorsqu'ils furent de retour, Kate fit signe à Ollie de s'asseoir sur une chaise dans le hall. Elle ouvrit son carnet et récapitula les faits.

— Y a-t-il autre chose que vous souhaitez ajouter ou modifier ?

Il secoua la tête.

— Quel est le rapport avec Callie, bon sang ?

— Callie Baxter a été retrouvée assassinée tôt dimanche matin, lâcha Kate sans prendre de pincettes. Nous interrogeons donc tout son entourage.

Le visage d'Ollie se décomposa. Il se prit la tête dans les mains et murmura :

— Assassinée ? Mais comment ?

— Étranglée à son domicile.

— Vous êtes déjà allé chez Callie, M. Talbot ? demanda Coop sans lui laisser le temps de digérer la nouvelle.

— Non. Je ne savais pas où elle vivait. J'avais simplement son numéro de téléphone… répondit l'homme avant que sa voix ne vacille. Je… Je voulais qu'on se remette ensemble. J'espérais que ça se fasse lors de mon séjour ici.

— Était-ce une envie partagée ?

— Non… Je voulais justement lui parler et lui demander de me laisser une autre chance.

Des larmes se mirent à couler lentement le long de ses joues. Il les chassa d'un revers de main.

— Je n'en reviens pas qu'elle soit morte.

— Nous vous tiendrons informé de la suite des événements. En attendant, ne quittez pas la ville, M. Talbot, décréta Kate.

Après quelques formules de condoléances, ils laissèrent l'homme seul, les coudes sur les genoux et la tête entre les mains. Kate partit récupérer à l'accueil le DVD et informa Coop qu'elle le contacterait dans la matinée dès qu'elle l'aurait visionné. Quand le détective s'apprêta à sortir, il aperçut Ollie Talbot, toujours assis dans le vestibule, le corps emprisonné par la douleur.

———

Le lendemain matin, Coop passa prendre son habituelle tournée de donuts avant de passer au bureau de Ben. Son ami étant en réunion, il trouva Kate à son bureau.

— Salut, Coop. J'allais justement t'appeler.

Elle lui fit signe de s'asseoir à côté d'elle et, tout en se délectant d'une pâtisserie, ne put s'empêcher de sourire en voyant t-shirt de Coop : *Je ne fais pas d'histoire, j'explique simplement pourquoi j'ai raison.*

— Alors quelles sont les nouvelles ?

— Eh bien, sur les vidéos, on voit notre ami Ollie quitter l'hôtel vers dix-neuf heures pour prendre sa voiture et revenir à trois heures vingt-cinq. On a vu ça sur la caméra du garage. Aucune image qui le montre en train de sortir par les portes du hall d'entrée.

— Aucune vidéo de la supérette ?

— Non. Les caméras ne fonctionnaient pas. Étant donné qu'ils ne vendent pas de bière après minuit, je me suis dit qu'ils nous avaient menti et je voulais voir jusqu'à quel point, révéla Kate en prenant un autre morceau de beignet. Il manigance quelque chose, parce que j'ai reçu un message me demandant d'appeler un certain Benton Hamlin, l'avocat qui représente Talbot.

— Allons bon, pourquoi aurait-il besoin d'un avocat ? demanda Coop avec un sourire en coin.

— Parce qu'il est coupable de quelque chose, répondit la jeune femme en haussant les épaules. Ne le prends pas mal, évidemment.

— Aucunement.

— Je vais appeler son avocat pour organiser un rendez-vous. Il faut que j'élucide cette zone d'ombre autour de lui et que je m'assure qu'il ne quitte pas Nashville.

— Tu me diras ce qui en ressort. De mon côté, je vais passer voir M. King et son assistante. Sait-on jamais, peut-être que j'en apprendrai davantage. Ah au fait, Annabelle et moi partons vendredi pour l'enterrement.

— Oui, Ben m'a dit que vous y alliez. On se tient au courant, déclara-t-elle avant d'avaler sa dernière bouchée pour répondre à son téléphone.

Coop lui adressa un signe de la main et sortit du commissariat. Sur le chemin du centre-ville, il contacta Annabelle pour prendre de ses nouvelles. Une fois arrivé au cabinet, il présenta sa carte à la réceptionniste et demanda à voir M. King, tout en lui expliquant succinctement enquêter sur la mort de Callie.

— Bien sûr. Je vais l'appeler. Juste un instant, s'il vous plaît, répondit poliment la jeune femme. Pauvre Callie. Nous l'aimions tous tellement.

Elle communiqua à son interlocuteur quelques informations, puis reporta son attention sur Coop.

— L'assistante de M. King, Audrey, va venir vous chercher et vous accompagner jusqu'à son bureau.

Coop la remercia d'un signe de la tête, et avant même qu'il ne pût s'asseoir, une jolie rousse fit son apparition.

— Par ici, M. Harrington.

Dans le sillage de son parfum enivrant, Coop n'eut aucun mal à comprendre ce qui avait pu faire craquer M. King. Audrey était éblouissante avec sa silhouette élancée aux longues jambes toniques mises en valeur par sa jupe courte. Le détective tenta tant bien que mal de garder son professionnalisme pour ne pas la dévorer des yeux. Elle s'arrêta devant une double porte après quelques minutes, puis invita Coop à y entrer.

— M. King, M. Harrington pour vous, annonça-t-elle.

— Merci, Audrey. Apportez-nous quelques rafraîchissements, s'il vous plaît, la sollicita Brandon King.

Alors qu'il pénétrait dans la pièce, Coop reconnut le bel homme déjà aperçu lors de différentes conférences juridiques à Nashville.

— Merci de me recevoir, M. King, déclara Coop en lui tendant la main.

— Appelez-moi Brandon, détective. Si j'ai bien compris, vous enquêtez sur le décès de Callie.

— Oui. Sa famille m'a engagé pour élucider cette triste affaire.

— Ce sont des gens merveilleux. Nous sommes tous dévastés par cette histoire. Vous avez des pistes ?

— Quelques-unes, mais on cherche toujours à comprendre ses déplacements et qui aurait pu avoir un mobile.

Brandon leva les mains.

— Je sais que nous sommes dans votre radar, suite à l'incident dont Callie a été témoin. Audrey et moi regrettons ce qu'il s'est passé. Toutefois, je peux vous assurer qu'aucun de nous n'est impliqué dans sa mort. On a eu un moment de faiblesse, mais tout est terminé.

— Votre femme est au courant ?

— Non. Comme je vous l'ai dit, ça ne s'est passé qu'une seule fois.

La jeune femme réapparut quelques minutes plus tard, chargée d'un plateau avec du thé et du café et quelques biscuits.

Alors qu'elle se penchait pour déposer le contenu sur la table, Coop eut une vue imprenable sur le soutien-gorge en dentelle sous sa blouse échancrée. Attiré comme un aimant par cette vision, il ne put se résoudre à détourner son regard de ce spectacle envoûtant. Consciente de son effet sur la gent masculine, Audrey en jouait à sa guise.

Hypnotisé par son décolleté plongeant et son chemisier noir transparent, Coop bredouilla un remerciement tandis qu'elle lui tendit sa tasse de café, accompagnée d'un clin d'œil rapide et d'un sourire sulfureux. Elle se tourna vers Brandon et lui tendit une tasse à son tour.

— N'hésite pas si vous avez besoin.

Audrey s'éloigna d'une démarche lascive sous leurs regards admiratifs, puis referma la porte derrière elle. Perturbé plus qu'il ne l'aurait voulu, Coop reporta son attention sur la tasse de café interdite qu'il tenait à la main.

— Je peux comprendre ce qui vous a poussé à commettre l'irréparable. Elle est particulièrement attirante.

Tout en sirotant son café, Brandon laissa un sourire s'esquisser sur son visage.

— Oui. Audrey travaille ici depuis quatre ans. J'ai fini par céder à la tentation. Je sais que c'est mal, concéda-t-il avec un air presque faussement coupable. Pour tout vous dire, on a travaillé tard plusieurs soirs d'affilée sur un projet, et je n'ai pas réussi à résister. J'avais pourtant essayé de lui suggérer de porter des vêtements moins révélateurs, mais c'est délicat. Manifestement, je n'ai pas réussi à la convaincre. Je n'en suis pas fier, et elle non plus. Je lui ai suggéré de lui trouver une place dans un autre cabinet pour qu'elle travaille dans un environnement exclusivement féminin.

— Elle vous en veut ?

— Pas du tout. Elle est mariée à un homme formidable et elle n'a pas envie de tout gâcher. Vous pouvez penser que c'est une vraie séductrice, mais croyez-moi, loin de là. Lorsque Callie nous a surpris, c'était la seule et unique fois qu'on a succombé à nos pulsions. Certes, Audrey aime séduire, mais elle ne cherche pas à briser mon couple ni le sien. D'ailleurs, c'est moi qui ai fait le premier pas. Elle y a simplement répondu. On était tous les deux attirés l'un par l'autre. Mais c'est mieux que l'on cesse de travailler ensemble.

Alors que Brandon prenait une gorgée pour se réhydrater après s'être laissé aller aux confessions, Coop le laissa tout de même poursuivre dans sa lancée.

— Vous savez, on… enfin, on n'a pas été jusqu'au bout. Quand Callie a fait irruption, on était tous les deux sur le canapé et ce n'est qu'au moment où elle a poussé un cri de surprise qu'on s'est rendu compte de sa présence. Le temps qu'on se rhabille, elle était déjà partie. Elle a même trébuché en sortant et elle est partie en courant comme si le bâtiment prenait feu.

— Est-ce que vous avez eu le temps d'en discuter avec elle ce soir-là ?

— Non. J'étais bien trop mal à l'aise. Je ne voulais pas remettre le sujet sur le tapis. Et puis, vu sa réaction, elle semblait tout aussi embarrassée.

Il s'interrompit un instant, l'air grave, prenant conscience de la situation.

— Je me rends compte que j'aurais sûrement dû aller la voir pour m'expliquer.

— Elle craignait de se faire licencier, intervint Coop.

— Je ne l'aurais jamais licenciée, contesta King. Elle n'a rien fait de mal. Je suis même persuadé qu'elle n'a rien dit de tout ça à qui que ce soit au bureau. Il n'y a eu aucune rumeur à ce sujet.

— Je suis certain que Callie n'en a pas parlé non plus, à part à sa marraine aux Alcooliques Anonymes. En revanche, cette situation l'a vraisemblablement angoissée et inquiétée, au point de devoir en parler pour s'empêcher de boire.

Coop vit ses larges épaules musclées s'affaisser.

— Je suis désolé d'apprendre que ça lui ait causé du souci, répondit-il d'une voix sincère, les yeux baissés. J'ai honte de mon comportement. J'aime ma femme. J'aurais dû avoir la force de résister à cette attraction. Ce n'était tout simplement pas professionnel.

— Audrey vous a-t-elle menacé au sujet de l'incident ?

— Non. Bien sûr que non. Elle n'est pas fière non plus de ce qui est arrivé.

Coop hocha la tête et termina son café.

— Callie a-t-elle eu des problèmes avec quelqu'un au travail ou avec des clients spécifiques ?

— Aucunement, non. Elle était appréciée et faisait du bon travail. Une femme discrète et tranquille, qui ne s'intéressait pas plus aux ragots qu'aux intrigues de bureau.

— Aurait-elle eu une raison de s'être rendue au Hilton vendredi dernier ?

Brandon plissa les yeux et regarda le grand agenda posé sur son bureau.

— L'inspecteur Mason m'a posé des questions à ce sujet hier. Pas que je sache. Nous n'avons aucun client là-bas. La majorité du temps, Callie travaille à son bureau. Les seuls déplacements qu'elle faisait, c'était au palais de justice et dans d'autres cabinets d'avocats. Toutefois, nous ne nous rendons jamais à l'hôtel Hilton pour des affaires et n'avons aucun client qui y séjourne en ce moment.

Coop se leva et tendit la main.

— Merci pour votre temps et le café.

Il se dirigea vers la porte, prêt à sortir, puis se ravisa avant d'ajouter :

— Je vais devoir également interroger Audrey. J'espère que vous comprendrez.

— Bien sûr. Utilisez mon bureau si vous le souhaitez. J'ai une réunion qui va débuter dans quelques minutes.

Après un hochement de tête, Coop quitta la pièce et s'approcha du bureau d'Audrey, baigné par l'effluve floral de son parfum.

— J'ai quelques questions à vous poser aussi. M. King m'a proposé de prendre son bureau.

Les joues légèrement roses, elle tapota rapidement sur son téléphone puis se leva sans un mot alors qu'ils croisaient Brandon King.

— Je serai à côté.

Coop prit une profonde inspiration et entra à son tour dans la pièce, non sans se donner l'ordre de ne pas laisser traîner son regard baladeur, puis prit place le plus loin possible d'elle.

Après quelques questions, l'assistante, visiblement bouleversée, lui raconta la même version, les pleurs en plus. Elle lui réitéra à travers des larmes à quel point elle était désolée.

— Tout ça ne s'est produit qu'une seule fois. On était tous les deux épuisés. Nos hormones ont pris le dessus.

— En avez-vous parlé à votre mari ?

Son visage prit un vif ton écarlate.

— Non. Brandon et moi sommes d'accord sur le fait qu'il s'agissait d'une erreur et que ça ne se reproduira plus. On ne veut pas inquiéter nos conjoints.

Elle lui partagea la proposition de M. King quant au fait de trouver un emploi dans un autre cabinet.

— Le poste est plus intéressant, avec un meilleur salaire, donc je pense que ce serait la meilleure solution. J'ai appris de mes erreurs. Je suis sincèrement navrée pour Callie. Elle a su rester professionnelle et n'en a parlé à personne.

— Selon vous, qu'aurait-elle bien pu faire à l'hôtel Hilton après le travail un vendredi ? Y avait-elle des documents à déposer ?

La jeune femme secoua la tête, faisant rebondir ses boucles brunes sur ses épaules.

— Non. J'ai vérifié le registre des clients et des livraisons. Rien n'est indiqué au sujet de l'hôtel Hilton. Ça devait être personnel.

Pour signifier la fin de leur entretien, Coop se leva et la remercia. Ne voulant pas se rapprocher d'Audrey plus que nécessaire, il laissa sa carte de visite sur la table et lui pria de le contacter si elle se souvenait d'un détail important.

— Merci, M. Harrington. Ce fut un plaisir.

En récupérant la carte, elle lui offrit un dernier aperçu de son décolleté qu'il se dépêcha de chasser de ses pensées avant de quitter les lieux.

Qu'elle le veuille ou non, Audrey plaisait aux hommes et Brandon King ferait mieux de la faire quitter son cabinet dès que possible pour son propre bien.

CHAPITRE SIX

Profitant du service du Hilton, Coop laissa sa Jeep au voiturier et décida d'aller à pied jusqu'à Broadway pour déjeuner à l'un de ses restaurants préférés situé quelques rues plus loin. Alors qu'il terminait sa portion de frites et son hamburger, il appela Kate pour lui demander d'informer la sécurité de l'hôtel de sa venue. Il tenait à consulter toutes les images qu'ils possédaient durant le passage de Callie vendredi. Il rédigea ensuite plusieurs notes suite à ses entretiens avec Brandon King et son assistante, puis reprit la direction de l'hôtel.

Lorsqu'il se présenta à l'accueil, le superviseur l'attendait déjà. Il le conduisit dans son bureau et lui montra comment utiliser le logiciel pour qu'il puisse faire défiler la vidéo du jour souhaité. Pensant que Callie souhaitait faire des économies, Coop se concentra, à tort, sur la zone de stationnement, mais ne vit rien de probant. Il reporta alors son attention vers la zone des voituriers et aperçut sa voiture s'arrêter à seize heures quarante-huit. Mimant des gestes avec ses mains, la jeune femme s'adressa au voiturier pendant plusieurs minutes avant de récupérer une enveloppe dans son sac. Coop vit alors l'homme lui faire un signe de tête et lui montrer une direction du doigt. Le front plissé par la concentration, il suivit sur l'écran la voiture de la jeune femme avancer vers une place devant l'entrée, puis la vit finalement remettre l'enveloppe dans son sac avant de se précipiter dans le hall. Enfin, le détective constata que Callie regagna son véhicule à cinq heures zéro trois, donna un pourboire au voiturier, puis repartit.

Coop mit la vidéo en pause et demanda au superviseur s'il pouvait en obtenir une copie. Ce qu'il venait de voir laissait supposer que la jeune femme avait quelque chose à remettre à quelqu'un. Mais il devait en avoir leur cœur net. Afin de pouvoir suivre les déplacements de Callie une fois dans l'hôtel, il demanda également à voir les caméras situées dans le hall d'entrée. Le superviseur fit apparaître alors plusieurs écrans et lui montra les différentes caméras installées dans l'entrée.

Après avoir fait défiler plusieurs fois l'écran, Coop repéra Callie et la regarda traverser le hall et prendre une porte latérale d'où elle ressortit à l'extérieur. On la voyait passer devant le bâtiment, puis marcher quelques mètres sur le trottoir. À dix-sept heures zéro une, elle revenait dans la même direction et utilisait la porte latérale pour entrer de nouveau dans l'hôtel. Sur la dernière vidéo, la jeune femme empruntait le même chemin pour sortir par les portes de l'entrée et retourner près du voiturier.

Après avoir récupéré le DVD contenant tous ces allers et retours, Coop se rendit auprès des voituriers et identifia l'homme qu'il avait reconnu sur la vidéo.

— Bonjour, détective Harrington, déclara Coop en s'approchant, une main tendue.

— Bonjour, répondit le jeune voiturier dont l'âge devait probablement osciller entre vingt et vingt-cinq ans.

— J'aimerais savoir si vous vous souvenez d'une éventuelle BMW conduite par cette jeune femme.

Il lui montra une photo de Callie, et les yeux du garçon s'illuminèrent.

— Oh, oui, une jolie femme. Elle m'a dit vouloir déposer quelque chose.

— Avez-vous vu l'enveloppe qu'elle avait dans son sac ?

Il secoua vivement la tête.

— Non, monsieur. Je n'y ai pas prêté attention. Elle est revenue quelques minutes plus tard et m'a donné un pourboire alors que ce n'était pas grand-chose comme demande, avoua le voiturier. On n'est pas censé le faire, mais on avait de la place et elle avait l'air sympa. Simplement pressée.

Coop lui donna sa carte de visite et lui demanda de l'appeler s'il se souvenait d'autre chose.

Lorsqu'il regagna son bureau, il était près de dix-sept heures. Gus l'accueillit joyeusement.

— Alors, quoi de neuf ? demanda Annabelle en éteignant son ordinateur.

— Pas grand-chose. J'ai parlé avec M. King et sa charmante assistante, Audrey, répondit Coop en haussant les sourcils. Une femme sublime et sacrément aguicheuse.

Annabelle leva les yeux au ciel.

— Typique des hommes, remarqua-t-elle. Bon, et sinon, en dehors des mensurations de son assistante, qu'as-tu appris ?

— D'après moi, ils n'ont rien à voir avec la mort de Callie, répondit Coop en déposant le DVD sur la table basse avant de s'affaler sur le canapé. Ils se sont tous les deux montrés ouverts à la discussion et m'ont présenté la même version.

Évidemment, ils auraient pu se concerter avant, mais ils avaient l'air sincères. Je les crois. D'ailleurs, l'un comme l'autre m'a dit que Callie n'avait aucune raison de se trouver au Hilton pour le travail.

— Hum, je me demande d'autant plus ce qu'elle y faisait maintenant.

— Les vidéos surveillance la montrent en train de discuter avec le voiturier, puis laisser sa voiture stationnée une quinzaine de minutes sur le parking privé. Une fois garée, elle traverse le Hilton et retourne dans la rue, puis revient quelques minutes plus tard à l'intérieur et sort par la porte d'entrée. On la voit également montrer au voiturier une enveloppe dans son cabas, qui n'a pas été trouvée quand la police a fait l'inventaire de son contenu.

— Je me demande ce qu'il y avait dans cette enveloppe, et où elle a atterri…

— Je vais voir avec Ben pour qu'il demande à ses techniciens de passer la vidéo au peigne fin, mais les chances sont minces.

— Callie m'a dit que quelque chose au travail la tracassait, se souvint Annabelle. Peut-être que c'était cette fameuse enveloppe. On devrait examiner toutes les affaires sur lesquelles elle travaillait pour M. King. Peut-être que ça n'a rien à voir avec leur liaison, mais plutôt avec quelque chose qu'elle a découvert dans le cadre de son travail.

— Je me ferai un plaisir de retourner interroger Audrey… et M. King, évidemment.

Outrée, son amie lui donna une petite claque derrière la tête.

— Ça suffit. Peut-être que c'est moi qui devrais y aller et voir l'emprise qu'a cette femme sur le sexe faible.

———

Prêt à les laisser consulter tous les dossiers sur lesquels travaillait la jeune femme avant son décès, M. King accepta de les recevoir dès jeudi matin. Audrey les conduisit à l'espace de travail de Callie. Alors qu'ils la talonnaient, Coop donna un coup de coude à Annabelle.

— Tu vois ce que je voulais dire ? chuchota-t-il en scrutant la jupe courte couleur crème et le chemisier transparent de l'assistante.

À la fois amusée et perplexe, Annabelle leva les yeux au ciel et lui mima une grimace.

Ils passèrent la matinée à examiner minutieusement chaque dossier, à la recherche du moindre détail qui leur mettrait la puce à l'oreille. Alors qu'ils parcouraient les différents documents, Annabelle nota le nom des clients et une brève description de chaque affaire. D'après leur recherche, Callie travaillait sur plusieurs cas, mais aucun qui impliquait d'importantes sommes d'argent ou des sujets controversés. Principalement des tâches banales, voire ennuyeuses. Elle n'avait aucun client important, et la majorité de son travail consistait à faire des recherches.

Bien que l'équipe de Ben eût déjà fouillé son bureau, les deux détectives inspectèrent à leur tour tous les tiroirs et rangements, mais ne trouvèrent rien de significatif.

— Pauvre Callie. Elle n'avait même pas d'affaires personnelles ici. Aucune photo, rien, remarqua tristement Annabelle.

— Peut-être qu'elle espérait ne pas s'éterniser à ce poste et en trouver un meilleur prochainement, supposa Coop.

Résignée, la jeune femme haussa les épaules et ferma le dernier tiroir qu'ils avaient fouillé.

— Il faut qu'on trouve le coupable, Coop.

Après leurs recherches loin d'être concluantes, ils

retournèrent voir Audrey et lui demandèrent à parler à Brandon King qui les reçut immédiatement.

— Merci de nous avoir laissés examiner son bureau. Hélas, nous n'avons rien trouvé qui pourrait nous mener sur une piste probante. Je me demandais, commença Coop, Callie avait-elle des réunions avec ses clients à l'extérieur du bureau ou lui arrivait-il de voir d'autres avocats dans leur cabinet ou ailleurs ?

— Et bien, ça lui arrivait effectivement de se rendre dans certains cabinets, mais uniquement pour récupérer des documents administratifs, répondit King. Si vous le souhaitez, on peut vous préparer une liste. Mais Callie ne rencontrait jamais nos clients en dehors du cabinet et elle n'était jamais seule lorsqu'elle participait à des réunions ici. À part ça, elle se rendait également au palais de justice, où elle déposait et récupérait de temps en temps des documents.

— Possédez-vous un registre des documents qu'elle aurait été chargée de livrer ou de récupérer au palais de justice ou dans d'autres bureaux ?

M. King fronça les sourcils.

— Pas une liste officielle, non. Laissez-moi vérifier auprès d'Audrey et voir si nous pouvons vous restituer quelque chose.

— Ce serait formidable. Nous ne serons pas en ville ce week-end, mais je reviendrai vers vous lundi pour faire le point, conclut Coop.

———

Comme le voulait la tradition, Harrington et Mason se retrouvèrent vendredi matin autour d'une généreuse assiette de pancakes dans leur café préféré. Les yeux injectés de sang et le visage blafard de Ben traduisaient son implication dans ces méli-mélo d'enquêtes auxquels il devait faire face en ce moment.

— Tu fais peur, Ben.

— Ma tête résume tout, confirma le concerné en avalant son deuxième café d'une traite.

Comme si elle avait deviné son état de fatigue avancé, Myrtle apparut pour lui remplir de nouveau son mug.

— Oh, mon Dieu ! s'exclama-t-elle en le dévisageant. Il faut prendre le temps de se reposer. Ces enquêtes vont finir par te tuer, toi aussi.

Ben esquissa un sourire.

— C'est temporaire, Myrtle. Ça ira mieux une fois toutes ces affaires élucidées.

— Comme on dit, jamais deux sans trois. Peut-être que les choses vont se calmer maintenant, déclara la serveuse en récupérant le crayon glissé derrière son oreille. Alors, qu'est-ce que je vous sers aujourd'hui ? Des omelettes pour changer ?

Les deux hommes approuvèrent d'un signe de la tête. Elle griffonna leurs commandes sur son calepin, puis fila en cuisine.

— Si je peux faire quelque chose, n'hésite pas. Sans frais, évidemment, précisa Coop.

— Je vais peut-être accepter ton offre. J'ai visionné pendant des heures des tas de vidéos surveillance, mais je n'ai rien trouvé. La seule piste, c'est un SUV noir qui correspond au véhicule qui a heurté le gamin. Il a été abandonné et partiellement brûlé, puis laissé dans une zone industrielle délabrée au nord de la ville. Volé dans l'État de Géorgie quelques jours avant l'accident.

Myrtle arriva avec leurs assiettes et les déposa devant eux.

— Bon appétit, lança la jeune femme avec gaieté en

remplissant leurs tasses avant de s'éclipser aussi vite qu'elle était arrivée.

— Rien non plus concernant ce type abattu dans le parc. D'après son entourage, il y faisait son jogging chaque matin. On a identifié le type d'arme utilisée, mais aucune correspondance balistique. Le médecin légiste a relevé un tir à la poitrine et un à la tête, mais aucune douille sur la scène de crime. Donc, on a affaire à un professionnel. Et évidemment, aucun témoin non plus. Juste quelques caméras près du parking et des bâtiments, mais aucun véhicule enregistré. Les seuls suspects potentiels pourraient être les joggeurs que l'on voit courir de temps à autre, mais ils sont tous emmitouflés de la tête aux pieds. Impossible d'en identifier un seul. Sans parler des centaines d'appels inutiles qu'on a reçus suite au numéro vert laissé dans le journal.

— Étrangement, les meurtres de Callie et du type dans le parc semblent avoir tous les deux été commis par un professionnel. Peut-être qu'il en est de même pour le coursier, avança Coop. Difficile d'imaginer un habitant commettre un pareil délit pour ensuite mettre le feu à son véhicule. Y a-t-il un quelconque lien entre le propriétaire de la voiture en Géorgie et un citoyen de Nashville ?

— Non, aucun. On a vérifié auprès du propriétaire, et il est clean. On examine à présent les empreintes prélevées dans le véhicule. Avec un peu de chance, on pourra avoir une correspondance.

L'inspecteur marqua une pause pour finir son café et accessoirement retrouver un semblant d'énergie avant de poursuivre :

— Hier soir, on est parvenu à localiser un type sur une des vidéos. On le voit sortir d'une ruelle et fouiller dans les papiers du coursier éparpillés par terre. Il n'a pas l'air d'avoir pris quoi que ce soit, mais on est en train d'essayer de l'identifier. C'est sans succès jusqu'à présent. Notre équipe n'avait sécurisé que la zone de l'accident ; sa sacoche et une grande partie des papiers se trouvaient en dehors de ce périmètre. Malheureusement, le sac a été piétiné et écrasé par des voitures. Le type de la ruelle était à pied et portait un sweat à capuche. Impossible de voir son visage, déplora Ben. On a essayé de suivre son trajet avec d'autres caméras, mais rien à faire. On le perd de vue quand il s'engage dans une autre ruelle. Bref, comme tu peux l'imaginer, c'est un travail fastidieux qui mérite d'être examiné de plus près.

— Tu penses que ce type à la capuche était simplement trop curieux ou il cherchait réellement quelque chose ?

— C'est ce que je me demande. Kate et Jimmy travaillent avec le service de coursiers pour essayer de rassembler tous les documents qu'il transportait et tenter de déterminer ce que cet homme cherchait. Peut-être qu'on fait fausse route, qu'il est simplement tombé dessus par hasard et était curieux. Un sans-abri aurait pris le tout. La fin de la journée approchait, et la sacoche de Billy était pleine à craquer. Quel cauchemar, cette histoire !

Compatissant, Coop tapota l'épaule de son ami et le tint informé de sa dernière visite au cabinet de M. King.

— Je serai lundi en possession d'une liste de tous les cabinets dans lesquels Callie s'est rendue. Ce qui l'angoissait provient sans doute d'un facteur extérieur, puisqu'on n'a rien trouvé dans ses dossiers dignes d'intérêt, expliqua Coop. Des nouvelles des techniciens sur la vidéo de Callie et du voiturier au Hilton ?

— Pas encore. D'après eux, l'angle est mauvais. Pour ce qui est du recto de l'enveloppe, ils ne pourront rien en tirer. Uniquement le verso, mais aucune écriture n'a été détectée.

Il s'apprêtait à boire son verre d'eau quand il interrompit son geste.

— J'allais oublier. Kate m'a dit de t'informer qu'elle avait parlé à Ollie et à son avocat. Il a admis être resté dehors pour se procurer de la cocaïne samedi soir après qu'elle l'ait confronté avec la preuve vidéo. Elle va tenter de savoir où il s'est rendu exactement. Selon elle, il dit la vérité. À mon avis, il craignait d'être de nouveau mêlé à ces histoires de drogues, mais il s'est ravisé quand il a compris qu'il pouvait être inculpé pour un délit de meurtre bien plus grave.

— Quel crétin ! On savait qu'il mentait quand on lui a parlé à l'hôtel.

Profitant de ce moment de flottement, Myrtle apparut avec l'addition.

— Une commande pour Annabelle aujourd'hui ?

— Non. Je dois aller la récupérer chez elle. On a un vol ce matin, et je dois me dépêcher. Vendredi prochain par contre, avec plaisir.

Avec un grand sourire, Coop lui tendit quelques billets de son portefeuille.

— Passe un bon week-end, Myrtle.

———

Comme l'avait promis l'assistante de Mme Baxter, un chauffeur les attendait à leur arrivée à l'aéroport de Dulles. Avec une aisance exercée, il rangea leurs valises dans le coffre du grand SUV noir, puis se fondit rapidement dans le trafic avant d'atteindre en moins de trente minutes l'enclave privilégiée de la petite ville de McLean. Après avoir roulé au pas plusieurs minutes dans le lotissement, le véhicule s'arrêta devant une guérite digne de figurer dans la revue *Architectural Digest*. Empêchant son accès, une grande barrière s'ouvrit dès que le chauffeur appuya sur une petite télécommande. Tandis qu'ils progressaient dans l'allée, Coop et Annabelle ne purent manquer d'admirer autour d'eux les immenses demeures toutes plus éblouissantes les unes que les autres. La voiture bifurqua tout à coup sur la gauche où un autre portail impressionnant bloquait l'entrée. Lorsqu'ils le passèrent se dressa enfin devant eux l'époustouflante propriété en brique et en pierre de la famille Baxter.

Un homme vêtu d'un costume élégant les attendait à son tour devant une lourde porte en chêne.

— Bonjour et bienvenu. Je me présente, M. Belmont. M. et Mme Baxter ne sont pas encore présents, mais ils m'ont expressément demandé de vous informer qu'ils vous retrouveraient ce soir à dix-huit heures dans le grand salon. Si vous voulez bien me suivre, je vais vous montrer vos chambres.

Derrière lui, un jeune homme fit son apparition et s'empressa de prendre leur bagage. Intimidés par tant de bienséance, Coop et Annabelle les suivirent sans un mot. Lorsqu'ils pénétrèrent, leur regard fut immédiatement ébloui par la blancheur immaculée du marbre de l'entrée. À peine eurent-ils le temps de contempler les lieux qu'on les fit prendre un escalier en colimaçon. À travers les grandes fenêtres de l'étage, ils eurent le temps d'apercevoir le jardin immense situé à l'arrière de la maison. Avec son air toujours très solennel, M. Belmont se plaça devant une porte sur la droite donnant sur la vaste pelouse.

— M. Harrington, voici votre suite, annonça le majordome avant de présenter d'un geste de la main une autre porte au bout du couloir. Et voici la vôtre, Mme Davenport.

Lorsqu'il entra dans sa chambre, Coop remarqua la présence de ses affaires déjà dans la pièce. Après un tour rapide de la suite, M. Belmont déclara :

— Mirabelle s'occupera de vous. Si vous avez besoin de

quoi que ce soit, n'hésitez pas à lui demander. Notre cuisinier vous a préparé une collation. N'hésitez pas à profiter de la salle de cinéma ou de la piscine une fois que vous serez installés. Nous avons également une petite bibliothèque et un terrain de racquetball à l'étage inférieur. Faites comme chez vous.

Pantois, Coop eut à peine le temps de le remercier que le majordome s'était déjà éclipsé pour conduire son amie dans ses quartiers.

— Bonjour madame, déclara la fameuse Mirabelle qui s'affairait à déballer sa valise. Vous trouvez quelques rafraîchissements dans la bibliothèque située au sous-sol. Si vous avez besoin de quoi que ce soit, appelez-nous avec n'importe quel téléphone fixe de la maison et composez le zéro.

Après une légère révérence, elle laissa Annabelle s'imprégner de sa suite digne de celle d'une princesse.

Épuisée par le voyage et ces derniers jours éprouvants, elle se laissa tomber contre la pile d'oreillers moelleux parfaitement disposés sur le lit à baldaquin. À l'instar de la grandeur de la pièce, une large télévision fixée au mur se fondait dans le décor aux tonalités roses et or de la chambre. Émue, Annabelle reconnut la chambre d'enfance de Callie, vraisemblablement remise au goût du jour depuis qu'elle y avait séjourné avec son amie.

Une larme coula sur sa joue. On frappa alors doucement à sa porte, et elle l'essuya rapidement du dos de la main avant de se lever pour ouvrir.

— Bien installée ? demanda Coop.

— Oui, j'imagine. C'est la chambre de Callie. Ça me rappelle tellement de souvenirs, soupira-t-elle.

— Je veux bien te croire. Ça te dit d'aller en bas manger quelque chose ? On peut d'abord se balader un peu dehors.

— Oui, un peu d'air me ferait le plus grand bien, approuva la jeune femme en s'emparant de sa veste.

Le cœur lourd, elle suivit Coop, puis referma la porte derrière elle.

———

Une fois l'extérieur de la propriété visité, Annabelle et Coop se rendirent dans la bibliothèque et découvrirent, béats, les innombrables livres qui occupaient les étagères de la pièce, du sol au plafond. Tandis qu'ils picoraient leurs en-cas, ils ne purent s'empêcher de succomber à l'appel des ouvrages.

— Je pourrais vivre ici, s'extasia Annabelle en choisissant un exemplaire relié en cuir de *Ne tirez pas sur l'oiseau moqueur*.

À la fin de leur goûter, Mirabelle fit son apparition sur le seuil de la porte et leur rappela :

— M. et Mme Baxter vous retrouveront dans le salon pour prendre un verre à dix-huit heures.

Après les avoir brièvement scannés de haut en bas, elle jugea utile de préciser :

— Une fois changés, bien sûr. M. et Mme Baxter apprécieront votre ponctualité. Ils doivent assister ce soir à un repas organisé chez le frère de Mlle Callie en son honneur. Le cuisinier vous servira le souper dans la salle à manger à sept heures et demie. Je vais vous y conduire.

Déçue de ne pas profiter plus longuement de l'atmosphère paisible et du feu de cheminée, Annabelle reposa à contrecœur le livre de Harper Lee. N'osant broncher, Coop et la jeune femme suivirent la gouvernante en montant les escaliers jusqu'au rez-de-chaussée.

— La salle à manger se trouve tout au bout du couloir principal, de l'autre côté des escaliers, les informa Mirabelle en désignant une porte située quelques mètres plus loin.

— Parfait, nous serons là à dix-huit heures. Merci pour la collation, répondit Annabelle.

Tandis qu'ils regagnaient leurs chambres, Coop lui chuchota à l'oreille.

— Je n'ai pas apporté beaucoup de vêtements. Juste mon costume pour demain.

— Tu peux me remercier de ne pas t'avoir laissé porter un de tes horribles t-shirts !

— J'en ai un dans ma valise. Je devrais peut-être le porter tout à l'heure ? répondit Coop sur un air de défi.

— Tu n'auras qu'à porter ta veste par-dessus et croiser les doigts. Je vais faire une petite sieste. Je passerai à ta chambre avant d'y aller.

Sentant la paresse le gagner, le détective en profita pour se reposer lui aussi et alluma la télévision avant de s'affaler sur son lit, son téléphone dans les mains pour consulter ses emails. Il vit un premier message de Ben dans lequel son ami lui rapportait que Kate avait vérifié les allées et venues d'Ollie et que jusque-là, tout concordait. Il lui confirmait également l'alibi de M. King et de son assistante : ils se trouvaient tous les deux chez eux le soir du meurtre, fait confirmé par leurs conjoints et voisins. Et enfin, Ben lui expliquait être en train de passer en revue les autres employés de l'entreprise de Callie.

Finalement pris d'un éclair de lucidité, Coop saisit son bloc-notes pour lister dans un tableau les suspects potentiels et leurs mobiles. Il commença par griffonner les noms des frères de Callie, puis laissa vide la colonne des mobiles, espérant en apprendre davantage ce week-end. Pourtant, dans leur viseur, Ollie semblait ne pas être le coupable du crime, à moins, bien sûr, qu'il n'ait engagé un tueur à gages. Afin de ne pas oublier, il inscrivit un mémo pour vérifier les finances d'Ollie dès son retour à Nashville.

Il sortit ensuite son ordinateur portable pour examiner les données du téléphone de Callie, tâche sur laquelle Coop aurait dû enquêter avant leur départ, mais dont il n'en avait pas eu l'occasion par manque de temps. Il commença par éliminer tous les appels entre Callie et son bureau et ceux passés avec Annabelle. Alors qu'il mettait en évidence les numéros avec un indicatif de Virginie, il remarqua un appel entrant le jour qui suivit la mort de Callie, puis vit le même numéro le lendemain matin. Intrigué, il les surligna en bleu et poursuivit avec une couleur différente pour tous les appels d'Ollie. Parmi les numéros figuraient sans surprise ceux de ses parents, ainsi que le téléphone fixe de la maison. Il ne lui restait qu'un seul numéro à identifier.

Quant aux messages, rien de pertinent. Les seuls reçus provenaient essentiellement d'Ollie et d'Annabelle. Curieux de découvrir l'identité du numéro inconnu, il composa le zéro sur le téléphone fixe de sa chambre et posa la question à M. Belmont, visiblement bien plus qu'un simple majordome, qui lui indiqua qu'il appartenait à Winnie, la belle-sœur de Callie.

— Callie était-elle proche de Winnie ?

Un silence interminable s'ensuivit.

— Non. Je ne dirais pas qu'elles l'étaient.

— Auriez-vous une idée de la raison de son appel ?

— Je n'en ai pas la moindre idée, monsieur.

— Quand Callie est-elle venue ici pour la dernière fois ?

— Hum, je dirais Thanksgiving. La seule et unique fois depuis son déménagement à Nashville.

— De qui Callie était-elle la plus proche dans sa famille ? demanda Coop, ne perdant pas de sa patience pour obtenir le maximum d'informations.

— Son papa. Il tenait à elle comme à la prunelle de ses yeux. Même quand elle avait des ennuis. Callie était un peu le bébé de la famille. Elle n'a jamais été très proche de ses frères. Enfant, elle passait beaucoup de temps avec notre cuisinière. Elle traînait tout le temps dans ses pattes.

Coop le remercia, puis ajouta ces nouvelles informations sur son bloc-notes. Il passa ensuite un bref appel à Mirabelle pour lui demander de repasser un haut noir à manches longues qu'il avait miraculeusement trouvé dans ses affaires. S'il portait sa veste de costume par-dessus, personne ne verrait *Vanderbilt* écrit avec des lettres dorées sur la manche et tout serait résolu.

Une vingtaine de minutes plus tard, alors qu'il enfilait sa veste, Annabelle frappa à sa porte.

— Entre.

— Regarde-toi ! Tu as trouvé une solution à ton dilemme de garde-robe, constata-t-elle en contemplant son ami. Tu es très beau, Coop.

Après lui avoir offert son bras, ils prirent la direction du salon et y arrivèrent avec cinq bonnes minutes d'avance. Près du bar, M. Belmont leur demanda ce qu'ils souhaitaient boire. Le détective opta pour une bière et la jeune femme suivit quant à elle la suggestion de M. Belmont et accepta volontiers un gin fizz. Alors qu'ils se dirigeaient vers le canapé le plus proche de la cheminée, M. et Mme Baxter firent leur entrée.

— Annabelle, M. Harrington, c'est un plaisir de vous recevoir, déclara Arden.

Carter s'avança, serra la main de Coop, puis prit Annabelle dans ses bras.

— Je suis tellement désolée pour Callie. Je n'arrive pas à y croire, chevrota-t-elle les yeux remplis de larmes, sa main toujours dans celle du vieil homme.

— Merci d'être venue, Annabelle, répondit-il, un mouchoir pressé contre son nez.

Une fois leurs boissons servies, ils prirent place dans les deux fauteuils élégants en face du canapé.

— Nous sommes navrés de vous laisser dès ce soir, mais nous avons un repas de famille chez David ce soir, déclara Arden.

— On comprend parfaitement, les rassura Coop. Préférez-vous discuter de l'enquête maintenant ou plus tard ?

Arden échangea un regard entendu avec son mari qui hocha la tête.

— Maintenant, s'il vous plaît.

Malgré leurs visages profondément marqués par le chagrin, Coop prit son courage à deux mains et leur résuma ce que la police avait découvert et les mesures qu'ils avaient prises à l'égard d'Ollie et du travail de Callie. Il évoqua également l'élément mystérieux découvert à son travail qui l'avait tant bouleversée.

— J'ai vu sur son téléphone portable qu'elle avait été en contact avec vous. Savez-vous si quelque chose la perturbait ces temps-ci ?

— Non, pas à notre connaissance. Nous avions parlé avec elle de projets de vacances et d'autres choses. Rien de plus, dit sa mère. Donc, d'après vous, il ne s'agissait pas d'un cambriolage ?

— Selon moi, son agression a un rapport avec cette chose qu'elle a mentionnée à Annabelle. Je crains que nous n'ayons rien de concret pour le moment, mais on s'efforce de reconstituer ses déplacements et de comprendre ce qu'elle a pu découvrir.

— J'ai cru comprendre que vous avez eu vent des batifolages de Brandon King, mais je peux vous assurer que c'est un homme droit et qu'il ne ferait jamais de mal à Callie, affirma Carter d'une voix douce. Il m'a même appelé pour me le dire de lui-même.

— Je suis d'accord avec vous, M. Baxter, approuva Coop. C'était juste une piste que nous devions explorer, comme les autres. M. King et son assistante ont tous deux des alibis vérifiés.

D'une main tremblante, Carter porta son verre à ses lèvres.

— Ce qui m'amène à un autre sujet délicat…

Coop préféra laisser une pause de quelques secondes avant d'enchaîner :

— Callie avait-elle des problèmes avec sa famille ou ses proches en Virginie ?

Alors que Carter s'apprêtait à répondre, Arden l'interrompit.

— Non, pas avec sa famille. Callie a eu effectivement des problèmes, mais ils étaient derrière elle. C'est la raison pour laquelle elle avait déménagé à Nashville. Pour recommencer à zéro. La seule personne qui représentait un problème, c'était son ex-petit ami, Ollie.

— Callie avait-elle de bonnes relations avec ses frères, leurs épouses et leurs familles ?

Arden glissa un regard tout juste perceptible à son mari, puis poursuivit :

— Bien sûr. Ils ne voyaient pas beaucoup Callie, car ils fréquentaient des cercles différents, mais nous avons tous passé un merveilleux repas de Thanksgiving ensemble à la maison.

— Et c'est la dernière fois que nous l'avons vue, murmura Carter.

Arden jeta un coup d'œil à sa montre.

— Nous devons y aller, déclara-t-elle en se levant.

— M. Belmont organisera une voiture pour vous

conduire à la réception tenue demain midi. Encore une fois, veuillez nous excuser pour notre départ précipité ce soir. Ce fut un plaisir de vous rencontrer, M. Harrington. Et évidemment, toujours un plaisir de te voir, Annabelle.

— Appelez-moi si vous pensez à quoi que ce soit, aussi insignifiant soit-il, lança Coop.

Carter se leva et serra de nouveau la main de Coop.

— Merci pour tout. Dites-le-moi si nous pouvons vous aider davantage, le supplia le vieil homme.

Et sur ces mots, comme s'il portait sur son dos le poids de sa douleur, Carter suivit, tête baissée et épaules affaissées, son épouse jusqu'à la porte d'entrée.

CHAPITRE SEPT

R esté en retrait durant leur aparté, M. Belmont refit surface pour les conduire jusqu'à la salle à manger où les attendait leur dîner ainsi qu'une petite cloche à faire sonner en cas de besoin.

— Arden porte la culotte, à ce que je vois, chuchota Coop en plaçant sa serviette de table sur ses genoux.

— Oh, oui. Et elle l'a toujours portée. C'est une sacrée force de la nature.

— Belmont m'a dit que Callie était proche de la cuisinière. Tu te souviens d'elle ?

— Oui. Je n'en reviens pas qu'elle soit encore là. Elle était déjà âgée quand on était à l'université.

— Allons la voir après le repas, lui proposa-t-il.

Une fois le repas terminé, ils s'installèrent dans la bibliothèque pour déguster leur dessert et demandèrent à voir la cuisinière pour la remercier en personne. Quelques minutes plus tard, une femme ronde vêtue d'un tablier blanc apparut sur le seuil de la porte.

— Vous avez demandé à me voir ? s'enquit la vieille dame.

— Oui. Pardonnez-moi, je ne connais pas votre nom, s'excusa Coop en se levant. Cooper Harrington, et voici Annabelle.

— Oh, oui, je me souviens. Vous veniez souvent voir mademoiselle Callie, approuva-t-elle, une lueur animant soudain son regard fatigué. Eunice Hillman.

Il l'invita à se joindre à eux sur le canapé.

— Le repas était délicieux. Nous souhaitions vous remercier et également vous poser quelques questions au sujet de Callie.

À l'évocation de la jeune femme, Eunice récupéra un petit mouchoir en tissu dans la poche de son tablier et se tamponna les yeux.

— Mademoiselle Callie était une fille loin d'être ordinaire. Je ne me fais toujours pas à l'idée qu'elle nous ait quittés.

Après lui avoir succinctement expliqué la raison de leur présence ici, Coop joignit ses deux mains devant lui.

— On essaie de se faire une idée de la relation qu'entretenait Callie avec sa famille et son entourage en Virginie. D'après ce qu'on a compris, sa dernière visite remontait à Thanksgiving. Tout s'est bien passé ?

— Je ne me permettrai pas de parler dans le dos de la famille Baxter, objecta Eunice, les yeux fixés vers le sol. Ils se sont toujours montrés bons avec moi.

— On cherche simplement à comprendre ce qui a pu arriver à Callie, exposa Annabelle d'une voix douce.

La vieille dame hocha la tête en l'observant quelques secondes avant de poursuivre :

— Les problèmes de Callie ont causé un certain embarras dans la famille, finit-elle par admettre. Ce sont des gens importants sur la scène politique, vous savez. Son frère John est sur le point d'être choisi par le gouverneur et son autre frère David est juge. Ils tenaient donc à ce que rien ne vienne entacher leur nom de famille. Je pense que c'est en partie la raison pour laquelle mademoiselle Callie a déménagé à Nashville. C'était mieux ainsi. Son père a eu le cœur brisé en apprenant ses déboires. Il était préférable pour lui de ne plus l'avoir dans les parages. Pour tout vous dire, Callie restait la plupart du temps dans la dépendance réservée aux invités quand elle venait leur rendre visite.

— Était-elle proche de ses frères ou de leurs épouses ? demanda Coop.

— Non, pas du tout. Winnie, la femme de John, la haïssait. Elle craignait que ses problèmes aient un impact sur les chances de John d'être nommé. Et à bien y penser, je crois qu'ils souhaitaient prendre leurs distances avec Callie.

— Des proches sont-ils venus la voir lorsqu'elle vivait ici ? demanda Annabelle.

— Non. Personne n'est venu rendre visite à cette pauvre enfant, déplora Eunice.

— Merci pour votre temps. Voici ma carte. N'hésitez pas à nous contacter si le moindre détail vous vient à l'esprit, fit Coop.

— J'espère que vous trouverez son assassin. Callie était une femme adorable. Elle ne méritait pas ça.

Elle se tamponna les yeux, puis se leva avant de quitter la pièce.

———

À l'image de la journée sombre en perspective, d'épais nuages gris menaçaient le ciel matinal pourtant radieux au lever du soleil. Lorsqu'il fut l'heure de se préparer pour partir aux obsèques, une pluie fine s'abattit sur la propriété, exacerbant l'ambiance austère qui régnait dans la demeure. S'assurant que leurs convives restent au sec, M. Belmont les escorta sous un large parapluie jusqu'à la limousine noire clinquante garée devant le portail.

À leur arrivée au Country Club de Woodhaven, Coop et Annabelle furent ensuite orientés vers un vaste bâtiment qui abritait une grande salle cossue aux immenses baies vitrées. Malgré la gravité de l'événement, un brouhaha ambiant résonnait dans la pièce. De nombreuses personnes, visiblement de l'âge des parents de la défunte, étaient venues soutenir la famille Baxter. Ne connaissant aucun des invités présents, Coop et Annabelle adressèrent des sourires polis puis se dirigèrent vers le buffet avant de s'asseoir près de la longue table réservée aux membres de la famille. Alors que tout le monde prenait place, ils picorèrent leurs amuse-bouche tout en tendant l'oreille vers les différentes personnalités présentes.

Les bribes de conversations qu'ils entendirent portaient principalement sur la nomination prochaine de John Baxter. Coop fut surpris de constater que le service commémoratif ressemblait davantage à une réunion politique qu'à un réel hommage à Callie. On murmurait des condoléances ici et là, mais John et Winnie demeuraient au centre de l'attention.

Perplexe, le détective échangea un regard avec Annabelle avant d'apercevoir Brandon King et son épouse à la recherche d'une table libre. Lorsqu'il vit Coop lui adresser un petit signe de la main, l'avocat se fraya un chemin à travers la foule et les rejoignit.

— Voici mon épouse, Tiffany, déclara King après qu'Annabelle et Coop se soient présentés comme étant d'anciens camarades de classe de Callie.

Alors qu'ils discutaient de choses et d'autres, un autre couple se joignit à eux, mais resta toutefois discret, se contentant de sourires polis. Désireux de se dégourdir les jambes, Coop proposa de ramener l'assiette d'Annabelle avec la sienne jusqu'au plateau où s'entassait la vaisselle sale, puis se mit à errer dans la pièce.

Bientôt rejoint par son amie, ils arpentèrent ensemble les différents coins de la grande salle, faisant mine d'être plongés dans une conversation pour pouvoir s'attarder près des différents petits groupes et espérer capter des informations pertinentes pour leur enquête. Sans s'en rendre compte, Coop et Annabelle se retrouvèrent suffisamment proches de la tablée familiale pour être aperçus par les parents de Callie qui leur présentèrent leurs deux fils, ainsi que leurs épouses et leurs enfants. Une fois les présentations faites, Arden précisa au petit groupe :

— M. Harrington et Annabelle se joindront à nous pour le dîner ce soir.

— Vos parents nous ont gentiment accueillis sous leur toit. Il nous tarde de faire plus ample connaissance, fit aimablement Annabelle en serrant la main de John Baxter.

Winnie, son épouse, leva son verre de champagne et leur adressa un petit signe de tête avant de balayer la pièce du regard pour se concentrer sur un homme de grande taille. Elle se tourna tout à coup vers son mari.

— John, le gouverneur est arrivé. On ferait mieux d'aller le saluer, dit-elle en se penchant vers lui.

Le frère de Callie poussa un bref soupir.

— Ce fut un plaisir de vous rencontrer. On se voit ce soir, déclara-t-il alors que Winnie trépignait visiblement d'impatience à ses côtés.

Désarçonnés par l'étrangeté de la scène, Coop et Annabelle poursuivirent leur tour de salle en quête de quelques renseignements supplémentaires, puis mangèrent leur dessert avant d'appeler M. Belmont pour rentrer. Sur le trajet du retour, Coop en profita pour poser quelques questions sur la famille Baxter au chauffeur, mais comprit vite que l'homme avait été engagé pour la journée et par conséquent ne les connaissait pas bien.

Comme à l'aller, M. Belmont se tenait dans l'allée, un grand parapluie à la main, afin de les accompagner jusque sous le porche. *Tout ce luxe, c'est presque indécent*, pensa Coop en sortant de la limousine chauffée.

— Un apéritif vous sera servi dans la bibliothèque à dix-neuf heures ce soir, suivi du dîner dans la salle à manger, annonça le majordome avant de s'éclipser. Si vous avez besoin de quoi que ce soit, n'hésitez pas.

Après s'être mis à son aise, Coop rejoignit Annabelle dans sa chambre. Entre-temps, la pluie s'était intensifiée et se déversait perpétuellement sur les fenêtres dans un fracas assourdissant. Parcourue d'un frisson, Annabelle serra ses bras autour d'elle et apprécia grandement la chaleur du feu de cheminée que son ami venait d'allumer. Alors que la jeune femme demandait à Mirabelle de leur apporter des boissons chaudes, Coop apporta son ordinateur et son bloc-notes. Préférant écarter tout risque d'être écoutés, il augmenta le son de la télévision dans l'éventualité où quelqu'un se trouverait dans le couloir.

— Sacré phénomène cette Winnie ! remarqua Annabelle en prenant une gorgée de son chocolat chaud.

— Je ne te le fais pas dire. Bon, comparons nos notes. Premièrement, j'en ai déduit que Kevin est en réalité le beau-fils de John et le fils de Winnie, issu d'une précédente relation. Il semblerait qu'il ait lui aussi rencontré des problèmes de drogue et d'impulsivité. Chloé, quant à elle, est leur enfant à tous les deux.

Il ajouta quelques notes supplémentaires sur son carnet.

— Ça concorde avec ce que j'ai entendu aussi, approuva Annabelle en se réchauffant les mains près des flammes. Je n'ai rien entendu de négatif concernant John. En revanche, sa femme a dû avoir les oreilles qui ont sifflé. Je ne compte plus les fois où elle a été décrite comme vénale. D'après ce que j'ai compris Winnie ne faisait pas partie du tout de ce milieu avant de rencontrer John. Elle dépense sans compter.

— Quelle surprise ! s'étonna ironiquement Coop. Je viens de trouver quelque chose au sujet d'une cure de désintoxication dissimulée en soin post-intervention chirurgicale.

Le front plissé, il pianota sur son clavier, puis ajouta :

— D'après ce que je vois en ligne, Winnie et John sont mariés depuis quinze ans. Kevin a dix-neuf ans, il étudie dans une université privée. Rien sur la vie de Winnie avant son mariage.

Soudain, le regard d'Annabelle s'agrandit.

— Peut-être que Winnie a elle aussi ses propres secrets. Je n'ai pas entendu parler d'une cure de désintoxication, mais j'ai la nette impression qu'elle n'est pas tenue en haute estime par la majorité des gens présents tout à l'heure. Tout le monde pense d'ailleurs que Kevin est un enfant pourri gâté qui s'en tire en toute impunité. Quelle hypocrite, cette bonne femme ! pesta la jeune femme. C'est évident : elle s'inquiétait que Callie nuise à la nomination de son mari, mais elle et son fils pourraient visiblement s'avérer tout aussi bien nuire à son image.

— D'après mon expérience, les femmes comme Winnie doivent passer leur temps à casser du sucre sur le dos des autres pour détourner l'attention de leurs propres faiblesses. Personnellement, du peu que je l'ai vue, je l'ai trouvée prétentieuse et malpolie.

— Je suppose que John et Winnie ont déménagé à Richmond juste après les élections de novembre. Il doit être convaincu que le gouverneur le nommera. J'ai entendu

Winnie se vanter de leur nouvelle maison dans un quartier huppé de la ville.

Coop acquiesça et continua de griffonner son bloc-notes.

— Oui. D'après ce que j'ai entendu, Arden a toujours une maison familiale du côté de Richmond, mais ce n'était pas assez bien pour Winnie. Il semblerait que Carter voulait que John attende d'être nommé et qu'il vive dans la maison familiale si nécessaire. Mais Winnie a tout de même insisté pour qu'ils achètent une maison à un prix exorbitant dans un nouveau quartier.

— Est-ce que quelqu'un a évoqué la dépression de Callie de ton côté ?

— Oui, plusieurs personnes.

— D'après mes souvenirs, c'est ce que tout le monde pensait d'elle lorsqu'elle a quitté le cabinet pour vivre dans la dépendance de ses parents. Une excuse plausible inventée de toutes pièces par ses parents pour éviter que les rumeurs ne circulent.

— Entre nous, je m'attendais à entendre davantage de ragots concernant Callie. La plupart des gens discutaient surtout de la nomination de son frère. Sans parler de la présence du gouverneur.

— Tout ce cirque était franchement bizarre, reconnut Annabelle. J'avais l'impression qu'on était tous réunis pour assister au spectacle de Princesse Winnie et non pour la mort de Callie. Franchement, on se serait plus cru à un rassemblement politique qu'à un réel hommage. Cette femme est aussi sournoise que mégalo.

Un sourire lent se dessina sur le visage de Coop, amusé par la révolte de son amie qui pensait visiblement comme lui.

— La question est maintenant… Penses-tu qu'elle serait capable d'engager quelqu'un pour tuer Callie ?

La jeune femme haussa les épaules.

— J'imagine que ça dépend à quel point elle se sentait menacée. Les gens sont capables du pire lorsqu'ils sentent que leur monde va s'écrouler. On ferait bien de jeter un coup d'œil du côté de ses finances.

— A contrario, son autre frère, David, et sa femme sont restés silencieux et réservés. Difficile de se faire une idée de ce qu'ils pensaient. Il est resté discret sur le fait qu'il avait une chance d'être sélectionné pour la Cour suprême, releva le détective. Finalement, hormis M. et Mme King, je n'ai rencontré personne qui soit lié directement à Callie. Aucun ami d'enfance. Rien. Tu ne trouves pas ça bizarre ?

— En allant aux toilettes, j'ai croisé cette femme, Ginny Fremont. Elle m'a dit qu'elle connaissait Callie du lycée, mais qu'elle ne l'avait pas vue depuis des années. Elle vit toujours dans la région. Je me suis présentée et je lui ai expliqué qu'on enquêtait sur sa mort de Callie. Elle m'a gentiment donné ses coordonnées.

— Essayons de la voir demain avant de rentrer à Nashville.

Tandis qu'Annabelle organisait leur rencontre sans attendre, Coop se concentra sur différentes recherches sur son ordinateur. Quand elle le rejoignit, il était toujours occupé à rédiger toutes sortes d'annotations sur son bloc-notes.

— C'est tout bon. Elle nous retrouvera demain dans un café sur le chemin de l'aéroport. Elle a même proposé de nous déposer à Dulles.

— On peut aussi prendre un taxi.

— Oui, je lui ai dit qu'elle n'avait pas besoin de se donner tant de mal. On verra demain. En tout cas, elle était heureuse de pouvoir nous aider.

— Parfait. En attendant, je me suis penché sur Winifred Elizabeth Edwards et j'ai appris deux ou trois choses intéressantes. Elle est née et a grandi dans une zone rurale près des Appalaches en Virginie, connue pour ses mines de charbon et sa pauvreté. Concernant Kevin, aucun père n'est inscrit sur son acte de naissance. Quand son prénom apparaît dans les journaux, il est écrit que son père est décédé pendant son enfance, exposa Coop. Ses parents à elle sont apparemment tous les deux morts. Elle aurait quitté sa ville natale après son mariage avec John en 2000. Je me demande bien comment ils se sont rencontrés. Les Appalaches ne sont pas la porte à côté.

— On pourrait leur demander ce soir. C'est le genre de question anodine qui passe partout.

— C'est plus conventionnel du côté de David et de sa femme Dorothea, ou Dot pour les intimes. Ils sont mariés depuis trente ans et ont eu deux enfants, aujourd'hui adultes. On les a rencontrés aujourd'hui au service, précisa-t-il. David exerce comme juge respecté dans le milieu et devrait devenir sans surprise le prochain juge nommé à la Cour suprême de Virginie. D'après ce que j'ai trouvé, lui et Dot font plutôt profil bas en comparaison à son frère et son épouse. Ils sont impliqués dans plusieurs organisations philanthropiques, mais rien de controversé ni d'inconvenant.

Le téléphone de Coop émit tout à coup une vibration, indiquant l'arrivée d'un nouveau message.

— Ben dit qu'ils ont une correspondance avec une empreinte prélevée sur le SUV noir qui a percuté le coursier. Il s'avère qu'elle appartient à un criminel recherché dans l'État de Géorgie. Ils sont à sa recherche et le soupçonnent d'avoir été au volant du véhicule en délit de fuite.

— Au moins, cette affaire progresse. J'espère qu'ils attraperont vite cet imbécile, s'indigna Annabelle en consultant sa montre. On ferait mieux de se préparer à descendre bientôt.

Coop rassembla ses affaires et se pressa de se changer avant de rejoindre son amie dans l'escalier. Habillés comme à l'enterrement par manque de tenues, ils se dirigèrent ensemble vers la bibliothèque, plus complices que jamais. Alors qu'ils faisaient leur entrée dans la pièce, Arden et Carter les saluèrent et M. Belmont se dépêcha de leur apporter leurs boissons.

— Les garçons seront bientôt là, déclara Carter.

— Tout le monde est éreinté par ces derniers jours, souligna son épouse. Ils ont voulu se reposer un peu avant le dîner.

— C'était une très belle cérémonie. Merci encore pour votre hospitalité.

— Nous savons combien vous êtes bouleversés par cette épreuve, renchérit Coop en prenant à son tour la bière glacée que lui proposa le majordome.

— Je n'aurais jamais pensé enterrer ma petite fille, gémit le vieil homme en s'essuyant maladroitement les yeux et le nez alors qu'Arden lui tapotait l'épaule.

— Je suis certain que c'est la pire chose qu'un parent puisse endurer. Nous sommes vraiment navrés, affirma Coop.

Alors qu'ils levaient leurs verres en la mémoire de Callie, les deux frères et leurs épouses apparurent, suivis de M. Belmont, chargé d'un plateau. Les deux femmes se rassemblèrent près du feu, tandis que les autres se tirent de l'autre côté de la pièce. Encore frigorifiée, Annabelle se dirigea vers le coin salon devant l'âtre.

— Vos enfants se joignent-ils à nous ce soir, Dot ?

— J'ai bien peur que non. Ils ont décidé de rentrer chez eux après la réception. Avec l'arrivée des vacances, ils seront bientôt de retour.

— Et qu'en est-il de Kevin et Chloé, Winnie ?

— Oh, Kevin doit étudier pour ses examens de la semaine prochaine. Chloé est dans la dépendance avec la nounou.

— Vous avez grandi toutes les deux ici, à McLean ? demanda Annabelle.

Dot fut la première à répondre. Elle lui expliqua que sa famille était dans la région depuis des générations. Si David obtenait le prochain poste de juge, il pourrait passer plus de temps à Richmond. Arden possédait une maison là-bas qu'il pourrait utiliser pendant la semaine et rentrer le week-end. D'un air compatissant, elle jeta un coup d'œil à travers la pièce.

— Pauvre Carter. J'espère qu'il survivra à ce drame. La perte de Callie l'a vraiment ébranlé.

— Il faut qu'il se ressaisisse. Ne serait-ce que pour John, répliqua Winnie en levant les yeux au ciel.

Choquée, Dot écarquilla les yeux.

— Il n'y a rien de pire au monde que la perte d'un enfant. Callie était sa petite fille chérie. Je ne vois pas comment le deuil de Carter peut avoir un impact sur la nomination de John, Winnie, s'indigna Dot en fixant sa belle-sœur sans ciller.

Winnie soupira, puis fit claquer ses doigts en désignant à M. Belmont son verre vide, qui apparut aussitôt avec un nouveau verre de vin.

— Le mode de vie de Callie ne pouvait qu'entraîner des problèmes de ce genre. Je ne vois pas pourquoi on s'en étonne aujourd'hui.

— Pourquoi dites-vous ça ? Callie se débrouillait bien à Nashville, objecta Annabelle.

— Comme je le dis toujours : droguée un jour, droguée toujours. Je suis persuadée qu'elle s'est mêlée aux mauvaises personnes et qu'elle en a payé le prix.

— Je ne pense pas, Winnie. Je connaissais Callie depuis

longtemps et je sais qu'elle ne se droguait plus. Elle assistait constamment à des réunions et faisait énormément de progrès. Elle était déterminée à changer sa vie, riposta la jeune femme en sentant la colère monter en elle.

— Je suis d'accord avec Annabelle. Selon moi, Callie était en voie de guérison. Elle s'en sortait très bien à Thanksgiving.

— Tu sembles si prompte à la défendre, Dot. Avec David qui compte devenir le prochain juge de la cour suprême, j'aurais pensé que toi, plus que quiconque, comprendrais le mal qu'un scandale comme celui de Callie pourrait causer. Elle aurait pu ruiner ses deux frères.

— Il n'a pas été question de scandale, comme tu dis, et je trouve tes commentaires très déplacés. On vient tout juste de commémorer la mémoire de notre belle-sœur, rappela-t-elle avant de reporter son attention sur Annabelle. Je sais que Callie était reconnaissante de vous avoir comme amie. Elle disait beaucoup de bien de vous.

Alors qu'elle sentait les larmes affluer, Annabelle dut lutter pour contrôler ses émotions.

— Merci, Dot. Elle va me manquer.

Après une gorgée fraîche, elle retrouva son calme et poursuivit.

— Vous aussi avez grandi ici, Winnie ?

Elle secoua la tête.

— Non. J'ai grandi loin d'ici, plus près de la frontière du Kentucky. Nous vivons à Richmond désormais. J'ai insisté pour que nous déménagions là-bas le mois dernier afin de nous tenir prêts pour le nouveau poste de John.

— Et comment John et vous vous êtes rencontrés ?

— Un vrai coup de foudre. John était venu pour le travail. À l'époque, j'étais serveuse dans le seul restaurant de la ville.

Il a passé des semaines dans les environs et là où je travaillais, et on a eu un déclic.

— Très romantique, commenta Annabelle.

— Oh, oui. Il m'a fait tourner la tête.

— Et vous allez souvent voir votre famille ?

— Je n'ai plus personne. Mes parents sont morts avant que je quitte l'État. Il ne me reste plus que Kevin.

— Oh, s'exclama Annabelle en feignant la surprise. Je pensais que Kevin était le fils de John. Je n'avais pas réalisé que vous étiez mariée avant.

— Le père de Kevin est mort quand il était enfant, déclara Winnie en finissant son deuxième verre de chardonnay.

— Vraiment navrée. J'imagine combien il a dû être difficile pour vous d'élever un enfant seule.

Pour la troisième fois, Winnie fit claquer des doigts à l'intention de M. Belmont, qui s'exécuta sans broncher.

— C'était il y a longtemps.

— Les relevés téléphoniques de Callie montrent que vous l'avez appelée sur son portable dimanche et lundi. Puis-je savoir pour quelle raison ?

Gagnée par l'ivresse, Winnie lorgna Annabelle avant de prendre une longue gorgée.

— Ce devait être au sujet des préparatifs de nos vacances. Honnêtement, je ne m'en souviens pas. Toute cette histoire fut un tel choc, s'écria-t-elle soudain, la main sur la poitrine.

Arden interrompit alors leur conversation en annonçant que le dîner était prêt et demanda au groupe de bien vouloir la suivre dans la salle à manger. Par chance, Coop et Annabelle furent assis à côté de Dot et David.

Au cours du repas, la jeune femme observa Winnie de l'autre côté de la table et la vit quémander un énième verre de vin sous le regard décontenancé de son mari. Sans cacher son agacement, Winnie soupira bruyamment en levant les yeux au ciel alors que John demandait à M. Belmont de remplir son verre uniquement d'eau jusqu'à la fin du repas. D'après ses calculs, Coop estimait qu'elle en était déjà à son sixième verre depuis son arrivée.

Lorsqu'on leur apporta le dessert, Carter Baxter en profita pour tenir un petit discours.

— Je tenais à remercier M. Harrington et Annabelle pour leur aide. Je leur ai dit que nous étions tous prêts à les aider sur l'enquête de notre pauvre Callie. Peut-être avez-vous des questions à nous poser, demanda le vieil homme en regardant Annabelle puis Coop.

— Eh bien, est-ce que l'un de vous aurait une théorie sur celui qui aurait pu commettre cet acte ou la raison qui l'a poussé ?

— D'après ce que j'ai ouï dire, il s'agissait d'un cambriolage.

— Selon nous, c'est plus que ça. Elle ne vivait pas dans un quartier malfamé, et tout porte à croire que le meurtre a été perpétré par un tueur aguerri, et non un simple cambrioleur. On a retracé les semaines qui ont précédé son meurtre afin de reconstituer un éventuel mobile.

— Ce n'était qu'une droguée. Je suis certaine qu'elle a... replongé et qu'elle s'est mise à fréquenter les mauvaises... personnes, bafouilla Winnie en se levant, son verre d'eau à la main.

Tous les regards se braquèrent vers la jeune femme complètement désinhibée, tandis que son époux lui saisit le bras.

— Ça suffit, Winnie. On rentre.

Il se tourna vers les autres alors que M. Belmont apparut comme par enchantement pour accompagner Winnie hors de la pièce.

— Maman, papa, je suis désolé. Elle a trop bu.

— Elle tenait le même discours quand elle est arrivée, John. Son comportement dépasse les bornes, intervint Dot, une expression de répulsion sur le visage.

— Je m'excuse. Je suis désolé. Et si vous voulez mon avis, je ne crois pas que Callie ait replongé dans la drogue. Je sais qu'elle était déterminée à mettre fin à tout ça.

— Je ne veux plus entendre Winnie parler ainsi de notre fille. Tu dois lui en toucher deux mots, s'écria Carter, les mains tremblantes en tenant sa tasse de café.

— Oui, papa. Je vais lui parler, répondit John, visiblement mal à l'aise. M. Harrington, Annabelle, toutes mes excuses. Merci d'avoir fait le déplacement. Je sais qu'elle aurait été heureuse de vous savoir ici.

Il serra la main de son frère, puis celle de Coop, et déposa un baiser sur la joue de sa mère avant de serrer l'épaule de son père.

— On en discute demain.

Après sa sortie, un silence envahit la pièce sans que personne n'ose dire quoi que ce soit. Ne sachant où se mettre dans cette réunion de famille, Coop et Annabelle portèrent toute leur attention sur le dessert. Après plusieurs minutes, Coop rompit enfin le silence.

— On a fait des recherches sur Ollie, l'ex-petit ami de Callie. D'après nos découvertes, on ne le pense pas impliqué dans l'histoire. Votre fille assistait assidument à ses réunions. Cependant, savez-vous si elle était encore en contact avec d'anciens amis, en plus d'Ollie ?

Après un regard circulaire, Arden répondit :

— Après son départ du cabinet, Callie est restée ici. Ce n'est qu'une fois qu'elle s'est mise avec Ollie qu'elle a tourné le dos à ses amis et que sa vie a pris un mauvais virage. À la fin, elle s'est retrouvée complètement seule.

— C'est une des raisons pour lesquelles on a suggéré à

Callie de retourner à Nashville. Comme elle y avait de bons souvenirs de Vanderbilt, on s'est dit que ce serait un nouveau départ pour elle.

— Nous étions si heureux de savoir qu'elle avait repris contact avec vous, Annabelle, ajouta Carter d'une voix faible. Je pensais réellement qu'une vie meilleure s'offrait à elle là-bas.

— Je suis certaine que c'était le cas, M. Baxter, affirma Annabelle. Je sais qu'elle se sentait un peu seule, mais elle allait de mieux en mieux. On se retrouvait souvent après le travail et on a d'ailleurs passé un très bon moment à la collecte de fonds organisée par l'université. Quand je lui ai dit au revoir pour la dernière fois… Callie était heureuse. Je peux vous l'assurer.

Elle essuya avec sa serviette les quelques larmes qui roulèrent sur ses joues.

— Appelez-moi si quoi que ce soit d'important vous vient à l'esprit, fit Coop en aidant son amie à se lever. Merci encore pour tout. Je vous contacterai dès que nous en saurons davantage, Mme Baxter.

La famille leur adressa ses adieux, puis Coop et Annabelle montèrent à l'étage pour un repos bien mérité après cette journée riche en émotions.

CHAPITRE HUIT

L e lendemain, Annabelle eut la mauvaise surprise de se réveiller avec un mal de gorge carabiné et le nez complètement congestionné. Deux litres de thé chauds plus tard pour anéantir du mieux qu'elle pouvait ce rhume soudain, elle rangea ses affaires et plia bagage avant de piquer une boîte de mouchoirs dans sa chambre pour le voyage. Dehors, le taux d'humidité semblait à son apogée tandis que M. Belmont plaçait les valises dans le coffre du SUV avant de leur souhaiter un bon voyage.

Comme convenu, le chauffeur les déposa à un café non loin de l'aéroport, où ils passèrent, à leur plus grand désespoir, presque une heure à écouter les souvenirs de jeunesse de Ginny sans rien apprendre de pertinent pour l'enquête.

— Quelle perte de temps ! regretta Coop en lui adressant un signe de la main alors que la voiture s'éloignait.

— Oui, je pense qu'elle voulait juste parler de Callie à quelqu'un.

Une fois leurs bagages enregistrés, ils passèrent la

sécurité sans encombre, puis prirent place sur l'une des rangées de sièges métalliques devant leur porte d'embarquement.

— En fin de compte, tout ce qu'on a appris, c'est que la mère de Callie ne trouvait Ginny pas assez bien pour fréquenter sa fille et a fait en sorte de les séparer à la fin du lycée.

Annabelle hocha la tête et se moucha pour la quinzième fois.

— C'est triste. Ginny est bien plus fréquentable que des types comme Ollie. Mais tout ça parce qu'elle était boursière dans une école prestigieuse, Arden préférait que Callie s'entoure de personnes de son milieu, s'indigna la jeune femme.

— J'ai l'impression que Ginny a finalement été acceptée parce que Callie est devenue son amie quoi que sa famille en pense. Elle lui a ouvert la voie pour intégrer l'école. Callie était adorable.

Un appel annonça l'embarquement imminent. Ils ramassèrent leurs sacs et se fondirent dans la queue.

— Ça va aller ? s'enquit Coop en notant les yeux rouges et larmoyants d'Annabelle.

— Ce vol s'annonce effroyable. Je déteste avoir un rhume et prendre l'avion.

Après avoir parcouru l'allée centrale, ils trouvèrent leurs places et attendirent que l'avion se remplisse progressivement avant le décollage.

— Je viens de regarder l'école où Callie et Ginny ont étudié. Elle coûte aujourd'hui plus de 60 000 dollars par an ! s'exclama Annabelle médusée en éteignant son téléphone pour le ranger dans son sac à main. Un lieu incroyable avec des écuries, des terrains de tennis, de tonnes d'activités de plein air, d'immenses dortoirs et même une chapelle. Le comble du luxe.

— Ça ne m'étonne pas que cette école soit un bon levier pour se faire un cercle d'amis influents, remarqua le détective. Ginny a réussi à obtenir une bourse pour l'université et plutôt que de poursuivre une carrière comme Callie, elle a préféré se marier. À l'entendre, elle semble mener une vie heureuse.

— Dommage que Callie ne soit pas restée en contact avec elle. Ginny a l'air très douce. Un peu étrange, mais pas méchante.

— Et elle n'a pas été en mesure de lier Callie à qui que ce soit d'autre. Il semblerait qu'une fois à Vanderbilt, elle a tout simplement voulu passer à autre chose.

— Je crois que j'étais la seule personne avec qui elle était aussi proche. Elle avait beau être de nature sympathique, Callie restait réservée et peu sociale.

— On ferait bien d'aller voir Trixie, puisqu'elle lui en voulait encore à la collecte de fonds, suggéra Coop. À part elle, personne d'autre ne semblait avoir une dent contre elle ?

Annabelle secoua la tête.

— Trixie était la seule à cracher son venin dès qu'elle le pouvait et comme elle l'a toujours fait.

Coop sourit.

— Je m'en souviens. Ce genre de fille toujours agréable avec les garçons, mais beaucoup moins avec les personnes du même sexe.

— Trix' la garce. C'est comme ça qu'on la surnommait. Ça lui va comme un gant.

Elle se moucha de nouveau, puis tenta de noyer son rhume dans son gobelet de thé fumant, avant de fermer les yeux et de poser sa tête sur l'épaule de son ami.

Le temps que les hôtesses leur servent une collation et un

rafraîchissement puis ramassent leurs déchets, l'avion commençait déjà à piquer vers l'aéroport de Nashville. Lorsque les roues s'écrasèrent sur la piste d'atterrissage, le choc réveilla en sursaut Annabelle.

— Désolée, j'étais épuisée, bredouilla-t-elle en étirant sa nuque endolorie.

Coop lui sourit, puis récupéra son téléphone dans la poche de sa veste.

— Tu es censée venir à la maison pour le souper. Ordre du quartier général, plaisanta-t-il en lisant un message de tante Camille. « Tu dois manger et te reposer », je cite.

— J'ai d'abord besoin d'une bonne sieste. Et ensuite, je ne dis pas non au dîner. Je suis bien trop fatiguée pour cuisiner.

Après l'avoir déposée chez elle, Coop rentra chez lui, où il fut accueilli par une cascade de coups de langue baveuse dès son arrivée.

— Comme tu peux le voir, tu nous as manqués, déclara Camille alors que Gus tournait sans arrêt autour de son maître.

— Je vois ça ! Je vais décharger la voiture et me poser quelques minutes avant le dîner. Et avant que tu ne le demandes, Annabelle sera bien là ce soir. Elle a attrapé un vilain rhume en Virginie.

— Oh, mon Dieu. Elle ira mieux avec un bol de soupe au poulet, assura Camille en l'embrassant sur la joue avant de filer en cuisine.

Comblé de retrouver son fidèle compagnon à quatre pattes, Coop déballa tranquillement ses affaires en sa compagnie et s'installa ensuite dans son bureau pour consulter ses dernières notes. Il griffonna une liste rapide pour lundi, sans oublier d'y mentionner Trixie, Winnie et Brandon King. Quand il entendit Annabelle arriver, Gus détala comme une balle, suivi de Coop quelques secondes après.

Une fois tout le monde servi, sa tante prit place à table.

— Je déteste te demander ça, Coop, mais une des filles du salon a un problème…, commença Camille, embêtée.

Coop dut lutter pour s'empêcher de lever les yeux au ciel. Quand n'en avaient-elles pas ? se demanda-t-il, exaspéré.

— Je suis débordé en ce moment.

— Je sais. Mais Lola Belle est une vieille amie et sa nièce, Daisy, est dans un sacré pétrin.

Sentant une brèche, Camille lui expliqua alors alarmée que Daisy avait eu la garde de sa fille et que son ex-mari l'avait appelée pour la menacer de la lui enlever.

— Sa tante est furieuse. Daisy vit constamment dans la peur qu'il la harcèle et mette ses menaces à exécution. Et ce n'est pas sans conséquences sur la petite.

— Elle devrait se tourner vers les forces de l'ordre et potentiellement obtenir une ordonnance restrictive si la situation vient à dégénérer.

— Oh, Coop, je savais que tu trouverais une solution, s'exclama Camille, rassurée. J'ai dit à Lola Belle que tu pouvais l'aider à comprendre tout ce charabia juridique.

— Attends… je n'ai pas dit que je pouvais tout résoudre. Bref, je suis trop fatigué pour débattre. Demande à Daisy d'appeler le bureau demain pour prendre rendez-vous et je verrai comment l'aider.

Amusée et attendrie par cette scène familiale, Annabelle termina son dîner en silence tout en observant tante Camille aduler son neveu.

— J'espérais tellement que tu sois d'accord. J'ai même demandé à Mme Henderson de nous préparer un de tes desserts préférés, renchérit-elle en faisant un clin d'œil à la jeune femme avant de lui demander comment s'était passé leur voyage en Virginie.

Ils passèrent ensuite le reste de la soirée à déguster un délicieux gâteau au chocolat praliné, tandis que Coop et Annabelle délivraient à la vieille dame les nouveaux éléments appris en Virginie. Après avoir attentivement écouté leur récit, elle déclara :

— Quelle femme ignoble, cette Winnie. Toutefois, si vous voulez mon avis, je doute qu'elle soit à l'origine du meurtre de Callie.

———

Quand Coop débarqua de bonne heure à la salle de gym avant le travail, il fut surpris de voir Annabelle sur un tapis de course.

— Tu te sens mieux ce matin ? demanda-t-il.

— Oui. Je crois que la soupe de Camille a été LE remède miracle. J'en ai bu deux bols et j'ai dormi comme un bébé.

Coop proposa tout de même d'écourter leur séance pour maximiser ses chances de guérir.

Malgré la période festive, Coop se sentait sous pression. Il ne restait déjà plus qu'une semaine avant la fermeture annuelle des bureaux. Il laissa Annabelle, et accessoirement Gus, s'occuper des dossiers financiers de Winnie et Trixie tandis que lui se rendrait au cabinet de Brandon King.

Après un trajet rapide jusqu'au centre-ville, Coop se stationna sur un parking proche du bâtiment cossu. Installée à son bureau, Audrey, la sulfureuse assistante, le salua d'un grand sourire irrésistible, puis lui remit un dossier décrivant les visites de Callie au sein de différents cabinets d'avocats et salles d'audience au cours du mois dernier.

— Si vous avez besoin de quoi que ce soit, n'hésitez pas.

Mon contrat se termine vendredi, l'informa-t-elle. Je commence dans un nouveau cabinet le 1er janvier.

Avec un effort surhumain, Coop concentra toute son attention sur la pile de feuilles et réalisa qu'en l'absence de ses lunettes, il lui était difficile de décrypter les pattes de mouche rédigées sur le dossier. Embarrassé par ce signe de l'âge visible à une femme qui respirait la jeunesse et le désir, Coop fit mine de se mettre au travail tout en prenant soin de ne pas croiser son regard.

— Ravi de l'entendre. Je vais examiner ça tout de suite et je vous appellerai si nous avons besoin d'autre chose, bredouilla-t-il.

— Si vous n'arrivez pas à me joindre, n'hésitez pas à demander à Brandon. Il se fera un plaisir de vous aider.

Lorsqu'elle lui tourna le dos, il ne manqua toutefois pas d'admirer une dernière fois sa silhouette longiligne, puis se dépêcha de rejoindre sa Jeep. Il se mit en route pour retrouver Trixie après avoir reçu un message d'Annabelle confirmant leur rendez-vous. Harrington savait que Chandler et Trixie vivaient dans le quartier de Woodlawn, entre son bureau et la maison qu'il partageait avec tante Camille, et trouva ainsi sans difficulté la grande maison néocoloniale bordée d'une allée privée.

Après quelques coups discrets à la porte, le détective fut conduit par une domestique dans un salon somptueux aux multiples fenêtres donnant sur un jardin fleuri et une grande piscine. Elle déposa un petit plateau sur la table basse et lui servit une tasse de café qu'il apprécia fortement. Ce matin, pris par le temps, Coop n'avait pas eu le temps de terminer sa boisson chaude et décida de faire une entorse à sa nouvelle routine et de se laisser tenter par cet élixir dont il mourrait d'envie. Alors qu'il savourait l'arôme intense du breuvage noir, Trixie fit son entrée, interrompant son petit moment de relaxation.

— Cooper, quel plaisir de te revoir !

La jeune femme s'approcha pour lui faire la bise.

— Après toutes ces années.

— Plaisir partagé, Trixie, mentit Coop. Il me semble qu'Annabelle t'a dit que je travaillais sur le meurtre de Callie.

— Oh, oui. Quelle tragédie ! La nouvelle nous a choqués, Chandler et moi. Je me suis dit que la police enquêtait déjà sur l'affaire.

— À vrai dire, la famille de Callie m'a engagé, corrigea Coop. J'ai cru comprendre que tu étais également présente à la collecte de fonds et que tu y as vu Callie. C'est exact ?

— Oui. On était un peu plus d'une centaine ce soir-là.

— As-tu été en contact avec Callie après l'événement ?

Elle secoua la tête en prenant une petite cloche en argent identique à celle de la famille Baxter et la fit sonner.

— Non, on ne fréquentait pas le même cercle. Je ne savais même pas qu'elle était de retour à Nashville.

La domestique se présenta alors avec une assiette de biscuits et une tasse de café pour Trixie, puis offrit un gâteau à Coop qui refusa en se rappelant la séance de torture qu'il avait dû s'infliger à la salle de sport pour éponger ses écarts.

— J'ai parlé à certaines des invitées qui m'ont indiqué que tu avais évoqué à Callie ton mariage avec Chandler. D'après les dires, on t'a décrite comme agitée et troublée, précisa Coop en consultant ses notes.

— C'est un peu exagéré. C'était simplement une discussion entre filles que Callie a mal prise. Rien de plus, j'en suis sûre.

— Qu'as-tu dit exactement à Callie ?

— Oh, ciel ! Je ne suis pas certaine de pouvoir me souvenir des moindres détails. J'ai dû lui demander ce qu'elle faisait à Nashville, puis lui avoir dit que j'avais épousé Chandler et qu'il travaillait pour papa. En gros.

— Donc, si je comprends bien, tu ne lui as pas dit de rester en dehors de vos vies et de se remettre en question vis-à-vis de Chandler ?

Les joues de Trixie s'empourprèrent malgré sa volonté de rester maîtresse d'elle-même.

— Honnêtement, c'était loin d'être aussi dramatique. J'étais simplement surprise de la revoir.

— Où étais-tu entre une heure et cinq heures du matin le dimanche où Callie a été tuée ?

Le petit doigt relevé en tenant sa tasse, elle pouffa sans retenue.

— Quelle question ! Ici, bien sûr. Je n'en reviens pas que tu puisses croire que j'ai quelque chose à voir là-dedans.

— J'imagine que Chandler peut le confirmer, supputa Coop. Donc, tu n'as pas quitté ton domicile tôt dimanche matin ?

— Si. Enfin, je veux dire, non. Je ne suis pas sortie de chez moi au milieu de la nuit. Et oui, Chandler pourra l'attester.

Sa voix d'ordinaire sereine et suave semblait tout à coup perdre de son charme.

— Sais-tu qui aurait pu en vouloir à Callie au point de la tuer ?

— Non. Comme je te l'ai dit, je venais d'apprendre son retour sur Nashville. Je ne connais rien de sa vie en dehors de nos années communes à l'université, s'emporta Trixie, le visage écarlate.

— As-tu relevé ou entendu quelque chose lors de l'événement qui pourrait m'aider à répondre à cette question ? demanda Coop en gardant son calme.

— Rien qui me vienne à l'esprit, non.

Il posa sa tasse sur le plateau et se leva.

— Très bien. Tu as mon numéro si un détail te revient. Merci pour le café.

Alors qu'elle le raccompagnait précipitamment jusqu'à la porte, visiblement impatiente d'en finir, le détective se tourna vers elle,

— Au fait, que pensais-tu de la robe de Callie ?

Un éclair de surprise illumina les yeux bleus de la jeune femme.

— Euh, elle était jolie, répondit-elle désemparée par sa question. On avait toutes les deux choisi de s'habiller comme Audrey Hepburn.

— Je sais. J'ai vu les photos. Callie était magnifique. Peut-être même encore plus qu'elle ne l'était à l'université. Merci encore.

Accablée par cet ultime affront, Trixie prit une profonde inspiration sans parvenir à dissimuler sa fureur et claqua la porte sans un mot.

Satisfait d'avoir pu venger d'une certaine manière Callie, Coop sourit intérieurement et regagna sa voiture avant de prendre la direction de son bureau. Loin d'être mécontent de quitter cette ambiance glaciale pour retrouver l'agréable compagnie de Gus et d'Annabelle, le détective s'apprêta à saluer son amie dans la cuisine quand elle se pressa d'emblée vers lui.

— Lola Belle, l'amie de tante Camille, est arrivée. Avec Daisy. Sans prévenir, annonça la jeune femme.

Il soupira bruyamment.

— Accompagne-les dans mon bureau. J'arrive.

Coop marmonna des paroles incompréhensibles à Gus puis se prépara mentalement pour cette réunion impromptue.

Après avoir rempli sa tasse de thé, il prit son courage à deux mains et retrouva les deux femmes dans son bureau.

Par chance, Annabelle leur avait déjà offert des rafraîchissements.

— Camille nous a dit que vous pouviez nous aider. On vous en est très reconnaissantes, M. Harrington. Daisy craint que Trent, son ex-époux, n'ait recours à des mesures drastiques. Il a menacé de prendre leur fille, vous comprenez, s'apitoya Lola Belle en lui serrant la main.

Après leur avoir posé quelques questions, Coop expliqua la possibilité de contacter Trent pour tenter de le raisonner dans un premier temps.

— Si ça ne fonctionne pas, l'affaire pourra aller jusqu'au tribunal et permettre l'obtention d'une ordonnance restrictive.

Daisy hocha la tête.

— C'est ce que je souhaite. J'aimerais qu'il reste éloigné de ma famille.

— Avant de s'en remettre à un juge, il est préférable d'avoir des preuves. Disposez-vous de messages vocaux dans lesquels il vous menace ?

La jeune femme fouilla dans son sac à main et en extirpa son téléphone portable avant de lui faire écouter trois messages explicites dont Coop nota les dates et les heures précises.

— Parfait. Gardez bien toutes ces preuves. Je vais remplir tous les papiers administratifs. On pourra fixer une date pour aller au tribunal.

Tandis que Daisy s'excusa pour aller aux toilettes, Lola Belle sortit son chéquier et régla leur rendez-vous et les frais associés à la comparution.

— Merci beaucoup, Cooper. Camille a énormément de respect pour ce que vous faites, et je comprends pourquoi.

Trop modeste pour confirmer les propos de sa tante, Coop la précéda sans rien dire jusqu'à la réception où Daisy les attendait.

Annabelle prit leurs coordonnées et les informa qu'elle les contacterait dès qu'une date d'audience serait déterminée. Enfin tranquille, Coop retourna à son bureau et laissa à son amie le soin de remplir les derniers détails du dossier.

— Comment te sens-tu ? lui demanda Coop alors qu'Annabelle lui apportait la paperasse à signer.

— Beaucoup mieux, merci. Mal de gorge et nez bouché envolés, déclara-t-elle en souriant. Je vais envoyer tout ça et m'occuper de fixer ce rendez-vous avec Daisy et Lola Belle.

Elle déposa une pile de dossiers sur la grande table de conférence et se tourna vers lui.

— On se remet sur notre affaire ?

Il acquiesça d'un signe de tête. Annabelle lui montra les rapports financiers établis sur Winnie et Trixie. De son côté, Ben lui avait envoyé par mail l'historique de leurs appels. Coop vérifia les comptes en banque, mais ne vit aucun retrait d'argent suspect sur les comptes, à part des achats conséquents surlignés sur les relevés de Winnie.

— Je n'en reviens pas du prix des cures de désintox'.

— Et vu la scène à laquelle on a assisté, elle aurait bien besoin d'un autre séjour là-bas.

— À ce que je vois, il y a également eu plusieurs dépôts importants sur le compte de son fils. Visiblement, il a toujours des problèmes, ne serait-ce que financiers. Je me demande si son mari est au courant de tout ça ?

Annabelle haussa les épaules.

— Difficile à dire. Leur mariage a l'air compliqué. Je crois que je vais jeter un œil sur le compte de Kevin, dans l'éventualité où Winnie serait plus sournoise qu'on ne le pense. Je n'ai pas l'impression que tout ça cache un quelconque pot-de-vin ou une activité criminelle.

— Effectivement, rien de bien suspect, admit Coop.

— Sauf peut-être que Trixie et Winnie dépensent toutes les deux énormément d'argent. Heureusement qu'elles sont fortunées.

— Mais tout ça est traçable, et il n'y a pas un seul virement ou retrait d'argent. Elles utilisent simplement leurs cartes de crédit et paient toutes leurs factures.

— Si seulement j'avais le même compte en banque. Je pourrais me suffire de ça pour le reste de ma vie, déplora Annabelle en fronçant le nez.

— Ce ne sont que deux vipères vénales. Tu es bien plus riche à l'intérieur que toutes ces snobs.

Coop profita de cet instant léger pour lui narrer le coup de grâce qu'il avait infligé à Trixie avant de partir. Annabelle explosa de rire quand il lui décrivit son visage décomposé à l'évocation de la robe de Callie.

— Tu penses que Trixie est impliquée dans l'affaire ? demanda la jeune femme en reprenant son sérieux.

— Non. Selon moi, ce n'est qu'une gamine exécrable qui manque de confiance en elle, mais je ne pense pas qu'elle soit capable de tuer quelqu'un.

Il passa en revue les enregistrements des téléphones portables qu'Annabelle avait recherchés, mais ne releva rien d'étrange.

— Pas d'appels vers des numéros non identifiés ou prépayés. Rien à déclarer.

— Juste l'appel de Winnie, mais aucun appel répété.

— Une fois que tu auras mis la main sur les finances de son fils, j'envisagerai de me pencher sur Winnie, déclara Coop. Je vais aller déjeuner et je m'attaquerai ensuite à cette liste récupérée chez Brandon King.

— Ta tante est passée avec un petit quelque chose en allant au salon ce matin. Tu le trouveras dans le frigo, répondit-elle avec un clin d'œil. Je crois que ce sont des cookies.

— Elle me rend fou parfois, mais je l'aime quand même, plaisanta Coop en se dirigeant vers la cuisine, Gus sur ses talons.

———

Armé d'une poignée de biscuits, Coop pénétra dans son bureau et se lança dans l'esquisse d'une frise chronologique sur le tableau blanc qui trônait dans la pièce. Il commença par ajouter les données GPS de Callie qui comprenaient ses réunions Alcooliques Anonymes et ses différents déplacements au supermarché, au restaurant et au palais de justice. Il concentra ensuite son analyse sur la liste fournie par son cabinet d'avocats détaillant la semaine précédant la mort de la jeune femme. D'après Hattie Mae, Callie était contrariée par un élément récent survenu à son travail quand elles s'étaient retrouvées le samedi matin pour prendre un café. La semaine précédente, elle l'avait déjà informée de la liaison entre Brandon et Audrey, donc il s'agissait d'une nouvelle préoccupation que Coop supposa être survenue entre les deux samedis. De plus, Callie en avait parlé à Annabelle le vendredi soir et, vu son état, il ne pouvait pas imaginer qu'elle ait attendu plus d'une semaine pour le lui dire.

Après avoir inscrit les différents cabinets d'avocats et tribunaux dans lesquels la jeune femme s'était rendue, le détective décida d'y aller à son tour. Installé sur le siège avant, Gus semblait ravi de retrouver son maître pour partir dans une nouvelle aventure.

À chacune de ses visites, Coop posa les mêmes questions et recueillit différentes réponses, hélas loin de constituer de réelles pistes sur lesquelles se pencher. Une fois le dernier cabinet interrogé, il regagna sa voiture et poussa un long soupir.

— Ça, mon vieux Gus, c'est ce qu'on appelle faire chou blanc, annonça le détective en caressant la tête de son golden retriever.

Il consulta l'horloge de sa voiture et démarra en trombe, avec la ferme intention d'éviter la cohue de l'heure de pointe.

CHAPITRE NEUF

Mardi matin, la ville entière revêtit son blanc manteau. Fou de joie, Gus se rua dans le jardin et en fit tout autant lorsqu'ils arrivèrent au bureau. Coop dut même l'appeler à plusieurs reprises et lui promettre une friandise pour que le golden retriever finisse par bien vouloir rentrer.

Malgré les quelques centimètres de neige, Gus en avait tellement profité que ses poils blonds étaient parsemés de minuscules flocons givrés que son maître et Annabelle s'efforcèrent de sécher à l'aide de vigoureux coups de serviette. Une fois ses pattes et son pelage étincelants, l'animal fonça se prélasser près de la cheminée pour une sieste bien méritée. Comme à son habitude, conscient de n'avoir le droit qu'à une seule tasse de café par jour, Coop opta délibérément pour le plus grand mug de la cuisine qu'il remplit à ras bord sous l'œil amusé et réprobateur de son amie, puis s'installa à son bureau. Il parcourut ses notes de la veille et soupira face au peu d'informations récoltées. Les seuls éléments recueillis présentaient Callie comme quelqu'un de très poli, loin d'être loquace, qui ne s'attardait jamais longtemps lors de ses visites dans chaque cabinet et dont le travail consistait à prendre ou à livrer des dossiers relatifs à des affaires banales. Aucun événement ou fait étrange à signaler.

Coop savait d'emblée qu'il passerait la majeure partie de la journée au palais de justice AA Birch à jouer de son charme auprès des greffiers pour obtenir des détails sur les passages de la jeune femme. À lui tout seul, le cabinet de Brandon King représentait une kyrielle de clients, tant au civil qu'au pénal, ainsi le détective estima que Callie s'était rendu dans une douzaine de tribunaux différents la semaine précédant sa mort. Alors qu'il gribouillait quelques notes sur son carnet, Annabelle se précipita dans la pièce.

— J'ai vérifié les comptes de Kevin. Il y a bien eu plusieurs gros retraits de liquide.

Coop consulta le rapport qu'elle lui tendit.

— Merde. Je déteste demander ce genre de choses au téléphone, mais je n'ai pas non plus envie de reprendre l'avion.

— Tu crois que John pourrait nous en dire plus ? Je ne fais pas confiance à Winnie, et à tous les coups, le fils est comme sa mère.

— Hum. Je vais y réfléchir. J'aimerais bien que Ben nous donne son avis sur la question.

Il prit son téléphone et composa un message rapide à son ami.

— Tu as l'historique des appels de Kevin ?

— Pas encore. Ben doit me les faire parvenir bientôt.

En plaçant sur son bureau les relevés bancaires de Winnie et de Kevin côte à côte, Coop s'aperçut en les comparant minutieusement que ces fameux retraits d'argent coïncidaient avec les transferts reçus par son fils. Pour s'assurer de ne rien laisser au hasard, il fit ensuite glisser son doigt sur la feuille pour remonter le temps et découvrit alors que ce petit stratagème durait depuis un certain temps, bien avant le meurtre de Callie. Coop passa en revue les cartes de crédit de Kevin, puis fit quelques recherches sur son ordinateur.

— Intéressant. Il semblerait que Kevin ait une dépendance aux jeux d'argent. Tous ces montants dans le Maryland correspondent à des paris hippiques.

— Peut-être qu'il parie aussi sur autre chose que des chevaux ? supposa Annabelle.

Harrington hocha la tête.

— Si les rumeurs au sujet de sa consommation de drogue sont vraies, et qu'il aime les jeux d'argent, le retrait d'argent prendra tout son sens.

Plongé dans ses pensées, le détective sursauta quand son téléphone émit une vibration sonore.

— Ben me dit de faire ce que je pense être le mieux.

Il laissa échapper un long soupir en s'adossant à son fauteuil, les yeux fermés.

— Je peux entendre d'ici le hamster tourner en boucle dans ta tête. À quoi penses-tu ? questionna Annabelle.

— J'envisage de contacter Carter pour lui demander une visioconférence et l'interroger sur Kevin et Winnie. John pourrait essayer de les protéger, quoi qu'il sache. Carter tient à connaître l'insoutenable vérité derrière la mort de sa fille. Dans cette histoire, c'est celui qui semble le plus bouleversé par sa mort.

— Dot aussi pourrait se montrer d'une grande aide, estima la jeune femme. Je suis prête à parier qu'elle nous en dira beaucoup au sujet de sa belle-sœur vu leurs caractères opposés et leur mésentente.

— Très bonne idée, approuva Coop. Dans ce cas, je te

laisse t'occuper de Dot. De mon côté, je vais me charger de Carter.

Une fois leur stratégie mise au point, elle retourna dans son bureau pour se mettre à l'œuvre. Elle retrouva parmi toutes les informations recueillies en Virginie les coordonnées de l'épouse de David et lui laissa un message vocal lui demandant de la rappeler au plus vite.

Coop, quant à lui, parvint à organiser un appel vidéo dès l'après-midi avec le père de Callie. Très efficace, son assistante déclara avoir été prévenue par son employeur qu'elle devrait s'assurer de faire tout son possible pour répondre favorablement si Coop cherchait à contacter M. Baxter. Ordre qu'elle suivit à la lettre en convenant d'un rendez-vous téléphonique dans l'heure. Après avoir obtenu les informations nécessaires à la connexion de l'appel, le détective dressa une liste rapide des points à aborder avec Carter, puis emmena rapidement Gus à l'extérieur se défouler dans la neige avant qu'elle ne disparaisse. À son retour, Annabelle était déjà au téléphone avec Dot.

Il conduisit Gus jusqu'à son bureau pour le faire sécher près du feu et s'installa à son poste, son ordinateur et son calepin prêts pour l'entretien. À peine eut-il démarré l'appel que Carter apparut à l'écran.

— Bonjour, M. Baxter. Merci beaucoup d'avoir pu trouver un créneau malgré un délai aussi court.

— C'est normal, répondit le vieil homme. J'espère que vous avez de bonnes nouvelles à me transmettre, même si le terme « bonnes » est loin d'être approprié...

— Pas vraiment, hélas. J'ai plutôt des questions délicates à vous poser, commença Coop. Je ne veux pas paraître désobligeant, mais j'aimerais vous interroger sur Winnie et son fils.

Malgré l'image pixelisée, il vit le visage de Carter se décomposer.

— Je comprends. Allez-y, bredouilla-t-il.

— Une partie de l'enquête consiste à examiner tous les contacts précédant le décès de Callie, poursuivit Coop. Il semblerait que Winnie l'ait appelée à cette période.

Il marqua une pause, puis reprit :

— Lors de notre visite, nous avons pu comprendre qu'il existait une certaine animosité de la part de votre belle-fille à l'égard de Callie. Après avoir consulté l'historique de ses comptes bancaires, j'ai découvert d'importants montants transférés entre le compte de Winnie et de son fils, ainsi que plusieurs retraits coïncidant avec ces transferts. En aviez-vous connaissance ?

— Comme vous avez pu le comprendre, Kevin n'est pas le fils de John. Ce gamin est choyé par sa mère ; elle ne lui refuse jamais rien et ne lui tient jamais rigueur de ses rébellions en tous genres. J'imagine qu'on pourrait dire la même chose de moi avec Callie, après tout, accorda Baxter. Sa mère et moi l'avons tirée d'affaire à maintes reprises, mais j'aime à penser que ma fille était sur la bonne voie. Elle allait guérir de ses dépendances. Kevin pose un vrai problème. Il est autant impliqué dans la drogue que dans les jeux d'argent.

— John est-il au courant ?

Le vieil homme hocha la tête.

— Oh, oui. Winnie pense réussir à tout lui cacher, mais mon fils est un homme intelligent et rusé. Il sait tout. Sans parler du fait que Winnie a ses problèmes elle aussi. Comme vous pouvez le constater, c'est une belle pagaille. Et Winnie est sacrément culottée quand on pense qu'elle craignait que Callie ne ternisse la réputation de son mari alors qu'elle et Kevin sont bien plus problématiques. Par chance, nous avons réussi à minimiser ses agissements, mais les rumeurs vont bon train. Kevin a des problèmes depuis des années, même depuis son adolescence.

— Je suis désolé d'avoir à vous demander cela, mais pensez-vous que Winnie ou Kevin pourraient être impliqués dans une conspiration visant à éliminer Callie du paysage ?

Carter prit une profonde inspiration avant de récupérer son mouchoir en tissu glissé dans la poche de sa veste.

— J'espère que non, répondit-il en se tamponnant les yeux. Mais honnêtement, je l'ignore. Kevin a beau avoir de mauvaises fréquentations, je ne peux pas concevoir que lui et sa mère aient envisagé de faire du mal à Callie. Toutefois, je ne peux pas y mettre ma main à couper. C'est terrible, n'est-ce pas ?

— Non, monsieur, vous êtes simplement honnête. Entre vous et moi, je pense que ces transferts d'argent sont simplement liés à la drogue et aux paris. Toutefois, j'ai préféré ne pas leur poser la question. Je n'ai rencontré qu'une seule fois Winnie, et je doute de sa capacité à dire la vérité, du moins pas quand il s'agit de son fils.

— Laissez-moi en discuter avec mon fils, et je vous dirai ce qu'il en est. Il n'y a pas de secrets entre nous. John a peut-être connaissance de ces transactions. Le fait de savoir que je suis à présent au courant pourrait le pousser à s'affirmer une bonne fois pour toutes.

— Vous préférez que je le contacte ? proposa Coop. Je ne veux pas rendre les choses plus difficiles pour vous.

— Non, non. Au contraire, en parler sera salutaire. Quoi qu'il arrive, nous devons crever l'abcès. Et vu sa nomination prochaine, il est important que John comprenne à quel point sa femme et son beau-fils peuvent nuire à son image une fois qu'il sera dans l'arène politique. D'ailleurs, Winnie a été admise dans un autre centre de soins aujourd'hui.

— J'attends de vos nouvelles, dans ce cas. Merci encore, M. Baxter.

Carter promit de le contacter dès le lendemain, puis déconnecta l'appel. Annabelle ouvrit la porte au même moment.

— J'attendais que tu aies terminé.

— Carter a confirmé les problèmes de drogues et de jeux d'argent ainsi que les transferts de Winnie. Son mari est au courant. Carter va lui parler pour obtenir plus d'informations, énonça Coop en secouant la tête. Une bien sombre histoire, si tu veux mon avis.

La jeune femme prit place dans le fauteuil près de la cheminée et lui narra son appel.

— Dot a été très utile. Elle m'a informée que Kevin avait passé quelque temps en cure de désintoxication, comme sa mère, et plus d'une fois. Ils savent tous que Winnie protège son gamin et lui verse de l'argent dès qu'elle le peut. Et tout le monde est au courant de ses problèmes de drogues et de paris. Personne dans la famille ne se soucie réellement de Winnie ou de Kevin. Ils sont tous essentiellement préoccupés par l'argent et les biens immobiliers. Il semblerait que M. et Mme Baxter aient mis en place un fidéicommis, qui n'inclut ni Winnie ni Kevin. D'où sa personnalité exécrable, précisa Annabelle avec un sourire en coin. Ah, et Dot et son mari ne fréquentent pas du tout John et Winnie, bien qu'ils apprécient John. C'est juste sa femme qu'ils ne supportent pas. Elle m'a aussi dit qu'elle pense que Chloé finira comme sa mère. Ça veut tout dire.

— Tu lui as demandé si elle pensait que Winnie ou Kevin pouvaient être impliqués dans le meurtre de Callie ?

— Oui. Elle en doute, sans en être sûre à cent pour cent. D'après elle, Winnie est totalement imprévisible, prête à tout, et surtout obsédée par la nomination de John.

— Ça correspond à l'avis de Carter. Il n'est pas certain qu'elle serait prête à commettre l'irréparable. Il va tout de même en parler à son fils, qui apparemment est au courant de tous les problèmes de Winnie et Kevin. Selon Baxter, ce sera une bonne excuse pour enfin avoir une discussion sérieuse avec son fils. Il m'a aussi appris que Winnie avait intégré un autre centre de désintoxication depuis aujourd'hui. Bref, il m'en dira plus demain, mais je suis tenté de demander à Ben si les autorités de Virginie peuvent interroger Kevin. Selon moi, il serait judicieux de le prendre au dépourvu, sans que sa mère soit là pour parler à sa place.

Alors qu'Annabelle l'écoutait attentivement, les yeux plissés, son téléphone sonna. Après plusieurs hochements de tête et quelques mots griffonnés sur son carnet, elle remercia son interlocuteur puis raccrocha.

— C'était le tribunal du juge Mallot. Il pourra prendre la demande de Daisy demain matin. Je vais la contacter et m'assurer qu'elle sait où se présenter.

Elle se leva pour filer dans son bureau, puis fit volte-face.

— J'allais oublier. Brandon King nous a faxé une liste des documents que Callie était chargée de livrer ou récupérer la semaine précédant sa mort. Je les ai passés en revue et rien ne semble suspect.

Coop hocha la tête, puis jeta un œil à l'horloge qui lui indiqua qu'il était trop tard pour se rendre au palais de justice. Il en profita alors pour contacter Ben et le tenir informé des dernières nouvelles en date. Après avoir longuement discuté de la situation, son ami partagea son avis quant au fils de Winnie. Ensemble, ils élaborèrent un plan à la suite duquel Ben lui promit de contacter M. Baxter dès que la police de Virginie aurait interrogé son petit-fils. Coop ne tenait pas à ce que Carter pense qu'il ne lui faisait pas confiance ou qu'il se sente trahi. Enfin, ils prévirent de se retrouver au bureau du détective après le travail mercredi pour faire le point.

— Je serai au palais de justice dès demain matin. Je ne pense pas apprendre grand-chose, mais je dois tout de même vérifier. Sait-on jamais, peut-être que Callie a découvert quelque chose là-bas. Je pensais tenir une piste en me rendant dans les différents cabinets d'avocats, mais ce fut un lamentable échec. La clé de cette affaire se trouve dans la fameuse enveloppe qu'elle gardait précieusement.

— Bonne chance, déclara Ben. J'espère que tu trouveras ce que tu cherches. J'apporte le dîner demain soir. Peut-être qu'à nous trois, la chance nous sourira.

— J'aimerais boucler l'affaire cette semaine. Annabelle part en vacances ce week-end et on est censés être fermés les deux prochaines semaines.

— Je comprends. J'ai deux autres meurtres sur les bras, sans parler de l'habituelle reprise des vols et des escroqueries de Noël. J'aimerais pouvoir passer du temps avec ma famille pendant les fêtes, mais ça s'annonce mal.

―――――

Le lendemain, en dépit de sa motivation proche de zéro, Coop puisa dans toute sa force mentale le courage de se rendre à la salle de sport avant de commencer sa journée. Pas peu fier de lui, il s'offrit le luxe d'un café format XXL chez son barista préféré. De quoi lui donner toute la bravoure nécessaire pour affronter les sinistres gardiens du système judiciaire.

Puisque son rendez-vous était dans moins d'une heure, il décida de passer voir d'abord la greffière qu'il connaissait grâce à sa tante et qui travaillait au palais de justice depuis plus de trente ans avant que le juge Mallott ne prenne ses fonctions. À son arrivée à la réception, on le fit entrer dans un grand bureau surplombant la rivière.

— Coop, qu'est-ce qui t'amène par cette belle matinée ?

— Je travaille sur une affaire, plus précisément sur le meurtre d'une avocate, Calista Baxter, du bureau de Brandon King.

— Oh, oui. J'en ai entendu parler. Quelle abominable histoire !

Son regard s'attarda sur la vue dégagée, puis se reporta sur Coop.

— Que puis-je faire pour t'aider ?

— Je retrace pas à pas la semaine qui a précédé la mort de Callie pour tenter de trouver une piste. Je sais qu'elle est venue au tribunal à trois reprises cette semaine-là. J'espérais savoir si quelqu'un se souvenait d'un détail qui pourrait être utile à l'enquête.

— J'ai bien peur de ne pas l'avoir croisée. Allons vérifier le registre. Tu pourras demander directement aux réceptionnistes qui seront plus à même de t'aider.

Martha le conduisit jusqu'à l'accueil, puis le présenta aux deux standardistes. Alors qu'il les interrogeait, Martha consulta le journal de bord en prenant soin de vérifier tous les documents reçus ou apportés par Callie la semaine avant sa disparition.

Quand Coop leur demanda si elles se souvenaient d'elle, les deux jeunes femmes furent d'abord attristées d'apprendre sa mort, puis confirmèrent se rappeler d'une fille polie et professionnelle, mais rien qui n'avait éveillé leur curiosité.

— Tiens, dit Martha en lui tendant une copie du registre. Tu as là le détail des dossiers déposés et récupérés cette fameuse semaine. On l'a vue lundi, mardi et mercredi. Que des dossiers habituels, rien de louche.

— Est-ce que tous les tribunaux tiennent un historique comme celui-ci ?

— J'ose espérer que oui. J'ai formé la plupart des greffiers de ce bâtiment et leur ai expliqué que c'était une nécessité absolue.

— Parfait, ça me sera d'une grande aide. J'ai encore une faveur à demander…

Il lui montra la liste des tribunaux et lui demanda de lui ouvrir la voie auprès des autres greffiers.

— Tout ce que tu as à dire, c'est que Martha t'envoie. Si tu as le moindre problème, tu m'appelles, répondit vivement Martha en inscrivant le nom du greffier attitré en face de chaque tribunal.

Coop était loin de se douter que l'amie de tante Camille détenait un réel pouvoir au sein du palais de justice. Le pas léger, il repartit avec plusieurs de ses cartes de visite, sur lesquelles elle lui avait inscrit sa ligne directe. Aux yeux du détective, ce précieux sésame correspondait à la carte « sortie de prison » du Monopoly.

Un peu en avance, il prit la direction de la salle d'audience devant laquelle il retrouva Lola Belle et Daisy, attendant patiemment d'être convoquées. Lorsque ce fut leur tour, Trent, l'ex-petit ami concerné, demeurait toujours introuvable. Ils entrèrent alors silencieusement dans la salle, où Coop prit place aux côtés de Daisy pour faire face au juge Mallott. Après avoir passé en revue les différentes formalités, le juge demanda la preuve que Trent avait bel et bien été notifié de l'audience, chose qui fut confirmée par le greffier, puis procéda au jugement. Sur la base des preuves présentées par Coop et du danger pour l'enfant, il accorda alors une ordonnance restrictive temporaire et fixa une seconde date d'audience dans trente jours.

Une fois que le juge eut prononcé sa décision, Coop fit

sortir les deux femmes et leur expliqua les dispositions à prendre suite à cette annonce.

— Daisy, continuez à enregistrer tous les appels de Trent. Ne répondez pas au téléphone. Gardez simplement la preuve des appels. S'il continue à vous harceler ou à violer l'ordonnance, appelez immédiatement la police, d'accord ?

Les yeux brillants de reconnaissance, elle hocha la tête sans savoir que répondre. Lola Belle répondit à la place de sa nièce :

— Merci, Cooper. Nous suivrons vos conseils.

— N'oubliez pas de prévenir son école maternelle et sa baby-sitter et donnez-leur une copie de l'ordonnance, leur rappela-t-il alors qu'elles se dirigeaient vers l'ascenseur.

De nouveau seul, Coop se rendit dans les différentes ailes du bâtiment pour passer à son enquête. Heureusement, il n'eut à utiliser qu'une seule fois sa carte chance lorsqu'on lui annonça que la personne recommandée par la greffière était malade et qu'il devait s'entretenir avec une autre. Ainsi, quand le détective se présenta et fit savoir aux différentes greffières que Martha les avait recommandées, ce fut comme entendre un déclic dans une serrure bloquée. Le sourire aux lèvres, toutes lui copièrent sans hésitation leurs listes.

Coop se rendit ensuite au tribunal de Reese Hunt, éminente personnalité dans le milieu. Alors qu'il approchait de l'accueil, la standardiste remonta ses lunettes sur son nez pour voir qui osait l'importuner en fin de journée.

— Comment puis-je vous aider ? demanda Sadie d'un ton apathique.

Après un bref coup d'œil sur sa liste, le détective demanda à voir une certaine Hildie, en précisant venir de la part de Martha. Quelques minutes plus tard, une femme brune en tailleur apparut et l'invita à entrer dans une des salles de conférence. Coop déclina son identité, puis lui expliqua l'affaire en cours.

— Je ne suis pas souvent à la réception, alors je crains de ne pas vous être d'une grande aide. Bien entendu, j'ai lu des articles à ce propos et le palais de justice a été ébranlé par la nouvelle, déclara-t-elle. M. King vient fréquemment plaider au tribunal. Laissez-moi prendre notre registre et je ferai de mon mieux pour vous aider.

Elle s'éclipsa un instant, puis revint avec l'autre réceptionniste tout en lui expliquant que Sadie était la personne la plus à même de répondre à sa requête.

— Oui, je me souviens l'avoir vue plusieurs fois déposer et récupérer des dossiers, confirma la standardiste en feuilletant le registre.

Elle consulta plusieurs pages, puis ses yeux s'agrandirent soudainement.

— Oh, mon Dieu, je m'en souviens. Elle est venue après le passage de ce pauvre Billy, le soir où il a été tué.

La femme pointa du doigt la liste et ajouta :

— Ils sont tous surlignés parce qu'on essayait de vérifier quels documents avaient été récupérés dans le sac de Billy. D'ailleurs, M. Hunt était furieux quand il a appris la mort de Billy. On a passé la soirée à examiner le registre avec lui. Il nous a demandé ensuite de recréer tous les documents, puis d'appeler un autre service de coursiers pour qu'ils soient déposés, se souvint Sadie avec amertume.

— M. Hunt se montre toujours très méticuleux quant à nos opérations. Il voulait s'assurer que la perte des documents ou le fait de devoir attendre qu'ils soient rendus par la police ne provoque aucun contretemps, intervint Hildie. Nous appréciions tous Billy ici, et sa disparition a été un vrai choc, mais on devait continuer de travailler malgré tout.

— D'où la répétition des documents sur le registre. On a dû y inscrire une nouvelle fois la livraison avec l'autre compagnie, expliqua Sadie. Et s'en occuper de suite.

— Je vois. Est-ce que l'un des documents que Callie a déposés ou récupérés cette semaine-là revêtait une importance quelconque ? interrogea Coop.

Les deux femmes parcoururent rapidement la liste des yeux.

— Non, répondit Hildie en consultant chaque ligne. Ce ne sont que des dossiers ordinaires, rien de notable. Je vais vous donner une copie pour que vous puissiez en prendre connaissance. Si vous avez des questions, n'hésitez pas.

Considérant qu'il n'obtiendrait rien de plus, Coop les remercia, puis quitta les lieux, avec la copie du registre, la carte de visite d'Hildie et un sourire de Sadie. Ses deux dernières visites suivantes se soldèrent par un échec : rien de constructif ni d'informatif. Quand il sortit du bâtiment, l'heure du déjeuner était passée depuis belle lurette. Coop s'arrêta prendre une collation rapide sur le chemin, puis appela Annabelle.

— M. Baxter vient d'appeler, l'informa la jeune femme. Il sera disponible le reste de l'après-midi.

— Je rentre. Je l'appellerai dès mon retour.

Une fois son sandwich au fromage fondu englouti, il se pressa de regagner sa Jeep.

CHAPITRE DIX

Bien décidé à traiter au plus vite ces dernières avancées dans leur affaire, Coop pria Annabelle de parcourir les différentes listes obtenues et de les regrouper en un seul et même document clair et lisible.

Alors qu'il s'apprêtait à s'installer à son bureau accompagné d'une tasse de thé, la voix de la jeune femme résonna jusqu'à son bureau :

— Euh, Coop, ta mère au téléphone. Elle veut te parler immédiatement. Une urgence, apparemment.

Il la remercia en marmonnant, puis prit une longue gorgée de thé, repoussant au maximum l'appel pénible qui l'attendait. Après une profonde inspiration, il décrocha.

— Cooper Harrington, annonça-t-il d'un ton professionnel.

— Ton amie ne t'a pas dit qui c'était ?

Entendre sa mère après tant d'années donna aussitôt à Coop le tournis. La dernière fois qu'elle s'était donné la peine de venir à Nashville remontait à ses premières années d'études.

— Je suis débordé. Quelle est l'urgence ?

— Je suis dans le quartier. Je voulais te voir.

— Je suis en plein milieu d'une affaire complexe. Ce n'est vraiment pas le moment pour me faire une visite surprise.

— Allez, Cooper, voyons. Je suis ta mère.

— On peut savoir ce qui se passe ? s'agaça Coop perdant déjà patience. Ça fait des lustres que je n'ai pas eu de tes nouvelles. Tu ne viens jamais me voir. Que me vaut l'honneur de ta présence ici ?

— C'est Noël, Cooper, répondit sa mère d'une voix étranglée par des sanglots que le détective fût incapable de dire s'ils étaient réels ou exagérés.

— Je suis pris aujourd'hui. Donne-moi ton numéro, et je t'appellerai dès que j'aurai une disponibilité.

De sa réponse nette et cassante s'ensuivit un silence de quelques secondes.

— Tu… Tu n'as pas de temps pour ta propre mère à Noël ? gémit-elle.

Exaspéré, Coop leva les yeux au ciel et résista à l'envie irrésistible de hurler. Il prit une énième inspiration, expira tout l'air qu'il avait dans ses poumons, puis reprit :

— C'est le mieux que je puisse faire pour l'instant.

Comprenant qu'elle n'obtiendrait rien de plus de la part de son fils, elle lui dicta son numéro de téléphone.

— Je t'appellerai.

Et sans lui laisser le temps de protester, Coop raccrocha sous le regard interrogateur d'Annabelle.

— Alors, cette urgence ? Tout va bien ?

Désabusé, Coop s'adossa au dossier de sa chaise, les bras repliés derrière sa tête.

— Aucune urgence. Encore un autre mensonge. Elle est dans le coin, et voulait me voir.

La jeune femme grimaça.

— Oh. Qu'est-ce que tu as dit ?

— Que j'étais occupé en ce moment. Ce qui est le cas.
Elle hocha la tête.

— Tu devrais peut-être appeler ton frère et lui demander s'il est au courant de quelque chose.

— Oui, c'est ce que je me disais. Pour l'instant, je dois me concentrer sur l'enquête. Ma mère, on verra plus tard.

Ne souhaitant pas s'en mêler, elle acquiesça sans un mot puis quitta la pièce. Le détective attrapa la note que son amie lui avait transmise avec les coordonnées de Carter Baxter et composa le numéro indiqué.

— Désolé d'avoir manqué votre appel, M. Baxter, annonça d'emblée Coop après quelques sonneries.

— Aucun problème. Comme convenu, je voulais vous tenir au courant. Votre collègue, l'inspecteur Mason, m'a appelé plus tôt dans la journée pour m'annoncer que la police interrogeait Kevin. J'espère que ça lui fera l'effet d'un électrochoc, déclara le vieil homme. Bon, évidemment, il a aussitôt exigé d'appeler son beau-père. J'étais très fier de John quand il a demandé à Kevin de répondre honnêtement à leurs questions et qu'il ne l'a pas aidé d'une quelconque manière à dissimuler ses fautes.

— Je n'ai pas parlé avec l'inspecteur, s'étonna Coop. Je viens de rentrer après plusieurs entretiens à l'extérieur.

— John et moi avons eu une conversation à cœur ouvert hier soir. Je me sens mal pour mon fils. Sa vie de famille est misérable, et il se sent coincé à cause de cette nomination. Selon lui, en cas de divorce, le gouverneur pourrait choisir quelqu'un qui n'est pas impliqué dans un tel drame. Les politiciens pensent toujours aux électeurs et à leur prochaine élection, ce qui se comprend.

Désireux de se confier, Baxter se lança dans un long

monologue au sujet de sa situation familiale. N'osant l'interrompre, Coop l'écouta tout en sirotant son thé.

— À l'heure actuelle, Winnie est de nouveau en cure de désintoxication. Elle y restera au moins jusqu'au mois prochain, ce qui correspond à la procédure de la nomination. J'ai expliqué à John qu'il peut également se retirer de la course s'il le souhaite, puisque la situation de Winnie aura une connotation tout aussi négative qu'un divorce, exposa Carter en soupirant. Entre nous, j'ai l'impression que John est peut-être enfin prêt à se détacher de Winnie et Kevin et à démarrer une nouvelle vie sans eux. Évidemment, il pourra toujours travailler dans une autre branche. C'est un avocat talentueux qui peut faire ses preuves n'importe où. Mais ce qui compte, c'est qu'il soit heureux.

— Très bon conseil, admit Coop. Pour en revenir à Kevin, avez-vous obtenu plus d'informations à propos d'une potentielle implication dans la mort de Callie ?

— Oh, oui, je suis désolé. Ces derniers jours ont été éprouvants, s'excusa le vieil homme. John ne croit pas qu'elle ou son fils soient impliqués dans une conspiration visant à éliminer notre pauvre Callie. Il pense plutôt que Kevin s'est servi de l'argent pour s'acheter de la drogue et rembourser ses dettes. Apparemment, ce n'est pas la première fois, mais ce pourrait être la dernière. D'ailleurs, Winnie pense que John n'a aucune idée des sommes d'argent faramineuses qu'elle dépense chaque mois, mais il en a tout à fait conscience. Cela l'a même obligé à regarder tout ça de plus près et à dépenser des centaines de milliers de dollars pour les aider. Bref, c'est un cercle vicieux. J'espère que mon fils va enfin ouvrir les yeux.

— Je comprends, répondit simplement Harrington en consultant sa montre. Merci pour votre temps, M. Baxter. Navré que vous ayez à endurer toutes ces difficultés en plus de la perte de votre fille. J'espère que les choses vont rapidement s'arranger pour John. Je vais contacter l'inspecteur Mason pour avoir davantage d'informations et je vous laisserai faire part de notre échange avec votre épouse. À bientôt.

Coop raccrocha, puis se frotta longuement les tempes, éreinté par cette journée.

— Ma famille semble presque normale en comparaison, marmonna-t-il en s'affalant sur le canapé en cuir.

Après quelques réflexions sur l'affaire, il caressa distraitement la tête de Gus, assoupi à ses pieds, puis sentit rapidement une force invisible fermer ses paupières fatiguées.

Lorsqu'Annabelle apparut en trombe dans le bureau, elle découvrit avec tendresse Coop recroquevillé sous un plaid sur son sofa. Consciente des problèmes d'insomnies de son ami, la jeune femme préféra le laisser se reposer et fit demi-tour sur la pointe des pieds avant de refermer la porte derrière elle.

Puis vers dix-sept heures trente, horaire à laquelle Ben et Coop avaient convenu de se retrouver, elle décida de partir le réveiller doucement.

— Désolé, bredouilla-t-il en passant une main sur son visage marqué, les insomnies n'en finissent plus en ce moment.

— Ta mère a encore appelé. Je lui ai dit que tu n'étais pas au bureau.

— Merci, Annab', souffla Coop.

— Dommage que tu ne parviennes pas à dormir comme ton chien, remarqua Annabelle en regardant Gus s'étirer avant de refermer aussitôt les yeux. Il n'a aucun problème, lui. Je suis certaine que tu t'en fais trop... pour cette affaire.

Ne souhaitant pas reconnaître que son amie avait raison, le détective évita soigneusement de répondre.

— Ben devrait bientôt arriver.

Alors qu'il se mettait à étudier le tableau recouvert de pense-bêtes, coups de feutre et photos, la porte de derrière claqua. Soudain éveillé, Gus fonça aussitôt accueillir le nouvel arrivant, puis revint quelques secondes plus tard, la queue frétillante, accompagné de Ben chargé de deux gros sacs en papier.

Son bol à peine rempli de croquettes, le golden retriever dévora son repas, puis suivit son maître jusqu'à son bureau d'où s'échappait l'odeur alléchante d'un assortiment de spécialités mexicaines. Comme à son habitude, Annabelle succomba au regard implorant de l'animal et le gâta d'un petit morceau de tortilla. Une fois leurs assiettes servies, le trio se réunit autour de la table et scruta le tableau comme s'il s'agissait d'une télévision.

— Voici une copie de l'interrogatoire de Kevin, déclara Ben en sortant un DVD d'un des dossiers présents sur la table. C'est… surprenant. Le gamin a contacté son beau-père qui nous a finalement davantage aidés que son beau-fils. À la fin, il craque et se met même à pleurer. Comme le soupçonnait M. Baxter, tout l'argent a servi à la drogue et aux paris sportifs. Il a tout avoué quand il a compris qu'il était suspecté du meurtre de sa tante. La police de Virginie va maintenant suivre ces pistes-là. Je suis presque certain que Kevin n'est pas impliqué dans le meurtre de Callie.

Tout en mâchant son taco, Coop articula :

— Tu ne crois pas que Winnie l'a utilisé comme intermédiaire pour engager un tueur ?

— Non. Tu verras dans la vidéo. Les inspecteurs de Virginie ont raison. Je pense que le gamin dit la vérité. De son côté, Kate a fouillé les comptes d'Ollie. Rien qui le relie à une quelconque magouille pour meurtre. C'est juste un drogué de bas étage. Elle a suivi toutes les pistes et ça n'a rien donné.

— Mince. Je tablais vraiment sur lui. Un tel abruti ne mérite que la prison, railla Annabelle.

— Concernant ses consommations illicites, les autorités de Virginie sont persuadées qu'il vend autant qu'il consomme, et elles comptent faire de lui une de leurs priorités.

— Donc, si Ollie n'est pas notre homme, et que selon toi, Winnie et Kevin ne sont pas non plus coupables, on retourne à la case départ, s'impatienta la jeune femme en levant les yeux au ciel. Winnie aussi aurait été parfaite pour ce rôle de meurtrière. Ce n'est pas bien difficile de la détester.

— Maintenant qu'elle est en cure de désintoxication pendant un mois, John envisagera peut-être sérieusement de divorcer. Carter a d'ailleurs laissé sous-entendre que son fils pourrait refuser la nomination du gouverneur pour se concentrer sur sa vie et son bonheur, déclara Coop.

— Il mérite tellement mieux que Winnie, remarqua Annabelle. D'après Dot, Winnie n'obtiendra pas grand-chose en cas de divorce. Elle a beau être vénale, quand on se marie à une dynastie d'avocats, il est clair qu'il faut s'attendre à les voir se protéger dans ce genre de situations.

— Kate et Jimmy ont écarté de la liste des suspects potentiels tous les employés du cabinet de King. De ce côté-là, on fait face à une impasse, mais au moins, c'est fait, se félicita Ben en finissant le pot de sauce piquante avec sa dernière tortilla. Quant aux bonnes nouvelles, on a réussi à mettre la main sur notre criminel en fuite, le conducteur de la voiture volée.

— C'était un accident ? demanda Coop.

— On dirait bien. Le type savait qu'il était recherché et ne s'est pas arrêté pour la simple et bonne raison qu'il ne voulait pas aller en taule. Donc, à présent, cette enflure va être confrontée à la peine maximale. Le procureur envisage de le condamner pour homicide.

— Et l'homme qui fouillait le sac de Billy ? Vous avez eu plus d'informations sur son identité ?

— On n'est jamais parvenus à le retrouver, déplora l'inspecteur. La qualité de l'image est trop mauvaise. Par chance, on a retrouvé tous les documents que portait Billy dans son sac. Ils étaient dans un sale état à cause de la pluie et de la circulation, mais Kate et Jimmy ont réussi à les reconstituer et à les faire correspondre avec la liste transmise par la compagnie et les étiquettes scannées pour chaque article. Billy effectuait trois arrêts par jour au palais de justice. Le processus fonctionne comme un service de livraison classique. Le client saisit en ligne les informations relatives à l'expédition de son colis, imprime une étiquette, puis le coursier scanne ces étiquettes avant de partir. Ainsi, dès qu'il récupère un colis, il se retrouve dans le système. La société en question nous a beaucoup aidés à identifier chaque article et à les faire correspondre à leurs données.

Ils terminèrent en silence leur repas, puis Annabelle leur donna une copie de la liste des registres du tribunal.

— Il y a un détail qui m'échappe sur la liste fournie par Hunt. Dans tes notes, Coop, tu indiques qu'ils ont recréé les documents perdus suite au délit de fuite. Pourtant, j'ai relevé une différence entre les deux documents en ce qui concerne un certain « H. Featherston » et une adresse en ville sur la 5e avenue. Ils sont mentionnés dans le second lot, mais pas dans le premier.

— C'est le seul tribunal qui a pris le temps de dupliquer les documents le soir même, répondit Coop, le front plissé. Les autres ont préféré attendre et travailler avec la société de coursiers et la police.

Il regarda la liste que venait de lui donner la jeune femme, puis la liste originale, et tapa ensuite quelques mots sur son ordinateur.

— L'adresse sur la 5ᵉ correspond à un service postal.

— Situé à quelques rues de l'hôtel Hilton et dans la direction que l'on voit prendre Callie sur la vidéo, précisa Ben.

— Sacrée coïncidence.

— Et pas qu'un peu. On ne croit jamais aux coïncidences.

— Exactement.

— Le document ne contient pas de numéro de dossier associé. Il est simplement indiqué le nom Hunt dans l'espace prévu à cet effet. J'ai cherché dans tous les registres de notations similaires et j'en ai trouvé quelques-unes provenant d'autres tribunaux. À mon avis, lorsqu'un juge envoie quelque chose pour son usage personnel, le document porte son nom, supputa Annabelle. Le juge paie ensuite les frais une fois que le tribunal reçoit la facture de la société de coursiers. Dans certains registres, des documents ont été envoyés à des comptables ou même à des proches, mentionnés au nom du juge en question. D'où ma supposition qu'il s'agit d'un colis purement personnel.

— Je vais appeler Martha et lui demander son avis sur ta théorie, déclara Coop en essayant la ligne directe de la greffière malgré l'heure de fermeture passée.

Ne s'attendant pas à ce qu'elle réponde, il manqua de sursauter quand il entendit sa voix à l'autre bout du fil. Après plusieurs minutes de discussion, il la remercia, puis coupa la communication.

— Tu as raison. Les juges sont autorisés à utiliser ce service pour leurs effets personnels, à condition de bien noter leur nom et de payer les frais mensuellement.

— Parfait. Maintenant, il faut découvrir ce que le juge souhaitait envoyer à ce Featherstone, fit Ben d'une voix énigmatique en s'approchant du tableau.

À l'aide d'un marqueur rouge, il relia la visite de Callie au tribunal le jeudi jusqu'à son déplacement au Hilton sur la 5ᵉ le vendredi. Il ajouta ensuite une note au sujet de la mystérieuse livraison.

— Faisons quelques recherches sur Hunt avant de le mettre sur la sellette. Je suggère qu'Annabelle et moi nous penchions dès ce soir sur ses antécédents. Ça te convient ? demanda-t-il à l'intention de la jeune femme.

— Aucun problème.

Annabelle savait qu'au fond Coop cherchait la moindre échappatoire pour ne pas avoir à affronter sa mère. Et ce fut évidemment dans le travail qu'il la trouva.

De son côté, Ben fit un point avec son équipe pour qu'elle en apprenne davantage sur ce fameux Featherstone. Il chargea ensuite Kate et Jimmy de trouver n'importe quelle vidéo montrant Callie marcher sur la 5ᵉ Avenue, puis termina l'appel en leur disant :

— Allez chez la famille de Billy pour la tenir au courant avant que la presse ne s'en empare.

— Je suis contente de savoir que le meurtrier de Billy a été retrouvé, affirma Annabelle. Au moins, tu n'as plus à te soucier de cette affaire-là.

— Oh oui, soupira Ben en enfilant sa veste. Même si une autre est arrivée entre-temps aujourd'hui. Heureusement, elle est déjà résolue. Problème conjugal transformé en homicide. Par contre, rien de neuf concernant le meurtre du joggeur. J'espère que cette histoire de colis nous mènera quelque part. On a tous travaillé sans relâche. Je vais m'arrêter là pour ce soir et essayer de dormir un peu.

— On t'appellera demain matin dès qu'on aura du

nouveau sur Hunt, le rassura Coop en lui donnant une tape amicale dans le dos.

— D'ici là, on devrait aussi en savoir davantage sur Featherstone. On se tient au courant, approuva Ben avant de disparaître dans la nuit.

Alors qu'ils s'apprêtaient à reprendre leur enquête, Coop appela sa tante pour la prévenir qu'il travaillerait une nouvelle fois tard sur l'affaire. Gus s'installa confortablement dans son fauteuil près de la cheminée et regarda son maître se mettre au travail. Retournée dans son bureau, Annabelle écuma Internet pour trouver tout ce qu'elle pouvait sur Reese Hunt. Tandis qu'elle parcourait des dizaines et des dizaines de pages, le détective consulta leurs bases de données à la recherche du moindre détail concernant le juge.

Au bout d'une heure, estimant qu'une tasse de café décaféiné lui serait bénéfique, Coop se rendit dans la cuisine pendant que jaillissaient de l'imprimante plusieurs feuilles remplies d'informations. Tout en écoutant la bouilloire siffler, il tenta de mettre de l'ordre dans ses pensées embrumées par le manque de sommeil des dernières nuits. Sans parler de ses synapses paresseuses.

Il se versa une grande tasse de café, puis prépara une théière avec le thé préféré de son amie.

— Tout va bien ? s'enquit-il en posant le mug près de l'écran d'Annabelle avant de se laisser tomber sur le petit canapé.

— Il y a énormément de choses, soupira la jeune femme. Il a souvent fait la une des journaux, donc difficile de s'y retrouver parmi toutes ces infos. J'ai essayé d'imprimer les plus importantes.

Elle prit une liasse de feuilles et scanna d'un coup d'œil plusieurs lignes qui attirèrent son attention.

— Après avoir grandi à Nashville, il a étudié à Vanderbilt.

On le cite comme un candidat sérieux pour une place à la Cour d'appel pénale du Tennessee. Le gouverneur est censé se décider en janvier…

Malgré son désir de l'écouter attentivement, Coop, happé par le sommeil, eut la sensation que son corps s'enfonçait progressivement dans les coussins moelleux du canapé. Sans obtenir une quelconque réaction du détective, Annabelle détourna le regard de son écran et le vit les yeux fermés, sa tasse toujours à la main.

— Coop, il faut que tu rentres chez toi ou que tu ailles dormir dans ton bureau. Tu ne tiens plus.

Visiblement assoupi, il ne bougea même pas lorsqu'elle lui retira son mug, souleva ses jambes pour les positionner sur le canapé, puis le recouvrit d'un plaid. Dans un soupir, Annabelle secoua la tête et récupéra les pages imprimées dans son bureau pour les ajouter à sa pile de dossiers à étudier.

Les heures qui suivirent, elle lut chaque page et transféra les informations pertinentes sur leur dossier consacré aux antécédents. Coop, comme Annabelle, considérait qu'il était toujours utile d'avoir une liste des informations recueillies afin de ne rien oublier. Lorsqu'elle termina de passer en revue la base de données, il était déjà minuit passé. Tout en bâillant à plusieurs reprises, la jeune femme s'aperçut que Coop dormait toujours à poings fermés, nullement dérangé par le bruit ou la lumière.

Elle lui écrivit un message bref sur un pense-bête, puis le colla sur sa tasse de café. Après avoir vérifié que Gus était bien, lui aussi, endormi dans le bureau de son maître, Annabelle s'assura que la porte d'entrée était verrouillée, puis sortit à pas feutrés par la porte arrière.

———

Un bruissement tira Coop hors de ses songes. Les yeux encore fermés, il sentit alors une présence près de lui, puis son souffle chaud sur sa joue. En alerte, une technique de self-defense apprise dans sa jeunesse lui traversa aussitôt l'esprit. Il feignit d'être encore endormi, et après quelques secondes, bondit du canapé pour surprendre son agresseur dans la pénombre. Le temps que ses yeux s'acclimatent à la lumière naissante de l'aube, il découvrit avec surprise celui qu'il pensait être un intrus. Hors d'haleine, Coop expira bruyamment.

— Gus, qu'est-ce que… ?

Interloqué par l'attitude son maître, le chien partit se calfeutrer sous le bureau avant de revenir avec un jappement joyeux. Le cœur battant la chamade, le détective s'effondra sur le canapé.

— Tu m'as fait peur, idiot, murmura-t-il en lui grattant la tête.

Rassuré, Gus posa sa tête sur la cuisse de son maître et soupira comme pour signifier qu'il attendait quelque chose. Une fois son pouls de retour à une allure normale, Coop se leva pour remplir sa gamelle, puis le laissa sortir par la porte arrière. Ses besoins faits, l'animal détala aussitôt à l'intérieur et se mit à dévorer son petit-déjeuner bien mérité.

Lorsqu'il alluma les lumières de la réception, le détective découvrit le post-it orange fluo sur lequel était inscrit : « *Tu trouveras le compte rendu des antécédents sur ton bureau. Je serai là à 9 heures. Fais de beaux rêves, Annab'.* »

Dans son bureau, Coop ralluma le feu éteint, régla le minuteur de la cafetière, et se pressa de rentrer prendre une douche éclair. Comme il ne souhaitait pas réveiller tante Camille, il lui laissa un mot dans la cuisine, expliquant sa nuit au bureau et qu'il y passerait toute la journée.

Désormais prêt et disposé, Coop arborait aujourd'hui un

t-shirt portant l'inscription « *Avant de me sortir votre meilleur coup, je vous recommande de lire ma politique de retour* ».

Humant l'arôme délectable du café torréfié, Coop remplit généreusement sa tasse floquée Vanderbilt, puis passa en revue le travail d'Annabelle qu'il résuma point par point sur le tableau blanc.

Alors qu'il s'évertuait à ne rien oublier, il vit l'oreille de son chien se dresser, signe annonciateur de l'arrivée imminente de son amie, puis le vit se précipiter vers la porte pour l'accueillir. La truffe en l'air, à quelques centimètres de la boîte de pâtisseries que la jeune femme portait, Gus ne la perdit pas d'une semelle alors qu'elle se dirigeait vers le bureau de Coop.

— Je me suis arrêtée à cette boulangerie chic dans le quartier. Il nous faut bien ça pour commencer la journée.

Tout aussi gourmand que son chien, Coop ouvrit le couvercle et apprécia le parfum réconfortant du sucre chaud et de la cannelle se fondre dans l'air.

— Ça sent divinement bon. Je suis affamé, déclara-t-il en prenant un petit pain encore chaud dégoulinant de caramel.

— À quelle heure est-ce que tu t'es réveillé ?

— Ce matin, répondit-il avec un sourire coupable. Je suis rentré chez moi, me suis douché et suis revenu ici il y a une heure environ. J'ai continué de passer en revue toutes nos informations. J'ai encore l'espoir de parvenir à trouver quelque chose qui pourrait mener à une avancée déterminante dans cette affaire.

— De mon côté, j'ai regardé ce qui sortait concernant Featherstone, et j'ai trouvé un golfeur et un type qui vit en Angleterre. Je doute que l'un ou l'autre ne corresponde à notre Featherstone, cela dit. La chance sourira peut-être à Ben.

— Bon, le juge Hunt est plus âgé que nous. Il a étudié à

Vanderbilt et a obtenu son diplôme de fin d'études dans une académie privée en 1980. Ses parents avaient les moyens, mais étaient loin d'être très fortunés. C'est un homme respecté, équitable, sans problèmes familiaux relayés par la presse, et d'après ce que j'ai vu, c'est le candidat idéal pour le siège de la cour d'appel, résuma Coop.

— Du côté de ses finances, plusieurs retraits d'argent, mais jamais au-delà de quelques milliers à chaque fois. Aucun transfert étrange récent. Je ne sais pas pourquoi il a besoin d'autant d'argent liquide, mais visiblement, il fonctionne comme ça depuis plusieurs années. Il gagne bien sa vie. Sa femme est architecte. À eux deux, ils possèdent des comptes épargnes et des placements sains et paient leurs factures. Leur hypothèque est remboursée, donc ils vivent plus que confortablement, compléta Annabelle.

— Leurs enfants étudient à l'université, donc ils ne sont plus que tous les deux à la maison. Rien de suspect les concernant ?

— Je n'ai pas creusé, mais rien qui n'interpelle, non, confirma-t-elle en avalant son dernier morceau de croissant.

— Cherche tout de même, sait-on jamais.

Lorsqu'ils entendirent la porte d'entrée s'ouvrir, Gus, tel un vrai gardien, partit faire la fête à l'inspecteur qui apparut quelques secondes plus tard sur le seuil du bureau de Coop.

Une fois assis, il se délecta d'un beignet sucré recouvert d'éclat de noisette.

— Pour le moment, rien ne ressort du côté de Featherstone. Il ne vit pas au Tennessee. On a vérifié les manifestes des compagnies aériennes, des agences de location de voitures, et des hôtels de la ville. Niet, nada, rien ! s'exclama l'inspecteur. Kate et Jimmy sont allés au bureau de poste dès l'ouverture ce matin et ils n'ont absolument rien trouvé. Il y a bien des caméras à l'intérieur, mais elles ne fonctionnent plus depuis des années. Personne là-bas ne se souvient d'un certain monsieur Featherstone. Le propriétaire dit qu'il ne donnera de toute façon aucune information sans un mandat. Du coup, Kate est en train de rédiger la demande. On espère l'avoir aujourd'hui. Ah, et ils recherchent aussi les vidéos des commerces, mais ça n'a rien donné pour l'instant.

Alors qu'ils hochaient la tête, décontenancés par ce manque de nouvelles, Coop et Annabelle virent Ben observer le tableau les sourcils froncés.

— Hunt a étudié à l'Académie Mount Camden ? s'étonna-t-il.

— Oui. Promo de 1980. Pourquoi ?

— Le joggeur tué a fréquenté le même lycée. Et la même classe, répondit Ben d'une voix neutre.

CHAPITRE ONZE

À la manière de Gus quand il s'ébrouait hors de l'eau, Coop secoua la tête de gauche à droite pendant plusieurs secondes, abasourdi.

— Attends, tu es en train de me dire qu'il existerait une corrélation entre le joggeur et Hunt ? s'écria-t-il. C'est complètement dingue.

— Je n'ai pas le dossier avec moi, mais je suis certain du nom de l'école. Je m'en souviens, car c'est un établissement prestigieux. La victime travaillait en tant que responsable de pièces mécaniques dans un garage et vivait dans un quartier modeste, ce qui ne collait pas. En réalité, iI s'est avéré qu'il était boursier et excellait en athlétisme.

— Je n'ai pas grand-chose sur la scolarité du juge dans ce lycée, intervint Annabelle en feuilletant ses documents. Je vais m'y mettre et vérifier s'il y existe bel et bien un lien entre nos deux hommes.

Le pouce serré entre ses dents, Coop acquiesça.

— On ferait bien de vérifier aussi du côté des autres

affaires de Reese Hunt et de passer en revue tous les antécédents que tu as au sujet du joggeur, Ben.

À peine eut-il terminé sa phrase que Ben s'affairait déjà sur son smartphone.

— Tu recevras un email dans quelques minutes avec tous les détails concernant Avery Logan, confirma l'inspecteur en se levant avant de s'offrir une autre pâtisserie pour le petit-déjeuner. Je dois y aller. Je vous dirai ce que le service de boîtes aux lettres m'aura appris au sujet de Featherstone.

Alors qu'il s'apprêtait à mordre dans son beignet, une fine pluie de sucre glace constella sa veste. Annabelle attrapa une serviette et l'épousseta.

— Merci, Annab', soupira-t-il.

—J'aimerais m'entretenir avec Hunt une fois qu'on aura passé au peigne fin tous ces détails. Je pensais m'en charger plutôt que d'impliquer la police à ce stade de l'enquête, suggéra Coop. Si cette piste ne donne rien, tu ne te mettras pas à dos tout le département, au moins.

— Ça marche. À l'inverse, si on tient une piste, on devra s'assurer que tout est en ordre de notre côté avant d'intervenir. La présence du procureur est primordiale dans une affaire comme celle-ci, conclut Ben en fourrant le reste de son donut dans sa bouche.

— Oui, d'où ma préférence de lui parler seul. Pour le moment, je vais simplement utiliser l'enquête et le souhait de la famille Baxter d'obtenir des réponses comme excuses, répondit son acolyte. Je peux agir plus bêtement que je n'en ai l'air, ajouta-t-il sur le ton de la confidence.

Ben et Annabelle échangèrent un regard, puis se mirent à rire.

— Oh, oui. Je confirme, appuya la jeune femme d'une voix teintée d'ironie.

— Si tu veux mon avis, il te faut un nouveau t-shirt avec

cette réplique, déclara Ben en se précipitant vers la porte avant que Coop ne puisse répliquer.

———

Stimulé par cette avancée, Coop ne perdit pas une seconde pour contacter Hildie, l'assistante de Reese Hunt, et organiser au plus vite un rendez-vous. Par chance, elle lui confirma une disponibilité en fin d'après-midi ; Hunt pourrait le recevoir après sa dernière affaire de la journée.

Les heures qui suivirent, le détective se pencha sur les informations recueillies par Annabelle quant aux années du juge Hunt passées à Mount Camden. Après avoir rassemblé tout ce qu'elle pouvait sur Internet, elle se rendit à l'école pour obtenir davantage de renseignements et laissa le soin à Coop de disséquer le dossier d'Avery Logan, le joggeur assassiné.

Alors qu'il était plongé dans sa lecture, son téléphone sonna et afficha le nom de Ben Mason sur l'écran. À sa grande déception, il n'avait rien trouvé de probant sur Featherstone, puisque le service de boîtes aux lettres n'avait rien demandé de précis au type, mis à part un formulaire avec son nom, son adresse, son numéro de téléphone et son email. Ben expliqua avoir obtenu son prénom, Henry, et qu'il avait réglé en liquide la location de la boîte aux lettres pour une durée de six mois à partir de novembre. Comble de l'ironie, l'adresse que ce dénommé Henry avait indiquée s'était révélée correspondre à un terrain vague, l'email était inactif et le numéro de téléphone correspondait à la ligne principale de l'État du Tennessee.

— On va interroger le personnel travaillant pour l'État, simplement pour s'assurer qu'ils n'ont jamais engagé Henry Featherstone. Toutefois, mon instinct me dit qu'il s'agit simplement d'une supercherie. L'email ne nous sert à rien, puisqu'il n'avait pas besoin de dire la vérité pour créer un de ces comptes email gratuits.

— Et dans la boîte aux lettres ?

— Rien, vide.

— Et si on mettait la boutique sous surveillance pour attraper celui ou celle qui souhaite y accéder ?

— Bonne idée. Mais je n'ai pas les équipes nécessaires pour une telle opération. Je pourrais éventuellement faire installer une caméra de circulation pour couvrir la zone, répondit Mason. C'est le mieux que je puisse faire.

— Et installer une caméra à l'intérieur même de la boîte ? Tu penses qu'on pourrait obtenir un mandat ?

— Je doute qu'on ait assez d'éléments pour ça. Les propriétaires ont promis de nous contacter si quelqu'un demandait à la consulter pendant les heures d'ouverture.

— Je vois, soupira Coop avant d'avoir une illumination. Sinon, je peux mettre Ross et Madison en surveillance la nuit. Je sais que ça ne donnera sûrement rien, mais c'est tout ce qu'on a pour le moment.

— À toi de voir. Si je ne peux pas faire déplacer une caméra de circulation, je peux essayer de faire installer une caméra temporaire dans une fausse zone de construction.

— J'ai rendez-vous avec Hunt à seize heures trente. Je vais faire de mon mieux pour lui tirer les vers du nez quant à notre cher M. Featherstone.

— Sois prudent.

———

Coop eut tout juste posé son téléphone sur son bureau pour reprendre sa lecture que la sonnerie retentit de nouveau.

— Cooper, Trent a kidnappé la petite à son école maternelle ! s'exclama la voix paniquée de Lola Belle.

— Vous avez appelé la police ?

— Oui, oui. Daisy les a tout de suite appelés. Une voiture vient de partir à l'école.

Une fois l'adresse de l'école griffonnée sur son calepin, il ferma le bureau et envoya un message à Annabelle avant de faire monter Gus dans la Jeep pour se rendre dans les plus brefs délais à l'école. À son arrivée, il tomba sur deux agents, une Daisy inconsolable, Lola Belle dans tous ses états et le directeur de l'école maternelle tentant de les rassurer du mieux qu'il pouvait.

Alors que Coop se présentait avec une copie de la récente ordonnance restrictive, les deux hommes lui confirmèrent que la police disposait déjà des informations du ravisseur et que tout l'État était à la recherche de la petite disparue.

En échangeant quelques mots avec le directeur agité, le détective apprit que Trent s'était rendu à l'école et avait abordé une jeune bénévole pour lui demander de récupérer sa fille. À cette heure-ci, elle se trouvait être la seule personne présente dans les bureaux et n'avait pas connaissance de l'ordonnance restrictive. Sans se méfier, la jeune femme était partie chercher la petite fille et ses affaires et l'avait naturellement confiée à son père.

Quand Coop tenta de l'interroger, la bénévole fut prise d'une telle hystérie à l'évocation de son erreur que le directeur dut appeler en urgence une ambulance pour tenter de la calmer. Le détective ne fut alors plus en mesure de recueillir la moindre information supplémentaire.

Voyant Daisy sangloter de façon incontrôlée, Coop préféra s'adresser à sa tante restée à l'extérieur de l'établissement, ses mains gantées serrées contre son sac à main, à l'affût du moindre signe indiquant le retour de la petite fille. Il la rejoignit dehors et lui posa quelques questions sur les habitudes de Trent, son cercle d'amis et ses proches. D'après Lola Belle, sa mère était son parent le plus proche à Nashville.

— J'ai donné les mêmes informations à la police. J'espère qu'à vous tous, vous parviendrez à l'arrêter, déclara-t-elle en jetant un coup d'œil vers la porte de l'école. Je ne suis pas certaine que Daisy soit suffisamment forte pour survivre à cette épreuve.

— Selon vous, Trent pourrait-il s'en prendre à son enfant ?

Lola Belle secoua vivement la tête.

— Non, je ne pense pas. Il est furieux contre Daisy. Ce rapt est une manière de la blesser ou de se venger. Trent n'a jamais montré beaucoup d'intérêt pour leur enfant avant le divorce.

Coop lui promit de la tenir informée dès qu'il en apprendrait davantage, puis s'éloigna pour contacter Annabelle.

— Demande à Madison et Reed de se rendre sur le lieu de travail de Trent et de consulter ses amis. Je vais interroger sa mère. Elle pourrait être en mesure de nous dire où est parti Trent. L'enlèvement remonte à deux heures maintenant, donc il peut déjà être loin.

Sans perdre plus de temps, Coop, accompagné de son fidèle compagnon à quatre pattes, se rendit à l'adresse que la mère de Daisy lui avait indiquée et stationna devant un immeuble à l'apparence délabrée. Après quelques coups brefs sur la porte en bois, celle-ci s'ouvrit sur une femme âgée dont les traits sévères accentuaient les rides profondes autour de sa bouche. Une cigarette presque entièrement consumée pendait à ses lèvres, la fumée s'échappant de ses narines.

— J'ai pas d'argent, alors inutile d'essayer de me vendre quoi que ce soit, aboya-t-elle.

Avant qu'elle ne referme la porte, Coop lui tendit alors son insigne de détective tout en lui expliquant la raison de sa venue.

— Avez-vous vu ou parlé à votre fils ou à votre petite-fille aujourd'hui ?

Elle prit une longue bouffée de sa cigarette et répondit d'un air mauvais :

— Non. C'est sa fille. J'vois pas en quoi tout ça vous fait penser à un kidnapping.

— On essaie simplement de s'assurer que l'enfant est en sécurité et de faire en sorte que Trent parle à la police pour tirer cette affaire au clair. Avez-vous une idée d'où il a pu se rendre ? Y a-t-il des endroits qu'il aime fréquenter ?

Elle secoua sa tête couverte de boucles grises.

— À part son appartement et son travail, je ne vois pas. Il aime bien la pêche, mais c'est pas un temps à pêcher.

Coop l'interrogea sur ses lieux de pêche préférés et ses éventuels partenaires, puis lui donna sa carte de visite avant de partir. Une fois de retour dans sa voiture, il appela son associée.

— Annabelle, il faut qu'on cible tout son cercle d'amis pêcheurs. Sa mère vient de me dire que la pêche était son loisir préféré. L'un d'eux pourrait savoir où est Trent.

— OK, je vais prévenir Ross. De mon côté, j'ai tenté avec la police de tracer son téléphone portable, mais il est éteint.

— Trent doit être en alerte. Il veut probablement rester en dehors du radar de la police qui va ratisser toute la zone à la recherche de sa voiture. Ils auront la localisation de son téléphone s'il l'allume. J'essaie de déterminer où il pourrait se cacher. Si Ross trouve quoi que ce soit, dis-lui de m'appeler.

Sur le trajet du retour, Coop garda un œil sur la route, à

la recherche d'une Subaru bleu marine identifiée comme celle du kidnappeur.

— Des nouvelles de Ross et Madison ? questionna-t-il alors qu'il débarquait dans le bureau d'Annabelle

— Pas encore. Ils interrogent chacun de leur côté tous les proches de Trent. Ils nous tiendront au courant.

— Et du côté de Callie, qu'est-ce que ça donne ?

— J'ai obtenu les copies des annuaires de Mount Camden, ainsi que les coordonnées du principal et du doyen pour la période qui nous intéresse.

— Quelqu'un se souvient de l'un ou l'autre là-bas ?

— Non, personne n'y travaille depuis autant de temps, donc il faudrait qu'on interroge les employés à la retraite.

En parcourant les pages des différents annuaires, Coop découvrit les deux hommes, une trentaine d'années en moins, sur plusieurs photos de groupe prises en cours de sport ou en clubs périscolaires, mais ne vit rien qui les reliait officiellement. Quant à Annabelle, elle s'occupa d'étudier les divers dossiers de Reese Hunt en se servant de leur base de données en ligne et chercha Avery Logan en tant que partie de l'une des affaires traitées par le juge, mais rien ne trouva rien non plus.

Un appel sur le smartphone de Coop interrompit leur recherche. Il raccrocha après quelques échanges.

— C'était Ross. Il a retrouvé un ami d'enfance de Trent au lycée. Apparemment, ils allaient souvent pêcher ensemble. Sa famille possédait à l'époque une cabane près du lac J. Percy Priest.

— Tu n'as pas le temps d'y aller. Ton rendez-vous au palais de justice approche, lui rappela Annabelle.

Embêté par ce dilemme, il hocha la tête et contacta son acolyte de toujours pour lui transmettre les informations recueillies par Ross et lui demanda de les transmettre aux détectives chargés de l'enlèvement.

— Je t'appellerai après mon rendez-vous.

Après un rapide coup d'œil à l'horloge, il se précipita vers sa penderie et attrapa une chemise.

— Je dois y aller, informa Coop à l'attention de son amie. Ça te dit de venir dîner ce soir ? Ta présence calmera Camille. Je suis certaine qu'elle ne sait plus quoi penser de toute cette histoire. On pourra débriefer de mon rendez-vous avec Hunt par la même occasion.

— Avec plaisir, bonne idée. Je l'appelle pour la prévenir ?

— Ce serait formidable, approuva le détective en boutonnant sa chemise par-dessus son t-shirt.

— Je me suis dit que je ferais mieux de ravaler mon sarcasme pour le rencontrer.

— Je suis fière de toi, Coop. Parfois, tu réussis à te comporter en adulte.

Elle éclata de rire et contacta la tante de son ami pour l'avertir d'ajouter un couvert de plus à table ce soir.

— Ah, et demande, à Ross et Madison de surveiller le service de boîtes aux lettres après les heures d'ouverture, s'il te plaît. On va essayer de surprendre toute activité suspecte. Tu peux me planifier aussi quelques rondes.

Coop lui adressa un signe d'au revoir, puis caressa la tête de son chien.

— Toi, tu restes avec Annabelle. Elle te ramènera à la maison.

Après s'être battu pour obtenir une place de parking et arriver à l'heure à son rendez-vous, Coop accéléra le pas dans les vastes couloirs du palais de justice. Lorsqu'il se présenta à l'accueil, le souffle court, Hildie l'accueillit aussitôt.

— Suivez-moi, M. Harrington. Le juge vous attend.

Elle le fit entrer dans une grande salle éclairée par de grandes fenêtres donnant, elles aussi, sur la rivière. Reese Hunt fit le tour de son bureau et lui serra la main.

— Entrez. Asseyez-vous, je vous en prie.

L'homme d'une soixantaine d'années demanda à Hildie de leur apporter des rafraîchissements.

— Merci d'avoir accepté de me recevoir aussi vite. Je ne sais pas si Hildie vous l'a expliqué, mais la famille de Calista Baxter m'a engagé pour enquêter sur le meurtre de leur fille, commença Coop. En retraçant ses déplacements, son parcours m'a conduit jusqu'à votre tribunal. Elle s'y est rendue plusieurs fois lors de différentes missions pour son bureau, le cabinet de Brandon King.

— Oui, Hildie m'a précisé la raison de votre visite. Je serai ravi de pouvoir aider de quelque manière que ce soit, mais en toute franchise, je ne connaissais pas personnellement Calista.

— Cela va sans dire, mais comme je suis quelqu'un de rigoureux, j'ai tenu à passer en revue les affaires sur lesquelles elle travaillait. Je n'ai rien remarqué de suspect, mais je voulais tout de même vous les soumettre.

Coop guetta la moindre réaction de son interlocuteur.

— Bien sûr, répondit Hunt sur un ton aimable tout en prenant une tasse de café sur le plateau qu'Hildie lui tendait.

Coop prit une gorgée d'eau, puis énuméra les noms associés aux dossiers que Callie avait récupérés au tribunal.

Les sourcils froncés, le juge l'écouta attentivement tout en secouant la tête à chaque désignation.

— Ce sont toutes des affaires banales. Ordinaires. Rien qui puisse conduire à un meurtre.

— On se heurte à un mur avec cette affaire, soupira le détective. J'ai examiné toutes les entrées et sorties du registre de votre bureau la semaine du meurtre. Pour tout vous dire, il y a une chose qui m'interpelle.

Hunt haussa les sourcils.

— Laquelle ?

— La dernière fois que Callie est venue remonte au soir où Billy, le coursier, a été renversé par une voiture et tué sur le coup. Hildie m'a informé que vous aviez demandé à vos employés de travailler tard ce soir-là pour recréer tous les documents et les envoyer via un autre service de coursiers.

— C'est exact. Je ne voulais pas prendre le risque de retarder l'enquête ou de perdre des documents importants.

— Je comprends. J'ai remarqué parmi les documents l'existence d'un dossier personnel destiné à un certain M. Featherstone, en ville. Il figurait sur la deuxième liste, mais pas sur la première. Vous souvenez-vous du contenu de la lettre ?

Peinant à dissimuler sa surprise, Hunt fit tout de même mine de réfléchir.

— Featherstone... Un instant, laissez-moi vérifier.

Le juge retourna à son bureau et parcourut un grand agenda en cuir.

— Ah, voilà. Je lui faisais parvenir ma réponse quant à mon intervention au sein d'un groupe communautaire.

— Vous le connaissez ?

— Non. D'après ce que j'ai compris, il coordonnait l'événement. Laissez-moi tout de même demander à Hildie de sortir le dossier, déclara-t-il en décrochant son téléphone fixe.

Quelques minutes plus tard, la jeune femme fit son apparition dans la pièce et lui remit un dossier que le juge consulta quelques instants avant de l'apporter à Coop.

— Voici les informations que j'ai envoyées et la demande originale. Henry Featherstone, fit Hunt en désignant un nom inscrit. Il fait partie de la Coalition des Citoyens de Nashville.

— Ça vous dérange si je fais une copie ?

— Pas du tout.

Il contacta de nouveau Hildie et lui demanda de dupliquer le dossier.

— Par le passé, aviez-vous déjà pris la parole lors d'autres événements pour ce même groupe ?

— Non, c'était une grande première. Je me souviens qu'en consultant leur site Internet, je me suis dit que ça ressemblait à une organisation populaire. Toutefois, au cours des derniers mois, j'ai fait beaucoup de discours et d'apparitions. Je suis d'ailleurs pressenti pour occuper un siège à la Cour d'appel pénale du Tennessee. C'est toujours un plus d'être en contact avec les communautés, précisa Hunt.

— Cet événement était prévu au centre communautaire d'East Park en janvier. Est-ce un lieu habituel pour ce genre d'occasion ?

— Oui. Ils ont tendance à se rassembler dans des lieux gratuits ou peu chers dans la ville. Différents groupes veulent en savoir plus sur le fonctionnement du système judiciaire et posent des questions, expliqua-t-il. J'ai payé moi-même la livraison du document. Je veux éviter de donner l'impression de me servir de l'argent des contribuables au profit de ma carrière.

Hildie réapparut avec le dossier et sa copie, puis s'éclipsa.

— Y a-t-il une raison pour laquelle vous êtes autant intéressé par ce groupe et M. Featherstone ? reprit Hunt. Je ne suis pas sûr de comprendre le rapport avec la mort de cette pauvre femme.

— Pour le moment, il s'agit de la seule anomalie identifiée dans nos indices. Je n'ai pas été en mesure de localiser M. Featherstone. Il ne semble pas exister et l'adresse à laquelle vous avez envoyé votre réponse correspond à un service de boîtes aux lettres.

Le juge fronça les sourcils, incrédule.

— Pardon ? Ça n'a aucun sens.

— Savez-vous pourquoi le document ne figurait pas sur la liste originale et seulement sur la seconde liste fournie pour la société de coursiers alternative ?

Le juge secoua la tête.

— Non. Je pense qu'il s'agit d'une simple erreur. L'interne a dû oublier de l'indiquer.

— Dans ce cas, comment le personnel a-t-il su qu'il fallait l'inclure dans la deuxième liste ? insista Coop.

— On a passé en revue tous nos dossiers pour la journée et c'était l'un des documents créés. Il a donc été inclus dans la seconde liste. Je ne me souviens pas que cela ait posé problème à ce moment-là. Comme vous le savez, on était pressés.

Coop se leva avec les copies des dossiers.

— Parfait. Vos réponses vont me permettre d'y voir un peu plus clair. Merci pour votre temps.

— N'hésitez pas si on peut vous être davantage utiles, ajouta Hunt non sans une pointe d'agacement.

Les deux hommes se serrèrent la main, puis Coop regagna le hall d'entrée où il vit l'assistante lui faire un signe de la main près de la sortie.

— Passez une bonne soirée, déclara la jeune femme en déverrouillant la porte.

Malgré l'heure tardive, Coop fit un détour par le commissariat pour vérifier si le tuyau transmis à Ben avait donné quelque chose. Lorsqu'il pénétra dans son bureau, son ami semblait absorbé par une conversation téléphonique. Une fois son appel terminé, il soupira bruyamment en passant une main sur son crâne chauve.

— Ces deux derniers jours m'ont épuisé.

— Des nouvelles de la petite disparue ? Ce type avec la cabane de pêcheur, ça donne quoi ?

— Ses parents l'ont vendue il y a des années. Il ne se souvient pas de l'acquéreur. Il est en ce moment même sur place avec mes hommes pour les mener jusqu'à elle. Il n'y est pas retourné depuis son enfance, donc ça prend du temps.

— Et Trent ? Rien de neuf, j'imagine ?

— Pas que je sache. Mais cette information au sujet de la cabane a eu l'air de leur servir. Ils tentent à présent de déterminer d'après les images des vidéos surveillance si sa voiture est partie dans cette direction.

— C'est peut-être un peu tiré par les cheveux, mais il aurait pu aller se cacher là-bas. Surtout à cette époque de l'année, observa Coop en vérifiant sa montre. Je dois filer. On se voit demain matin.

— Moi aussi, répondit l'inspecteur. À demain, Coop. Mon équipe te contactera s'ils parviennent à localiser Trent et sa fille.

———

En route vers chez lui, le cerveau tournant à mille à l'heure, Coop envisagea toutes les théories possibles et imaginables liées au meurtre de Callie. Avec bonheur, les effluves délicieux de la viande rôtie vinrent mettre fin à ses réflexions lorsqu'il franchit le seuil de la porte. Contaminé par la joie communicative de son chien, il se débarrassa rapidement de ses affaires et partit dans la cuisine retrouver ses deux femmes préférées. Sur le point de les saluer avec un grand sourire, une voix familière l'interrompit dans sa lancée. Ses cheveux teints en blond aux racines grisonnantes, le visage marqué et ridé par le tabac, sa mère se tenait près du plan de travail, en pleine discussion avec sa tante et Annabelle.

— Qu'est-ce que tu fais là ? lâcha Coop en plantant ses yeux dans son regard impitoyable, tel qu'il l'était déjà dans ses souvenirs.

Visiblement, le temps ne l'avait pas épargnée.

— Est-ce une façon de saluer ta mère, Cooper ? s'étonna-t-elle en s'approchant, les bras croisés.

De là où il se tenait, il pouvait d'ores et déjà sentir l'odeur infâme de la fumée qui flottait autour d'elle et préféra maintenir une distance entre eux.

— Je t'ai dit hier que j'étais en plein milieu d'une enquête complexe et que je t'appellerai quand j'aurai le temps.

— Ta tante a eu la gentillesse de m'inviter à rester pour le dîner, s'indigna sa mère en brossant ses cheveux filasse.

Du coin de l'œil, Coop lança un regard assassin à sa tante qui, prise de court, fit tomber sur le sol la cuillère en argent qu'elle tenait. Tout à coup, la tension était devenue si palpable qu'Annabelle en profita pour faire diversion et demanda à Marlene, la mère de Coop, de l'aider à apporter les plats sur la table. Après un bref clin d'œil à Coop, elle lui donna plusieurs bols tout en la dirigeant vers la salle à manger.

— Comment as-tu pu l'inviter à rester ? chuchota Coop.

Prise de panique, Camille se mit à s'activer dans la pièce pour éviter d'avoir à affronter le regard de son neveu.

— Je… Elle est arrivée il y a quelques heures seulement. Elle m'a dit qu'elle t'avait parlé et que tu lui avais dit de passer à la maison. Je ne savais pas quoi faire, Coop.

— Quelle manipulatrice ! pesta le détective. Je voulais appeler Jack, mais j'ai oublié avec toutes ces histoires.

D'un geste vif, il sortit son téléphone portable de sa poche et composa rapidement un message à son frère, puis s'attarda dans la cuisine dans l'attente de sa réponse.

Après un aller et retour dans le séjour pour servir un faitout, Camille revint dans la cuisine et s'affaira à remplir un plat de purée de pommes de terre.

— Je suis désolée, murmura-t-elle. J'étais sous le choc et je ne savais pas quoi faire. Ne m'en veux pas, s'il te plaît. Je ne voulais pas te déranger. Un repas ensemble, ce n'est rien.

— Qu'est-ce qu'elle veut ? coupa Coop en dévisageant sa tante dont les joues roses contrastaient avec sa peau diaphane.

— Elle… Elle ne nous a pas réellement dit, mais de ce que j'ai cru comprendre, elle n'a plus de toit et elle s'est récemment séparée, avoua la vieille femme.

— Évidemment, cracha Coop en levant les yeux au ciel. Il est hors de question qu'elle reste ici. C'est compris ?

Préférant ne pas discuter davantage, Camille hocha doucement la tête et plaça de ses mains tremblantes la casserole vide dans l'évier.

— Le dîner est bientôt prêt, déclara-t-elle à voix haute en lui tendant le plat. Mme Henderson nous a préparé un fabuleux repas. Encore quelques détails, et ce sera bon.

Sans un mot supplémentaire, il suivit sa tante dans la salle à manger et servit les derniers récipients sur la table. Malgré les tentatives de sa mère pour tenter d'en savoir plus sur l'affaire en cours, Coop évita le sujet tout en jetant un regard noir à Camille et Annabelle.

— C'est une enquête fastidieuse et confidentielle. D'ailleurs, Annabelle et moi travaillerons dessus toute la soirée, précisa-t-il comme pour lui signifier qu'il n'aurait guère de temps à lui consacrer.

— Et pour les fêtes, que fais-tu ?

Avant que Camille ne puisse dire quoi que ce soit, Coop répliqua :

— La famille d'Annabelle nous a conviés, tante Camille et moi, à les rejoindre aux Bahamas. On part dans quelques jours.

— Les Bah… Bahamas… bafouilla Marlene. Quel beau programme !

Rentrant dans son jeu, Annabelle intervint et décrivit les différentes activités au sein de la station balnéaire qui les attendaient.

— Je suis un peu déçue. J'espérais tellement passer Noël en famille, confessa la mère de Coop.

— J'imagine que c'est le risque à prendre quand on débarque à l'improviste chez les gens.

Coop regarda sa mère par-dessus le bord de son verre, puis avala une gorgée de thé avant de contrattaquer.

— Qu'est-ce que tu fais ici ?

— Comme je te l'ai dit, je voulais simplement te rendre visite. Tu m'as manqué.

Alors qu'il scrutait sa mère, Coop entendit son téléphone émettre un son bref. Il jeta un rapide coup d'œil et découvrit un message de son frère lui indiquant qu'il n'avait pas parlé avec leur mère et qu'il ignorait ce qui se passait.

— Et tu vis où maintenant ? demanda-t-il.

— J'étais en Floride, mais en ce moment, je n'ai pas… de domicile fixe. Je me suis dit que j'allais te rendre visite.

— Comment es-tu venue depuis la Floride ?

Marlene baissa les yeux vers son assiette.

— En bus.

— Et où allez-vous ensuite ? osa demander Camille.

— Je n'en suis pas encore certaine. J'ai appelé un vieil ami qui vit dans le Vermont. J'espère pouvoir m'y rendre. À l'origine, je voulais passer Noël ici, puis partir ensuite vers le nord du pays. Mais comme tu t'absentes pour les fêtes, je ne suis plus sûre…

— Tu devrais appeler ton ami pour lui demander si tu peux venir plus tôt, lança Coop.

Telle une petite fille, sa mère remua la tête de haut en bas tout en déplaçant timidement avec sa fourchette les petits morceaux de rôti restants dans son assiette.

— J'imagine, oui…

— Tu as parlé à Jack dernièrement ?

— Non, pas depuis un certain temps.

Tout à coup, une lueur anima ses yeux éteints.

— Mais je devrais peut-être aller le voir ?

— Papa passe Noël avec Jack et sa famille, la rembarra son fils.

— Oh, oui, c'est logique.

— Tu loges où ?

— Eh bien, je, euh, n'ai rien prévu. Je t'ai appelé hier depuis l'un des arrêts de bus. Je ne suis arrivée ici que ce matin.

Coop secoua la tête avec dégoût.

— Donc tu t'es dit que tu allais débarquer ici après quoi…

Il fit semblant de compter sur ses doigts.

— … vingt ans, et que j'allais t'accueillir à bras ouverts ?

— Je, euh, je n'y ai pas vraiment réfléchi, avoua Marlene mal à l'aise.

Tout aussi gênées, Camille et Annabelle concentrèrent toute leur attention sur les motifs qui ornaient leurs assiettes.

— Non, non, tu ne réfléchis jamais, s'emporta le détective. Quand tu as quitté papa, tu y as réfléchi ? Quand tu n'en avais rien à cirer de tes fils ou même de tes petits-enfants, tu y as réfléchi ?

Hors de lui, il jeta sa serviette sur la table et quitta la pièce en trombe. Camille laissa échapper un soupir.

— Bon, j'ai préparé une tarte pour le dessert. Quelqu'un en veut ?

Tandis qu'Annabelle l'aidait à débarrasser la table, Camille revint avec une tarte à la noix de coco et une pile de petites assiettes. Puis Coop réapparut, un morceau de papier à la main qu'il laissa tomber devant sa mère.

— Je t'ai réservé une chambre d'hôtel et t'ai appelé un taxi. Il sera là dans cinq minutes.

Il plongea la main dans sa poche et extirpa de son portefeuille quelques billets qu'il lança sur le mémo.

Perplexe, Marlene prit le papier et fourra l'argent dans sa poche.

— D'accord, alors, on se verra demain.

— Je ne serai pas là. Comme je te l'ai dit, je travaille la journée.

Coop se tenait à l'autre bout de la pièce. Son regard habituellement empreint de douceur était désormais aussi dur que du granit.

Après avoir remercié Camille pour le repas, Marlene leur fit ses adieux et rejoignit le taxi stationné devant la maison. Sa tante l'accompagna jusqu'à la porte, puis lui souhaita une bonne soirée.

— Oh, mon Dieu, s'exclama-t-elle en retournant dans la salle à manger en jetant un regard désapprobateur à Coop. Ça reste ta maman.

— Sur le papier, oui, mais elle a renoncé à ses droits il y a longtemps. Je t'ai toujours davantage considérée comme une mère. Un parent n'abandonne pas sa famille et ne se manifeste pas que lorsqu'il a besoin de quelque chose. Ce n'est pas une mère, c'est une profiteuse.

Consciente de la rancœur et de la colère dont souffrait son neveu, Camille lui prit délicatement la main.

— Tu dois lui pardonner, pour ton bien, dit-elle en souriant.

L'enveloppant de son aura bienveillante, la vieille dame eut l'impression de revoir la jeune âme blessée qu'elle avait accueillie chez elle il y a des années en arrière.

— Je t'aime, Coop. Même si tu étais mon propre fils, je ne pourrais pas davantage t'aimer.

Derrière lui, il entendit Annabelle renifler et la vit se tamponner les yeux en se retournant.

— Tu as retrouvé la fille de Daisy ? demanda Camille en coupant la tarte.

Ravi d'embrayer sur une autre thématique, Coop leur détailla l'histoire de la cabane de pêcheur.

— Lola Belle tient le coup ? demanda-t-il.

— Elle est très contrariée. Mais c'est une femme forte. Daisy a toujours été une enfant dramatique et elle épuise sa tante. Cet après-midi, elle a demandé l'aide de leur médecin qui a prescrit à Daisy quelque chose pour l'aider à trouver le sommeil, expliqua-t-elle. J'espère qu'ils vont vite retrouver l'enfant.

— Je devrais bientôt recevoir un appel de l'équipe en place. Je te le dirai si j'en apprends davantage.

Coop lui serra la main, puis orienta la conversation sur son rendez-vous avec Reese Hunt.

— À présent, il faut qu'on se penche sur cette organisation et l'événement en question. Il y a quelque chose qui ne colle pas. De ton côté, quelles sont les nouvelles ?

— J'ai laissé un message vocal au doyen et au principal qui travaillaient à Mount Camden à la fin des années 70. Hunt et Logan étaient tous deux de grands sportifs et membres des meilleures équipes sportives de l'école, mais je n'ai pas trouvé de lien entre eux. Ah, et ils faisaient tous les deux partie d'un programme d'étude pour un échange en Europe pendant leur première année.

— Mount Camden est une école très respectée. Elle existe depuis plus de cent ans. La plupart de mes amies y ont inscrit leurs enfants, et ces derniers ont poursuivi leurs études dans les universités les plus prestigieuses du pays, déclara Camille. Je connais la famille du juge Reese Hunt. Ce sont des gens merveilleux et très intègres. Ils vivent depuis des lustres à Nashville.

— Elle a raison, renchérit Annabelle. Tous leurs élèves sont destinés à de brillantes études et en ressortent avec d'excellentes notes. La majorité est d'ailleurs acceptée dans de grandes écoles. Hunt a étudié à Vanderbilt, et Logan a été accepté à l'université d'Auburn, mais n'y est jamais allé. Je ne suis pas certaine de savoir pourquoi, mais j'espère en apprendre davantage en parlant au principal.

— Cherchons plus d'informations au sujet de cette Coalition de Nashville. Je n'en ai jamais entendu parler. Et toi, tante Camille ?

— Non, du tout. Mais je pourrais demander aux filles du club de lecture de demain si elles ont entendu parler de ce groupe.

Coop manqua de s'étouffer avec sa part de dessert.

— Non. On doit rester discrets, alors pas un mot !

Le regard peiné de sa tante lui fit alors comprendre que le ton de sa voix s'était révélé plus cassant qu'il ne l'avait voulu. Le détective s'éclaircit la gorge et reprit :

— Pardonne-moi. C'est une affaire délicate et je ne peux pas prendre le risque que des informations sensibles soient divulguées. Avec Annabelle qui part samedi, il nous reste peu de temps pour résoudre cette enquête.

— À ce propos... commença la concernée. J'ai appelé mes

parents aujourd'hui et je leur ai dit que j'allais reporter mon vol pour les retrouver quelques jours plus tard. Je veux aller jusqu'au bout pour Callie.

— Non, tu dois partir, Annabelle. Ce sont tes congés. Je peux m'en occuper.

Camille rassembla les assiettes à dessert et revint avec une théière qu'elle posa entre eux.

— J'en ai besoin, Coop. Pour Callie. Mes vacances durent deux semaines. Ce n'est pas grave si je manque quelques jours. Callie mérite que je l'aide.

Il la regarda dans ses yeux et décela de la détermination derrière le flot de larmes qui menaçait de se former.

— OK, Annab'. Mais à une condition, déclara Coop en lui serrant la main.

— Laquelle ?

— Je paie pour ton changement de billet.

— Marché conclu, répondit-elle avec un sourire et un trémolo dans la voix.

— Annabelle va retarder son vol de quelques jours et rester pour m'aider sur l'affaire. Ce n'est pas fantastique ? dit Coop en souriant à sa tante.

Les yeux de Camille se mirent à pétiller de joie.

— Merveilleuse nouvelle. Je suppose que cela signifie que notre voyage sera retardé aussi, non ? ajouta sa tante avec un clin d'œil.

— Désolé, j'ai dû inventer cette histoire au dernier moment pour ne pas que ma mère s'immisce dans notre réveillon. Je ne pouvais pas manquer Noël avec toi, Camille. C'est l'un de mes moments préférés de l'année ici.

La vieille dame se laissa tomber dans son fauteuil préféré, le regard soudain troublé par le chagrin.

— Oh, ce n'est plus pareil depuis que... Oncle John...

Sans parvenir à finir sa phrase, elle sortit un mouchoir de sa manche et se sécha les yeux.

— Je suis désolée. Son absence est d'autant plus insoutenable à cette période de l'année.

Coop se leva et enlaça sa tante.

— Je sais. Il me manque aussi.

Il embrassa le sommet de sa tête, puis vit son amie tout aussi émue par la scène. Il déglutit lui-même avec difficulté, le cœur meurtri.

— Que diriez-vous d'aller faire un tour pour admirer les lumières de Noël ce soir ?

Un sourire se dessina aussitôt sur le visage d'Annabelle, et tante Camille hocha la tête, visiblement aussi enthousiasmée par cette idée.

— Coop et moi allons débarrasser pendant que vous vous préparez, proposa Annabelle.

Comblée d'être aussi bien entourée, elle serra la main de son neveu en guise de remerciement, puis s'excusa pour faire un brin de toilette alors qu'ils mettaient rapidement de l'ordre dans la cuisine. Une fois prêt, le trio, accompagné de Gus, grimpa dans le 4x4 de tante Camille et partit en direction du centre-ville, Coop au volant, sa tante à ses côtés.

Aux abords de Belle Meade, la vieille dame appuya sur plusieurs boutons du tableau de bord de la voiture et les premières notes d'un chant de Noël s'égrenèrent des haut-parleurs. La main posée sur celle de sa tante, Coop aperçut dans le rétroviseur central Gus blotti contre Annabelle sur la banquette arrière. À cet instant, il n'aurait pour rien au monde souhaité être ailleurs.

CHAPITRE DOUZE

Portés par la féérie des rues animées, ils déambulèrent à travers le quartier pour contempler les éclairages multicolores avant de regagner peu après la douce chaleur de leur foyer.

Une tasse de chocolat chaud et une assiette de cookies plus tard, Coop et Annabelle se remirent au travail sans perdre de temps. Le détective commença par envoyer un email à la mère de Callie pour la tenir à jour, puis ils passèrent en revue les antécédents d'Avery Logan.

— Marié, pas de casier judiciaire, même travail depuis environ vingt ans, trois enfants, récita Coop. Il doit toujours un prêt hypothécaire. Ses enfants sont tous en écoles privées. Son aîné de 18 ans est parti à l'université cette année. Sa femme est secrétaire. Rien de bien suspect, j'ai l'impression.

En raison de sa notoriété, Reese Hunt figurait sur une centaine de pages Internet. Coop concentra alors ses recherches sur la mention de Logan parmi tous les articles, estimant qu'il était plus facile de procéder ainsi. Puis, il contacta Ben par message pour lui demander de découvrir pourquoi la victime avait choisi de ne pas étudier à l'université d'Auburn après Mont Camden.

Penchée sur les différents rapports de procès, Annabelle avait déjà cherché la présence éventuelle d'Avery Logan en tant que partie dans toute affaire impliquant Hunt en tant que juge ou en tant qu'avocat avant qu'il ne devienne magistrat. Cette enquête s'avérant infructueuse, elle décida d'élargir sa recherche et de vérifier dans d'autres tribunaux. Durant quelques heures, témoignant de leur effort de concentration maximal, seuls le tapotement discret des touches de leurs claviers et les ronflements étouffés de Gus remplirent la pièce.

— Je tiens peut-être quelque chose, déclara tout à coup Annabelle en regardant Coop pour la première fois depuis ce qui lui parut être une éternité. Le fils aîné de Logan va comparaître devant le juge Woodburn pour conduite en état d'ivresse datant de la fin octobre. La police a aussi trouvé de la drogue lors de son arrestation. Le procès aura lieu en janvier.

— Il étudie à l'université du Tennessee à Knoxville, précisa Coop en se référant au dossier que Ben lui avait fourni. Il a dû rentrer pour une visite ce week-end-là.

— Rien qui ne le lie avec Hunt, cela dit, déplora-t-elle. Ça ressemble à une affaire tout ce qu'il y a de plus banale.

— Et l'avocat en charge ?

Après quelques clics de souris, la jeune femme approfondit sa lecture.

— Hum. Oh, Brandon King.

— Voilà qui est intéressant. Je me demande si Callie a quelque chose à voir avec l'affaire. J'appellerai Brandon demain pour voir ce qu'il a à nous dire sur le sujet...

La sonnerie de son téléphone l'interrompit. Il décrocha, conversa une minute, puis après avoir remercié son interlocuteur, raccrocha et se tourna vers Annabelle, un grand sourire éclairant son visage fatigué.

— C'était le commissariat. Ils ont localisé la cabane et la voiture de Trent, se réjouit Coop. Le type est désormais en garde à vue, et sa fille est indemne, juste effrayée par toute cette histoire.

— Oh, génial. Enfin des bonnes nouvelles ! Tu ferais mieux d'aller le dire à ta tante, répondit-elle en bâillant. Il est une heure du matin. Je vais m'arrêter là pour ce soir.

— Camille t'a préparé la chambre d'amis si tu veux rester. Repose-toi et on fera le point demain matin.

Elle inclina la tête, la bouche en cœur.

— OK, j'accepte. Je suis lessivée.

Alors qu'elle s'efforçait de se dégager du canapé, Gus ouvrit un œil, mais n'eut pas la force d'en faire plus.

— On doit aller à la gym demain matin, lui rappela Annabelle. Six heures, ça te va ?

Coop leva les yeux au ciel.

— Oui, oui, bien sûr.

———

De bonne heure vendredi matin, Annabelle eut le plaisir de retrouver Coop dans l'entrée, prêt pour leur séance matinale malgré le manque de sommeil évident de ce dernier. Après leur entraînement et une douche rapide, le détective retrouva Ben au Peg's Pancakes.

— Bonjour, les garçons, les salua Myrtle en remplissant de café le mug de Coop.

Elle récupéra le crayon niché derrière son oreille, puis nota leur commande sur son bloc-notes avant de partir vers d'autres clients.

— Je suis content que cette histoire d'enlèvement se soit

bien terminée, soupira Ben. D'ailleurs, mon équipe m'a demandé de te remercier. Sans cette piste sur la cabane, on y serait encore.

— J'ai parlé à la tante de Daisy hier soir après avoir appris la nouvelle. Elle était soulagée de savoir la petite fille en sécurité. Encore une belle semaine mouvementée !

L'inspecteur hocha la tête.

— Alors, comment ça s'est passé avec Hunt ? demanda-t-il en touillant son café.

Coop se délecta d'une longue gorgée du breuvage noir, puis répondit :

— Il m'a donné quelques renseignements sur Featherstone et sur un événement organisé par un groupe dénommé la Coalition des Citoyens.

Alors qu'ils attendaient leur petit-déjeuner, il lui narra les détails de son rendez-vous.

— Annabelle va les appeler ce matin pour en savoir davantage.

— De notre côté, on a contacté l'État du Tennessee. Ils n'ont jamais engagé de Featherstone, soupira Ben alors que Myrtle déposait deux assiettes généreusement garnies devant eux.

— Et j'ai une commande de pancakes banane noix de pécan pour Annabelle dès que vous êtes prêts à partir, lança la serveuse avec un clin d'œil en s'éclipsant aussitôt.

— On s'est arrangés pour surveiller la boîte aux lettres la nuit. Du moins pendant quelque temps, précisa Coop.

— J'ai prévu de faire installer une zone de construction temporaire sur le trottoir à l'extérieur du magasin et d'y planquer une caméra. Mais ce ne sera certainement pas avant le milieu de la semaine prochaine.

— On a découvert autre chose. Le fils aîné de Logan s'est fait pincer pour conduite en état d'ivresse et présence de stupéfiants dans son véhicule. Son procès aura lieu en janvier devant le juge Woodburn. Et son avocat n'est nul autre que… Brandon King.

— Sacrée coïncidence ! ironisa Ben.

— Je vais lui en parler aujourd'hui et on verra ce qu'il en dit.

— Parfait. Je m'occupe de contacter la femme du défunt et d'en savoir plus sur leur ado.

— Je ne voulais pas lui mettre la puce à l'oreille au cas où il serait impliqué, donc j'ai préféré ne pas demander à Hunt s'il était ami avec Avery Logan. Sa femme pourra peut-être te dire s'ils étaient encore proches avant sa mort.

— J'approfondirai la question avec elle, oui.

— Et sur le meurtre de Logan ? Du nouveau ?

— Toujours rien. En ce moment, on examine de près ses finances. Tous ses enfants ont étudié en école privée, et l'aîné est maintenant à l'université, mais il semblerait qu'ils ne gagnent pas suffisamment pour couvrir toutes leurs dépenses. Je demanderai à sa femme plus de détails à ce propos.

Une fois leur repas fini, Coop attira l'attention de Mrytle d'un petit signe de la tête. La serveuse apparut quelques minutes plus tard avec la commande d'Annabelle, l'addition, et deux sachets remplis de ses célèbres truffes au chocolat et au bourbon.

— Passez un joyeux Noël et surtout, profitez bien de vos proches, leur souhaita la jeune femme.

Après une chaleureuse accolade, les deux amis la remercièrent puis s'éclipsèrent sous le regard ému de Myrtle.

———

Entre deux bouchées de pancakes, Annabelle fit à Coop un compte rendu de sa matinée.

— J'ai parlé à l'ancien principal de Mont Camden. Il se souvient de Reese Hunt et d'Avery Logan. Selon lui, ils étaient proches, exposa-t-elle. Si Logan n'est pas allé à l'université, c'est à cause d'une blessure au genou, mettant fin à sa carrière de footballeur, et sa principale raison d'étudier à Auburn. Il m'a précisé qu'ils étaient tous les deux issus de milieux très différents, mais qu'ils s'entendaient bien. Hunt avait pris Logan sous son aile.

Suite à ces nouvelles informations, le détective envoya un message à Ben pour lui demander s'il avait vu le juge Hunt lors des funérailles de Logan. Son ami assistait toujours aux obsèques des victimes d'affaires en cours. Quelques secondes plus tard, son téléphone émit une brève vibration.

— D'après Ben, Hunt n'était pas à l'enterrement, confirma Coop.

Annabelle glissa son dernier morceau de pancake à Gus à ses pieds, puis referma le couvercle de la boîte cartonnée.

— C'est étrange. Ils étaient proches, puis ne se sont plus côtoyés à Nashville alors qu'ils y vivaient tous les deux. Je me demande s'ils se sont disputés ou simplement perdus de vue. Personnellement, j'assisterais aux funérailles d'un ami d'enfance, peu importe la raison qui m'a poussée à ne plus le voir.

— Ben espère que la femme de Logan pourra nous éclairer sur leur amitié et sur l'arrestation de leur gamin, commenta Coop. On va devoir patienter. En attendant, je vais passer un coup de fil à Brandon. Est-ce que tu peux te renseigner sur cette Coalition de Nashville ?

Voyant ses espoirs de pancakes s'envoler, Gus suivit son maître dans son bureau et se pelotonna dans son panier près du feu. Lorsque Coop tenta de contacter Brandon King, on lui indiqua que l'avocat était actuellement en pleine séance au tribunal. Il laissa un message à l'intention de King à la standardiste et raccrocha dans un soupir avant de s'adosser à sa chaise. Plongé dans ses réflexions, il parcourut des yeux un instant le tableau qui trônait en face de lui, puis, pris d'une idée soudaine, se leva précipitamment.

Conscient que son t-shirt « *Désolé pour le retard. Je n'avais pas envie de venir* » n'était pas approprié, il récupéra une chemise dans son armoire puis fila vers la porte arrière.

— Je vais au palais de justice, cria-t-il à Annabelle en sortant.

Une fois sur place, Coop se glissa sans un bruit dans la salle d'audience où il vit Brandon King assis près d'un jeune homme visiblement condamné pour une conduite en état d'ivresse lui aussi. Il suivit le procès jusqu'à la fin, puis vit l'accusé soupirer de soulagement lorsque le juge lui adressa la peine la plus légère. Alors que les quelques personnes présentes quittaient la pièce, King rangea ses affaires, un sourire satisfait illuminant son visage émacié. Coop se leva et partit à sa rencontre.

— M. Harrington, qu'est-ce qui vous amène au tribunal en ce vendredi matin ?

— J'ai quelques questions à vous poser.

L'avocat consulta sa montre.

— Absolument. J'ai un peu de temps devant moi. Allons prendre un café.

Leur boisson chaude en main, ils trouvèrent un banc dans un petit parc boisé près du tribunal.

— En travaillant sur le meurtre de Callie, je suis tombé sur une autre affaire récente dans laquelle votre nom est apparu. L'affaire Brad Logan.

— Oui, tout à fait, un jeune garçon interpellé pour les mêmes raisons que mon client précédent, avec de l'herbe dans sa voiture, se souvint King. Première arrestation, étudiant, si je ne me trompe ?

— Exactement. Vous connaissiez son père, Avery Logan ?

— Seulement parce qu'il avait accompagné son fils. C'est le joggeur qui a été assassiné, c'est bien ça ?

— C'est ça. Je me demandais juste s'il existait par hasard un lien entre cette affaire et les dossiers sur lesquels travaillait Callie.

Brandon prit une gorgée et secoua vigoureusement la tête.

— Non. Elle n'était pas en charge de cette affaire. Le procès n'ayant pas lieu avant janvier, je ne me suis pas encore penché dessus. Un autre collaborateur s'en charge pour le moment. Je m'en occuperai après les fêtes. Je vais tenter d'obtenir un délai supplémentaire en raison du drame survenu au sein du cabinet.

— Rien ne vous a paru étrange à propos de cette affaire ou en ce qui concerne Avery Logan lui-même ?

— Pas que je me souvienne. Il était juste en colère. Au fond, son fils est un bon garçon qui n'a jamais eu de problèmes. Il a obtenu une bourse pour l'université et a étudié en école privée. Son père était préoccupé par l'argent et les frais engendrés. Ce qui n'est pas inhabituel. La plupart des parents sont bouleversés quand leurs enfants ont des problèmes avec la justice et prennent peur quand ils ont connaissance des sommes souvent colossales à payer.

— Sa mère est-elle venue à la réunion ?

— Non, juste le fils et son père. D'ailleurs, le gamin était nerveux et préoccupé pour sa bourse d'études.

Brandon King se leva pour jeter son gobelet dans une poubelle, puis se tourna vers Coop.

— Ne m'en voulez pas, mais je dois y aller. En tout cas, rien ne me vient à l'esprit concernant Callie.

Le détective le remercia, puis avant de se rendre au bureau de Hunt, commanda quatre cafés à la cafétéria près du tribunal. Quand il arriva à l'accueil, Sadie, la réceptionniste, était au téléphone et lui fit signe de patienter quelques secondes.

— Comment puis-je vous aider ? demanda-t-elle enfin.

— Bonjour, Sadie. Vous vous souvenez peut-être de moi, Cooper Harrington. J'espérais pouvoir parler à Hildie. Est-ce qu'elle est là ?

Il posa le porte-gobelet sur le comptoir et lui proposa un café.

— Non, merci, dit-elle en appuyant sur une touche du téléphone. Je vais voir si ma collègue est disponible.

Elle prit de nouveau le combiné, hocha la tête, puis raccrocha.

— Vous pouvez y aller.

De son poste, Sadie déverrouilla une porte qui permit à Coop d'accéder au couloir des différents bureaux. À son arrivée, Hildie l'attendait devant une petite salle aménagée.

— M. Harrington, que puis-je faire pour vous ?

— Appelez-moi Coop, s'il vous plaît. Un café ?

— Volontiers, merci. Entrez.

Elle lui fit signe de prendre une chaise devant son bureau.

— Sadie n'en souhaitait pas. Offrez-les à vos collègues, proposa-t-il en glissant les trois autres gobelets vers elle.

— Merci. Je suis certaine que ça en intéressera plus d'un !

Coop lui rendit un sourire poli, puis posa ses mains jointes sur la surface devant lui.

— Je voulais vous voir pour élucider une zone d'ombre sur la même affaire que ma dernière visite. Je me suis entretenu avec Reese Hunt concernant un de ses courriers personnels envoyés à M. Featherstone. Le nom figurait sur la seconde liste d'envoi, après la mort de Billy, mais pas sur la première, exposa-t-il. Je suis un peu embêté, car je ne comprends pas cet oubli. Le juge pense qu'il s'agit d'une simple erreur, mais je tenais tout de même à vérifier auprès de vous pour tenter d'y voir plus clair.

— Vous pensez que c'est important pour votre affaire ?

Elle posa sur son bureau le gobelet en papier qu'elle venait de porter à ses lèvres maquillées et se leva.

— Plus que tout.

— Un instant. Laissez-moi consulter le registre.

La jeune femme en profita pour apporter les cafés au personnel environnant, puis se dirigea vers l'entrée. Quelques minutes plus tard, elle revint chargée du dossier.

— Vous avez raison. Il s'agit d'un oubli, concéda Hildie en retrouvant la page concernée. Nous avions une stagiaire qui n'est plus là. Elle préparait la majorité du courrier sortant pour le service de coursiers. À mon avis, elle a effectivement dû omettre de l'inclure dans le premier lot. On avait déjà eu quelques soucis avec son travail et on a ainsi dû la licencier la semaine dernière.

— Il m'a dit que le courrier avait été trouvé, car le personnel avait passé en revue tous les documents préparés pendant la journée avant que vous ne traitiez le second envoi.

— En effet. Il nous a tout de même demandé de revoir les documents de la journée pour qu'on s'assure de n'avoir rien oublié. La stagiaire à laquelle j'ai fait allusion était censée planifier tous les documents nécessitant d'être livrés. J'ai essayé de convaincre M. Hunt de nous laisser attendre le lendemain et de travailler avec la police pour récupérer les dossiers, mais il était catégorique : on devait rester ce soir-là pour tout réexpédier.

Hildie se tourna vers l'écran de son ordinateur et pianota sur son clavier.

— Je vérifie simplement si le document a bien été traité dans le système de service de coursiers et pas seulement enregistré dans le support papier, mais je ne parviens pas à le localiser. Il n'existe que dans le deuxième envoi avec la société de coursiers différente.

— Et que se passe-t-il si vous préparez un envoi, qu'un élément inattendu survient et que vous souhaitez le retirer ou attendre de le livrer à une date ultérieure ?

— On peut tout à fait suspendre l'envoi dans le système en ligne, puis le réactiver plus tard. Ou même le supprimer.

— Votre système conserve-t-il les enregistrements supprimés ?

Hildie fronça les sourcils et prit une autre gorgée de sa tasse.

— J'en doute, mais je peux m'en assurer auprès de notre représentante, déclara la jeune femme en décrochant son téléphone fixe.

Coop en profita pour vérifier son téléphone et vit un message d'Annabelle lui indiquant qu'elle en savait plus sur la Coalition et lui rappela aussi de passer prendre de l'alcool pour leur soirée de Noël au bureau. Il lui répondit rapidement, puis glissa son smartphone dans sa poche alors qu'Hildie mettait fin à sa conversation.

— Bon, d'après ma collègue, le système ne conserve aucun enregistrement supprimé. Toutefois, le service de coursiers peut les récupérer. Apparemment, il y a bel et bien eu un enregistrement supprimé dans l'après-midi. Un document adressé à M. Featherstone à la même adresse que le deuxième envoi, expliqua-t-elle. La demande d'envoi a été créée le matin même par la stagiaire dont je vous ai parlé, et le document aurait dû être envoyé avec les courriers du matin avant midi, mais ça n'a pas été le cas. La demande a visiblement été supprimée après quinze heures le même jour.

Interloqué, Coop plissa les yeux.

— Qui l'a supprimé ?

— Toujours la même stagiaire, celle qui a tout préparé plus tôt dans la journée, répondit Hildie, les sourcils froncés. Je me souviens que M. Hunt était agacé contre elle ce jour-là concernant un courrier qu'elle avait préparé.

— Pour cet envoi ?

— Je ne sais plus, mais ça me semblerait logique. Elle était très désordonnée dans son travail, facilement distraite.

Hildie marqua une pause, puis consulta le calendrier géant sur son bureau.

— Bref, maintenant que j'y pense, je suis certaine que c'était ce jour-là. Je n'avais jamais vu M. Hunt être autant hors de lui. Il lui a ordonné de rentrer chez elle, parce qu'elle était absente quand on a procédé au second envoi via l'autre service. Elle est partie juste avant l'accident de Billy.

— Et cette stagiaire, comment s'appelle-t-elle ?

— Lindsay Winter, une étudiante de Vanderbilt, répondit-elle en ouvrant un tiroir pour récupérer un dossier archivé. Une fille agréable en somme, mais qui n'avait pas conscience de la rigueur et du sérieux qu'impliquait notre travail. Elle manquait d'attention aux détails et elle avait du mal à retenir ce qu'on lui disait. Tenez, voici ses coordonnées. J'aimerais beaucoup savoir en quoi cela peut être lié au meurtre de Calista.

— C'est juste une piste que je dois suivre comme toutes les autres pour le moment. Je ne suis pas encore certain qu'il existe un quelconque rapport.

— Eh bien, aux dires de Martha, vous excellez dans votre travail, elle ne fait que vous couvrir d'éloges, donc je serai ravie de vous aider. D'après elle, vous résolvez toutes vos enquêtes, même les plus difficiles. Et puis, M. Hunt nous a demandé de vous prêter main-forte. On est tous bouleversés par la mort de Billy et Calista. C'est ignoble.

— J'apprécie grandement votre aide et votre confiance, la remercia Coop. On organise une petite fête de Noël au bureau ce soir. N'hésitez pas à passer après le travail. Martha sera là également.

Un sourire timide se dessina sur son visage aux traits fins et délicats. Contrairement aux tenues et aux manières suggestives de l'assistante de Brandon, Hildie, quant à elle, rayonnait par sa classe et sa beauté naturelle.

— Je vous y verrai peut-être alors, déclara-t-elle en le raccompagnant jusqu'au hall d'entrée.

Désireux de contacter au plus vite la stagiaire évoquée par Hildie, Coop descendit une volée de marches, puis trouva une alcôve au calme pour passer son appel. Il composa le numéro de Lindsay et lui expliqua succinctement enquêter sur la mort d'une avocate.

— J'aimerais vous poser quelques questions sur votre stage au sein du tribunal de Reese Hunt.

Comme la jeune femme se trouvait en ville pour des achats de cadeaux de Noël de dernière minute, ils convinrent de se retrouver pour déjeuner à Green Hills. Coop leur réserva une table dans un restaurant populaire du quartier et prit place à table tout en laissant le nom de Lindsay à l'hôtesse. Un quart d'heure plus tard, il fut rejoint par une jeune fille brune au visage juvénile parsemé de taches de rousseur sur les joues.

Coop se leva et lui tendit la main :

— Merci d'avoir accepté de me rencontrer, Lindsay.

— Je vous en prie, répondit-elle en déposant son manteau sur le dossier de sa chaise.

La serveuse apparut au même moment et leur récita les

plats du jour, puis disparut aussi vite qu'elle était arrivée une fois leur commande prise.

— Je voulais vous interroger concernant un document précis que vous avez préparé pour M. Hunt.

À l'évocation du nom du magistrat, Coop décela une once d'appréhension dans les yeux de la jeune fille.

— J'ai discuté avec Hildie ce matin, et elle m'a parlé de ce fameux document envoyé le jour de l'accident de Billy, le coursier tué lors d'un délit de fuite.

— Oh, oui, cette histoire est horrible, se rappela-t-elle, horrifiée. C'était un type très sympa. Quel document vous intéresse ?

— Il s'agit d'un courrier que Reese Hunt a fait parvenir à un groupe intitulé la Coalition des Citoyens de Nashville, avec à sa tête un certain M. Featherstone.

— Oui, je m'en souviens, répondit tristement Lindsey. C'est la raison pour laquelle on m'a virée.

— Vraiment ? Comment ça ? questionna Coop, les sourcils levés.

— Eh bien, Hildie m'avait déjà parlé de mes erreurs régulières au travail. Elle m'avait dit que le juge n'était pas satisfait. Elle s'est montrée douce et compréhensive, mais elle m'a prévenue que je risquais de perdre mon stage si je continuais ainsi. Bref, ce jour-là, j'ai préparé le document et je l'ai intégré au système, comme d'habitude.

L'arrivée de leur plat l'interrompit dans sa confession. Après le départ de la serveuse, la jeune fille poursuivit :

— À mon retour de ma pause déjeuner, M. Hunt m'a convoquée dans son bureau et voulait savoir ce qu'il s'était passé avec cet envoi en particulier. Apparemment, il avait reçu un appel pour savoir où se trouvait le document qui aurait dû être livré avant midi puisqu'il faisait partie de la livraison du matin.

Elle marqua une petite pause pour prendre une bouchée et boire une gorgée, puis reprit :

— Je me souviens avoir tapé le document et récupéré l'enveloppe après que M. Hunt l'ait approuvé. Puis j'ai créé l'étiquette pour l'expédition après avoir tout vérifié. L'étiquette n'avait jamais été scannée dans le système, donc j'ai dû vraisemblablement poser l'enveloppe quelque part ou l'égarer. Quand je lui ai raconté ce qu'il s'était passé, il est devenu fou. Il m'a demandé de préparer une autre copie du document et de l'expédier dans l'après-midi.

En écoutant la jeune fille, Coop sentit qu'elle souffrait de se remémorer ce moment douloureux.

— Croyez-le ou non, mais je suis parvenue à me planter une nouvelle fois. J'ai de nouveau tout préparé, puis déposé l'enveloppe sur son bureau, comme il me l'avait demandé. Mais il s'est avéré que d'autres choses se sont empilées par-dessus et que l'enveloppe n'a pas été récupérée par Billy cet après-midi-là, avoua Lindsey, penaude. Quand j'ai essayé de l'aider, il était furieux et il m'a demandé de prendre mes affaires et de partir sur-le-champ. Sur le moment, je n'ai pas osé dire à Hildie ce qui s'était passé, alors je lui ai simplement dit que je ne me sentais pas bien, et je suis partie. Ils m'ont laissée finir le trimestre, puis m'ont renvoyée la semaine dernière.

Elle haussa les épaules et termina son verre d'eau.

— Hunt en a-t-il rediscuté avec vous lorsque vous êtes revenue le lendemain ?

— Non. Il ne m'a plus jamais adressé la parole. Même durant mes dernières semaines, j'ai continué à faire n'importe quoi. Hildie m'a prise à part pour me parler de mon incapacité à m'améliorer et elle m'a collée dans la salle des archives pour m'occuper des tâches ingrates. Le seul avantage, c'est qu'au moins, ils m'ont laissée rester. Sinon, j'aurais dû tout recommencer à zéro.

— Donc, vous avez supprimé la première entrée qui n'a jamais été scannée et vous n'avez jamais retrouvé le document d'origine ?

— C'est ça. J'attendais que M. Hunt me rende l'enveloppe pour préparer une nouvelle étiquette de livraison. J'étais prise par d'autres choses. J'aurais dû vérifier avec lui quand je ne l'ai pas récupérée…

Tête baissée, elle soupira, puis leva tout à coup le menton.

— Mais en quoi tout ça est important pour une enquête comme la vôtre ? s'étonna Lindsey.

— Je suis encore moi-même en train d'essayer de le découvrir, mais c'est une piste à suivre, répondit Coop en souriant.

CHAPITRE TREIZE

Gus dans les jambes, les bras chargés de cartons de vins
et de spiritueux, Coop se fraya un chemin comme il
put jusqu'à la cuisine. Une fois les courses rangées à l'abri
d'un éventuel curieux à quatre pattes, il retrouva Annabelle à
son bureau, en pleine conversation téléphonique.

Il déposa une boîte cartonnée contenant son déjeuner sur
une pile de dossiers près d'elle, puis partit s'affaler sur le
canapé à l'accueil en attendant qu'elle ait terminé. Tout en
caressant distraitement les oreilles de Gus, la tête posée sur
ses genoux, le détective contempla la grande pièce décorée
avec goût par Annabelle. L'ensemble était festif et
harmonieux sans tomber dans l'excès.

Alors qu'il en appréciait les moindres détails, Lola Belle
fit son entrée dans les bureaux sans remarquer la présence de
Coop.

— Bonjour, Lola Belle. Qu'est-ce qui vous amène ? Tout
va bien ? demanda-t-il en se levant.

Surprise, la vieille dame se tourna vers lui, la main
plaquée sur sa bouche.

— Oh, Cooper, je ne vous avais pas vu, répondit-elle avec un sourire poli. Oui, oui, tout va bien. Je passais simplement payer les heures supplémentaires et vous remercier encore du fond du cœur pour votre aide. La police nous a dit que vous leur aviez donné la piste de la cabane.

— On est ravis que tout se soit arrangé. Annabelle va vous préparer la facture, dit-il en lui désignant d'un geste de la main le bureau de la jeune femme.

— Votre tante ne fait que de dire du bien de vous au salon, déclara Lola Belle, les joues rouges. Je me suis toujours dit qu'elle se vantait de son neveu comme toute bonne tante le ferait, mais il faut reconnaître que vous avez effectivement beaucoup de talent. Je ne manquerai pas d'approuver les dires de Camille.

Elle se précipita vers lui et le serra dans ses bras.

— Merci encore.

— Hum, je vous en prie, répondit Coop embarrassé par tant de reconnaissance. Passez un joyeux Noël, Lola Belle.

Annabelle l'accueillit dans son bureau, et le détective patienta dans la cuisine. Puis, quand il entendit la porte d'entrée se refermer, il s'aventura hors de sa cachette.

— Lola Belle nous a donné un généreux bonus, déclara son amie un chèque à la main.

— C'est très gentil de sa part, répondit Coop en reprenant sa position sur le canapé. Désolé de t'avoir laissée t'en occuper, mais je ne suis pas à l'aise avec toute cette douceur à l'eau de rose.

Tout en tamponnant le chèque pour le déposer plus tard, Annabelle répondit au téléphone qui s'était mis à sonner dans son bureau.

— Le traiteur livrera le repas à seize heures. Je crois qu'on est prêts, se réjouit-elle, un coup d'œil sur le déjeuner que Coop lui avait apporté. Merci, ça m'a l'air succulent.

— Sache que j'apprécie grandement ton aide, Annab'. Je sais à quel point tu as bossé dur pour organiser cette soirée, souligna le détective avec un sourire sincère. Qu'est-ce qu'ont donné tes recherches sur la Coalition ?

— J'ai appelé le centre communautaire ; Henry Featherstone est celui qui a fait la demande de location de l'espace événementiel, et l'adresse attribuée à son dossier correspond au service de boîtes aux lettres, expliqua la jeune femme. Ils m'ont même donné son numéro de téléphone, que j'ai transmis à Ben pour qu'ils essaient de le tracer. Le seul moyen de contacter la Coalition, c'est via une adresse email que j'ai trouvée sur leur site officiel. D'après leur calendrier, l'événement qui se tiendra en janvier avec Hunt semble être le seul prévu prochainement. Autrement, rien de plus. Le site manque cruellement d'informations.

— On devrait peut-être leur envoyer un email pour essayer d'en savoir plus… Je vais nous créer un faux compte et leur envoyer un message. Avec un peu de chance, j'obtiendrai rapidement une réponse de leur part.

— Madison et Reed sont prêts pour leur ronde ce soir. Pour leur donner un jour de congé, tu t'y colleras demain et dimanche.

— Ben pense pouvoir avoir une caméra en place la semaine prochaine, donc on va improviser.

— Il faut qu'on trouve un moyen de forcer Featherstone à se rendre à cette boîte aux lettres, observa Annabelle en terminant son déjeuner.

— Peut-être qu'on pourrait utiliser le centre communautaire comme appât pour l'attirer. Genre trouver une excuse et lui envoyer un document nécessitant sa signature.

— C'est une idée. Ben devrait avoir une certaine influence sur eux, puisque le centre fait partie de la ville.

— Je vais lui en parler. Rentre chez toi si tu as besoin de te changer avant la soirée, suggéra Coop en repoussant doucement la tête de Gus assoupi sur ses jambes. Je vais rester ici et demander à tante Camille de m'apporter une tenue de rechange.

— Ça marche. Je range mon bureau et j'y vais.

Après son départ, Coop, avec l'aide de Ben, prépara un stratagème pour piéger Featherstone. Heureusement, bien qu'il s'agisse d'un téléphone prépayé, le portable indiqué par le centre communautaire fonctionnait toujours. L'équipe de l'inspecteur s'affaira alors à relever tous les numéros composés.

Une fois leur plan mis en place, il raccrocha et partit accueillir le traiteur qui venait tout juste d'arriver. Alors que la chef et ses commis transportaient tout leur attirail jusqu'à la cuisine pour investir les lieux, Coop s'enferma dans son bureau avec Gus, au préalable amadoué avec une friandise, et contacta les parents de Callie.

Après un bref compte rendu à Carter, Coop l'informa suivre une nouvelle piste et mettre en place une mission de surveillance en lien avec le meurtre de sa fille. Il ne mentionna pour le moment aucun nom, et Carter ne lui posa pas non plus de questions.

Quelques minutes plus tard, le détective entendit la voix de Ben dans l'entrée.

— Dans mon bureau, lui cria Coop.

Voyant une opportunité de se glisser dans la cuisine, Gus se réveilla de sa sieste et fonça droit vers la porte.

— Ne le laisse pas sortir, prévint Coop alors que son ami se faufilait dans la pièce. Il est obnubilé par la nourriture.

De son genou, Ben bloqua l'ouverture au chien, puis posa deux boissons fraîches piquées dans la cuisine sur le bureau.

— J'ai des nouvelles, déclara-t-il en se délectant d'une longue gorgée.

— Moi aussi. Toi d'abord.

— Pour duper Featherstone et faire croire à un appel provenant du centre communautaire, nos techniciens ont trafiqué le téléphone de Kate. Elle a essayé de l'appeler. Il n'a pas répondu, mais elle lui a laissé un message en lui disant qu'ils avaient un nouveau formulaire qui prendrait effet après le 1er janvier. Et elle lui a précisé qu'ils l'avaient envoyé à son adresse, car il nécessite une signature originale et lui a prié de le renvoyer avant les vacances, dans la mesure du possible, détailla Ben, les yeux pétillant d'excitation. Pour crédibiliser la supercherie, on a aussi demandé au manager de lui envoyer un email avec les mêmes informations. Tous les appels qu'il recevra seront redirigés vers notre bureau. Idem pour sa réponse à l'email.

— Le répondeur annonçait que c'était Featherstone ?

— Non. C'était juste un message générique. Un faux formulaire est désormais arrivé dans la boîte aux lettres. La caméra ne sera pas installée avant mardi soir. S'il s'y rend, je pense qu'il ira après les heures de bureau, donc en attendant les vidéos surveillance, il faut compter sur vos rondes.

— Parfait. Ross et Madison sont prêts pour ce soir. Je serai de corvée ce week-end.

— J'ai parlé à Mme Logan aujourd'hui. Comme tu peux l'imaginer, elle est bouleversée par la mort de son mari. D'après ce que j'ai compris, il gérait leurs finances. Plus je lui posais de questions, plus elle était contrariée. J'ai quand même réussi à apprendre que leurs trois enfants avaient reçu des bourses pour une école privée et que l'aîné était boursier à l'université. J'en ai aussi profité pour me faire une idée de leur train de vie. Deux voitures neuves, un bateau et des jet-skis, un grand camping-car et plein d'autres jouets de ce genre. La maison modeste contraste avec tous leurs gadgets haut de gamme. Je n'ai rien trouvé concernant un éventuel prêt pour ces véhicules.

— Difficile de concilier les bourses d'études avec tous ces trucs extravagants, hein ? ironisa Coop.

— Exactement. À moins qu'elles ne soient pas basées sur leurs besoins. On est en train d'essayer de tirer au clair cette histoire de jouets. Kate et Jimmy s'occupent des bourses d'études.

— Sa femme connaissait Hunt ?

— Non. Elle m'a dit qu'elle n'avait rencontré Avery qu'après leurs études et qu'à cette époque, il ne semblait pas avoir d'amis de l'université ou du lycée et ne se rendait pas aux événements consacrés aux anciens élèves. Son cercle d'amis proches se limitait au magasin de pièces automobiles ou aux activités qu'ils faisaient en couple.

— Une assurance vie ?

— Oui, tous les deux. Chacun étant le bénéficiaire de l'autre. Ils en ont une depuis la naissance de leur premier enfant. Sa femme ne fait pas partie des suspects.

— Je vois. Et elle va s'en sortir financièrement ?

— Je pense, oui. L'assurance vie devrait payer leur maison et lui permettre d'investir ou épargner.

— En revanche, leur fils pourrait perdre sa bourse d'études s'il est condamné. J'ai parlé à Brandon King et, selon lui, le gamin s'en inquiétait lorsque King les a rencontrés, lui et son père. D'ailleurs, Avery était furieux par le coût que ça représenterait.

— Ça se comprend. La plupart des parents auraient la même réaction.

— J'ai aussi rendu visite à Hildie aujourd'hui, poursuivit Coop. Elle m'a aidé à élucider le mystère autour de cette livraison absente de la première liste.

Tandis qu'ils finissaient leurs boissons, il détailla à Mason ce qu'il avait découvert sur l'enregistrement supprimé, puis lui fit part de ce qu'il avait appris lors de son déjeuner avec la stagiaire licenciée.

— Donc pour résumer : Hunt a envoyé un courrier à Featherstone au service de boîtes aux lettres dans lequel Callie s'est peut-être rendue avant sa mort. Mais on ne peut pas en être sûrs. On sait qu'il existe potentiellement une connexion ténue entre Hunt et Avery, et que Brandon King, le patron de Callie, est également l'avocat du fils d'Avery. Enfin, Callie était en possession de quelque chose récemment découvert et on l'a vue avec une enveloppe vendredi après-midi. Enveloppe qui n'était plus là quand on a retrouvé son cadavre, récapitula Ben. Où est donc passé ce maudit courrier ?

— Elle a pu le poster pendant le week-end, hasarda Coop. On l'a effectivement vue au centre commercial et à la supérette sur les caméras, mais elle aurait pu l'envoyer de n'importe où.

— Ou alors son assassin l'a pris.

Deux petits coups secs sur la porte les interrompirent dans leurs réflexions.

— Entrez, fit Coop.

— On a installé tous les rafraîchissements, annonça le traiteur. Je vais partir, mon équipe s'occupera du service et du réapprovisionnement.

— C'est parfait. Laissez-moi la facture et mon assistante vous réglera.

Après son départ, Coop déposa la note dans le bureau d'Annabelle et tomba sur sa tante tout juste arrivée.

— Coop, j'ai tes vêtements, s'exclama Camille, un sac à la main, en admirant les plateaux garnis d'amuse-gueules préparés dans la cuisine. Oh, le buffet a l'air divin. Tu devrais te changer. Il est bientôt l'heure.

Elle se servit une boisson, puis s'approcha de Coop d'un air embêté.

— Ta mère est arrivée juste au moment où je partais. Je ne savais pas quoi faire, alors je l'ai emmenée avec moi. Elle est dans la cuisine.

— Je rêve ! s'insurgea Coop avant d'inspirer profondément. Je n'ai pas la patience nécessaire pour m'occuper d'elle et je n'ai clairement pas envie qu'elle soit là.

Excédé, il lança le sac sur le canapé et se précipita dans la cuisine pour y découvrir sa mère occupée à goûter une sélection de petits canapés, habillée visiblement du même jean et de la même chemise que la veille. Tentant de maîtriser au mieux sa colère pour éviter une scène en public, Coop attira son attention d'un signe de la main et lui montra la porte de derrière.

— Je suis passée te rendre visite, mais Camille allait partir. J'ignorais que vous organisiez une fête, avoua Marlene mal à l'aise.

— Oui, pour nos clients, comme chaque année. Je croyais que tu allais dans le Vermont.

— J'en ai parlé à mon ami Ruben, mais il m'a dit qu'il était pris jusqu'au vingt-six, donc j'ai encore quelques jours à tuer.

— Oui, eh bien, à toi de te débrouiller pour trouver un autre endroit qu'ici. On est débordés avec cette affaire. J'ai une mission de surveillance de prévue. Je n'ai pas le temps de faire du baby-sitting, s'écria Coop avant de soupirer. Dans quelle ville du Vermont es-tu censée aller ?

— Une petite ville près de Burlington, répondit-elle en regardant ses pieds.

— Viens manger quelque chose et laisse-moi quelques minutes.

Sans lui laisser le temps de répliquer, Coop traversa la cuisine, récupéra ses vêtements et se dépêcha de rejoindre son bureau.

Alors qu'il se changeait, il expliqua brièvement la situation à Ben, qui se porta volontaire pour occuper Marlene pendant que Coop lui cherchait un vol et un hôtel. Au bout de dix minutes et plusieurs centaines de dollars en moins sur sa carte de crédit, il trouva un départ prochain et une chambre près de l'aéroport à Burlington.

Vêtu d'un costume sombre et d'une cravate bordeaux, Coop sortit de son bureau et aperçut sa mère au fond de la pièce, une assiette de petits fours dans la main et un verre dans l'autre.

— Que tu es beau, mon fils ! s'exclama-t-elle en le voyant arriver près d'eux. Ton ami m'a tenu compagnie.

Coop remercia Ben discrètement, puis se tourna vers sa mère.

— Viens dans mon bureau. J'ai quelque chose pour toi.

Elle le suivit sans un mot jusqu'à la grande pièce, puis s'extasia quand il ouvrit la porte :

— Oh, ton bureau est somptueux.

— Gus doit rester ici, alors ne le laisse pas sortir, fit le détective avant de lui tendre une feuille. Tiens, la réservation de ton vol et de ton hôtel dans le Vermont. Tout est réglé jusqu'au vingt-six. Le vol part dans quelques heures. Je t'ai commandé un taxi. Il ne devrait pas tarder.

Abasourdie, Marlene lut le détail de la confirmation et leva des yeux larmoyants vers son fils.

— Ça... Ça a dû te coûter une fortune, balbutia-t-elle.

— Prends ça comme mon cadeau de Noël.

— C'est très généreux. Merci.

Elle regarda de nouveau la feuille, puis ajouta :

— Je suis désolée, tu sais ?

Considérant que le moment était mal choisi pour lui faire des excuses, le détective se pinça les lèvres et demeura silencieux.

— Bref, je ferais mieux d'y aller. Merci pour... tout, Cooper, murmura Marlene en le suivant vers la porte.

Alors qu'ils sortaient de son bureau, Coop vit apparaître Annabelle dans une sublime robe fourreau en dentelle rouge. Bouche bée, il en perdit ses mots pour la saluer.

— Bonsoir ! On dirait que le traiteur a assuré, se réjouit-elle en découvrant les tables dressées.

— Que tu es belle dans cette robe de soirée ! N'est-ce pas les garçons ?

Assis sur le canapé, Ben se leva et enlaça Annabelle.

— Tu es superbe, Annabelle. Joyeux Noël.

— Cette robe est à tomber, renchérit aimablement la mère de Coop.

— Oh, bonjour, Marlene. Je ne savais pas que vous étiez là.

Désemparée, elle chercha un indice dans le regard dépourvu d'expression de son ami.

— Je suis simplement passée dire au revoir, déclara Marlene en souriant. Je pars pour le Vermont ce soir.

— Merveilleux. J'espère que vous passerez de bonnes fêtes. Au moins, vous serez sous la neige, répondit vivement Annabelle avec un rire nerveux.

Au même instant, Coop vit un taxi se stationner devant l'immeuble. Il récupéra la valise de Marlene qui adressa un dernier au revoir à la cantonade. Une fois sa mère installée à l'arrière du véhicule, il tendit plusieurs billets au conducteur.

— Fais bon voyage.

— Joyeux Noël, Cooper. Merci encore.

Il hocha doucement la tête et tapota sur le toit du taxi pour lui faire signe d'y aller. Sentant une tension quitter ses épaules, il regarda, à la fois soulagé et triste, la voiture tourner au coin de la rue, puis regagna le porche où l'attendait Annabelle, les bras serrés contre elle.

— Ça va ?

— Oui, ça va aller, acquiesça-t-il en l'étreignant. Tu frissonnes. La journée a été longue. Allons profiter de la soirée.

Alors qu'ils s'immergeaient dans la chaleur agréable des bureaux, un serveur passa, chargé d'un plateau rempli de boissons.

— Au fait, tu es magnifique, Annab', commenta Coop en sirotant sa limonade.

— Merci.

Elle lui adressa un grand sourire en réajustant sa cravate, puis ajouta :

— Tout va bien se passer, ne t'inquiète pas.

— Oui... Je sais.

Derrière eux, la porte d'entrée s'ouvrit sur Madison habillée normalement.

— Joyeux Noël, lança-t-elle joyeusement. Je sais, j'ai de l'avance. Je suis de service ce soir, mais je voulais passer vous voir et en profiter pour vous piquer à manger.

La jeune femme éclata de rire, puis salua Coop et Annabelle avant de se diriger vers la cuisine.

Plus dix-sept heures approchaient, plus les convives arrivaient. Sur fond de chansons de Noël, les rires et les conversations fusèrent de toutes parts, entre les différents clients, agent, détectives, avocats et autres juristes.

Malgré l'effervescence qui animait les bureaux, Coop tint son rôle d'hôte à cœur et garda un œil sur la porte pour tenter de saluer tous les invités qui arrivaient ou partaient. Autour de vingt heures, alors que les allées et venues se raréfiaient et que la salle se vidait petit à petit, Hildie apparut. La jeune femme encore en tenue de travail soupira quand elle découvrit que la soirée était sur le point de s'achever.

— Je suis heureux de vous voir, Hildie, déclara Coop en la conduisant vers le canapé. Je vous sers un verre ?

— Hum… Oui, s'il vous plaît.

Coop capta l'attention d'un des serveurs qui vint aussitôt lui présenter un plateau de petits fours.

— Désolée du retard, s'excusa-t-elle en dévorant une mini-quiche. Comme vous pouvez le voir, je sors tout juste du travail. J'ai manqué Martha ?

— Je crains que oui. Elle et ma tante sont arrivées ensemble, mais elle est partie il y a une heure environ.

— C'est normal. Je voulais venir plus tôt, mais j'ai dû terminer un projet urgent pour M. Hunt.

Elle s'appuya contre le dossier du canapé et laissa échapper un long soupir.

— Longue journée, hein ? devina Coop.

— Oh, oui. Je suis officiellement enfin en vacances maintenant. Le juge souhaitait que je m'occupe du financement de sa fondation avant de partir.

Le serveur revint avec un verre de vin blanc qu'elle accepta avec plaisir.

— Ça fait du bien après l'après-midi que j'ai eue.

— Hunt est un philanthrope. Tout ce travail était pour une cause noble, au moins, assura-t-il en souriant.

— Oh, il est assez généreux. Il finance sa fondation depuis plus de vingt ans.

— C'est un sacré engagement. Tant mieux. Depuis combien de temps est-ce que vous travaillez pour lui ?

— Depuis que j'ai commencé ma carrière dans le milieu. Il m'a prise avec lui lorsqu'il est devenu juge. C'est un homme bien et un juge brillant.

— Donc vous l'accompagnerez s'il obtient le poste à la Cour d'appel ?

— C'est ce qui est prévu, confirma Hildie. Je pense qu'il a de bonnes chances d'y arriver et je suis prête à évoluer. C'est d'ailleurs la raison pour laquelle je prends deux semaines de congé maintenant. S'il est nommé, la transition risque de bien m'occuper.

— En tout cas, je suis navré que vous ayez eu une journée aussi intense, mais je suis ravi de vous voir ici, répondit Coop en souriant.

— Normalement, les étudiants concernés perçoivent leur bourse début décembre, pour éviter une période de rush comme celle-ci. M. Hunt avait décidé de les suspendre pour l'année à venir, mais il a finalement changé d'avis aujourd'hui. J'ai donc passé l'après-midi, non seulement à vider mon bureau pour les vacances, mais aussi à essayer de retrouver la trace de chaque boursier dans différentes écoles pour pouvoir la leur transférer à temps.

Coop s'apprêtait à répondre quand Annabelle lui tapa doucement sur l'épaule.

— Leland s'en va. Tu veux peut-être lui dire au revoir.

— Merci, oui. Je voulais lui parler. Je te présente Hildie. Elle travaille avec Reese Hunt. Hildie, voici mon bras droit, Annabelle. La vraie patronne ici, ajouta-t-il avec un clin d'œil. Je reviens.

Les deux jeunes femmes se serrèrent la main.

— C'est un plaisir de vous rencontrer. Appelez-moi Annab' !

— Votre robe est sublime. Je suis venue directement du travail, d'où ma tenue. Je ne serais jamais arrivée à temps si j'étais rentrée chez moi pour me changer, précisa Hildie en riant.

— Beaucoup sont venus directement après le travail. Ne

vous inquiétez pas pour ça. Coop et moi avons simplement tenu à nous habiller parce qu'on organisait cette soirée.

— Vous travaillez ici depuis longtemps ?

— Depuis l'université, répondit Annabelle avec un sourire franc. À l'origine, Coop et moi travaillions au cabinet pour son oncle parallèlement à nos études à Vanderbilt. Coop a repris le cabinet quand son oncle est mort.

Alors que tante Camille passait devant elles, Annabelle en profita pour lui présenter Hildie. À l'évocation de son travail au palais de justice, la vieille dame, captivée, s'installa sur le canapé à côté d'elles pour l'écouter, puis embraya sur leur amie commune, Martha. Annabelle les laissa bavarder et, alors qu'il ne restait plus que quelques invités, demanda au personnel de commencer à nettoyer et à débarrasser la pièce.

Après avoir dit au revoir au dernier convive, Coop libéra Gus du bureau et reprit le fil de sa conversation avec Hildie. Un brin éméchée par un abus de cocktails, sa tante ne cessait de piquer du nez près d'eux pendant qu'ils poursuivaient leur discussion, ce qui n'échappa pas à Annabelle qui interpella alors Coop :

— Je vais la conduire chez elle. Je n'ai bu qu'un seul verre il y a presque quatre heures.

— Merci, Annabelle. Je prendrai sa voiture et laisserai la Jeep ici ce soir.

— Je ne veux pas vous retenir, dit Hildie en se levant à son tour.

— Non, ne vous en faites pas. Je ne suis pas pressé, répondit Coop.

Les traiteurs déposèrent sur la table basse un des derniers plateaux garni de petites entrées et de desserts.

— Servez-vous, n'hésitez pas.

Camille leur souhaita une bonne nuit et accepta

volontiers le bras d'Annabelle, peinant à marcher correctement vers l'arrière du bureau.

— À demain, lui cria Annabelle en refermant la porte.

— Je ferais peut-être mieux d'y aller aussi. Je pars demain après-midi pour Denver.

— L'endroit idéal pour un Noël sous la neige. Vous avez de la famille là-bas ? demanda Coop.

— Une sœur et un frère. Toute notre famille se réunit là-bas cette année. C'est pour ça que j'étais aussi frustrée aujourd'hui. J'espérais m'éclipser un peu plus tôt, mais avec toute cette agitation autour de la fondation, je n'ai pas eu une minute à moi.

— Je suis content que vous ayez pris le temps de passer ce soir. On pourrait peut-être se revoir à la rentrée.

Elle lui adressa un grand sourire, puis récupéra une carte et un stylo dans son sac. Après avoir écrit au dos ses coordonnées, elle la tendit à Coop.

— Voici mon téléphone portable et mon fixe. Je reprendrai le travail début janvier. Appelez-moi si vous voulez qu'on se retrouve un soir après le travail.

Le détective prit la carte entre ses doigts et en récupéra une autre pour y noter à son tour ses coordonnées.

— J'ai hâte, répondit-il.

Charmée, la jeune femme enfila son manteau que Coop tenait pour elle sous le regard interrogateur de Gus à leurs pieds.

CHAPITRE QUATORZE

Cette nuit-là, la visite impromptue de sa mère n'arrangea en rien les problèmes d'insomnie de Coop. Plutôt que de chercher coûte que coûte à s'endormir, il ferma les yeux et se remémora leurs retrouvailles atypiques après tant d'années. Assailli par un sentiment étrange mêlant colère et tristesse, il avait demandé à Jack s'il pouvait l'appeler pour discuter. Malgré l'heure tardive sur la côte ouest, son frère avait aussitôt accepté.

Après lui avoir narré la venue soudaine et les mésaventures de leur mère, Coop avait appris qu'au fil des ans, Jack lui avait également envoyé de l'argent lorsque, désespérée par une énième situation bancale, Marlene l'avait contacté. Ils en avaient conclu alors en plaisantant que si seul l'argent était la solution, ce n'était pas un problème. Suite à cette discussion nocturne, le détective sentit son humeur remonter en flèche. Pudiques l'un comme l'autre sur leurs sentiments, les deux frères géraient chacun à leur manière les blessures de l'âme causées par une mère aussi absente que distante : Jack concentrait toute son énergie à sa famille et à ses proches, tandis que, Coop, dépourvu de vie conjugale, trouvait distraction dans le travail.

Sachant son père seul, il fut ravi d'apprendre qu'il séjournait chez Jack et sa famille jusqu'à la fin de l'année, et promit de passer les voir dans les mois prochains. Après une heure à bavarder comme au bon vieux temps, ils se souhaitèrent un joyeux Noël et une bonne nuit. Le sourire aux lèvres, Coop observa le téléphone dans ses mains tout en se rappelant les meilleurs moments de leur conversation.

———

Disposé à motiver les troupes en ce samedi matin, Coop fit une entorse à leur habitude et se rendit pour la deuxième fois de la semaine chez Peg's. Trois commandes à emporter plus tard, Annabelle, Ben et le détective se retrouvèrent au bureau, prêts à débriefer sur les nouveaux éléments d'enquête concernant le meurtre de Callie.

— Rien à déclarer du côté de la boîte aux lettres pour le moment. Ross est sur place.

— Pas de réponse à l'email ou au message vocal laissé par Kate à Featherstone, ajouta Mason.

— On a envoyé une fausse requête via le formulaire du site du groupe pour obtenir plus d'infos et connaître les prochains événements, mais aucun retour non plus pour l'instant.

— Kate et Jimmy ont passé en revue les comptes des Logan et n'ont trouvé aucun prêt associé à tous leurs gadgets dernier cri. Tout a été payé dans son intégralité dès l'achat. Soit par chèque, soit en liquide.

— Eh bien, ils ont les moyens, remarqua Coop en haussant les sourcils.

Ben hocha la tête.

— Oui. Ils mettent chaque mois cinq mille dollars sur leur compte courant et leur compte épargne. Bref, rien d'alarmant pour les banques.

— Détournement de fonds, tu penses ?

— Kate et Jimmy étudient cette possibilité, mais Mme Logan n'a aucun moyen d'accéder à leur compte en banque depuis son travail. Tout était géré par son époux. L'un de nos comptables s'y attèle en ce moment même.

— Le vol pourrait être un mobile d'assassinat.

— Logan a travaillé pour la même entreprise toute sa carrière. Sa boîte l'adore et n'a que des choses positives à dire à son propos. Honnêtement, j'en doute. Le gérant n'a relevé aucune activité suspecte dans les revenus du magasin.

— Et du côté des bourses ? C'est plutôt inhabituel qu'autant d'enfants en perçoivent une, non ?

— Malheureusement, Kate et Jimmy n'ont pas réussi à contacter les différentes écoles. Et avec les vacances, c'est encore plus compliqué maintenant. Ils vont essayer d'appeler directement les gens chez eux, mais rien n'est moins sûr quant au temps que ça prendra. Les garçons ont étudié à l'Académie Camden, comme leur père.

— Je vais consulter les archives de la presse à l'époque où Hunt et Logan allaient en cours ensemble. Peut-être que j'y trouverai un lien plus probant que les annuaires de promo, ajouta la jeune femme en rassemblant le désordre de leur repas.

Ben consulta sa montre.

— Une dernière chose. Le téléphone prépayé de Featherstone a émis et reçu plusieurs appels provenant d'autres téléphones du même genre.

Il glissa sur la table une feuille divulguant des données téléphoniques, puis ajouta :

— Il n'y a pas grand-chose à en tirer.

— Je fais ma ronde ce soir. Je t'appellerai si quelque chose se passe de notre côté, déclara Coop.

— On part en vacances demain avec les enfants. Je resterai joignable par téléphone, mais si je passe mon temps à bosser, je vais devoir dormir dans la niche du chien. Pendant toutes les vacances.

— Profite de ta famille avant tout. On te tiendra au courant. Kate, Jimmy, Annabelle et moi continuerons à travailler main dans la main.

— Je déteste partir au tournant d'une enquête, mais j'ai déjà eu le droit au regard assassin de Jen quand je lui ai dit à quel point j'étais sous l'eau au boulot, soupira Ben.

— Je crains d'en être la cause. Fais attention, mon pote, répondit Coop en décochant un large sourire à son ami accompagné d'une tape dans le dos. Souhaite-lui un joyeux Noël de ma part.

Après le départ de l'inspecteur, Annabelle se plongea dans les abysses d'Internet en quête d'archives, puis décida de se rendre ensuite à la bibliothèque pour approfondir ses recherches. Coop, quant à lui, se concentra sur l'historique des appels du téléphone prépayé et lista les heures auxquelles fut émise chaque communication sur son tableau blanc. En vain.

Démuni, il contacta Kate et lui demanda si les techniciens du commissariat pouvaient l'aider à localiser le téléphone de Featherstone dès qu'il passait un appel.

— Je sais que ça prendra du temps, mais je pense qu'il est l'élément clé de notre affaire.

— Tous les numéros associés à son téléphone sont tracés ?

— Oui. Ben a fait suivre les données dès qu'il les a reçues. Le problème, c'est que les appels ne durent jamais longtemps et que les téléphones sont éteints dès qu'ils ne sont plus utilisés. On les soupçonne même de retirer la batterie à chaque fois. Bref, difficile de les identifier.

À son retour en fin d'après-midi chez Camille, Coop prit des nouvelles de son associée.

— Je continue mes recherches pour le moment. Ça prend du temps, soupira la voix de la jeune femme au téléphone. Je te rappellerai quand j'aurai fini.

Avant d'entamer sa ronde de douze heures, le détective s'octroya une sieste rapide, puis se prépara une petite glacière avec de quoi tenir toute une nuit. Par chance, un de ses amis travaillant dans l'installation de câbles électriques les laissait utiliser l'un de ses fourgons pour la surveillance du service de boîtes à lettres. Coop se stationna dans le parking du Hilton, puis marcha jusqu'à la camionnette garée de l'autre côté de la rue.

Madison l'attendait à l'intérieur, vêtue d'une tenue kaki floquée du logo de la compagnie de câbles électriques.

— Toujours rien ? questionna Coop.

La jeune femme laissa échapper un bâillement incontrôlé.

— Rien du tout. Simplement quelques clients venus chercher leur courrier, mais personne n'a approché la boîte aux lettres de Featherstone. Je les ai quand même pris en photo, au cas où, précisa-t-elle en lui faisant signe d'observer à travers la longue jumelle orientée vers la boutique. Ben nous a donné une autorisation de stationnement. Elle est sur le tableau de bord. Pour le moment, personne ne nous a dit quoi que ce soit.

— Bien joué. J'espère qu'il en sera de même les jours suivants.

Madison désigna une pile de coussins et de couvertures.

— Tu en auras besoin cette nuit, il fait froid. Ah, et on a installé une caméra pour tout enregistrer en cas d'envie pressante. On la regardera à notre retour, mais pour l'instant, rien à signaler.

Elle lui montra une seconde caméra au même endroit.

— Ça marche. Repose-toi. On se parle demain.

La jeune femme approuva d'un signe de la tête, puis sortit, laissant s'infiltrer un souffle d'air glacial dans le fourgon.

Installé dans un fauteuil défraîchi, Coop se mit à observer les gens déambuler dans les rues. Après une heure, personne ne sembla montrer d'intérêt à la boutique ou aux boîtes aux lettres. Dans un message succinct, Annabelle lui indiqua qu'elle était rentrée chez elle et qu'elle le contacterait demain matin. À cette époque de l'année, la ville se retrouvait rapidement plongée dans l'obscurité. Heureusement, la zone en question était éclairée par des réverbères, lui offrant tout de même une bonne visibilité malgré la pénombre.

Tout en gardant un œil à travers la fenêtre teintée, le détective passa en revue dans sa tête toutes les informations listées sur le tableau blanc de son bureau et reprit de A à Z tous les faits de l'affaire. Sentant son estomac crier famine et sa vessie l'importuner, Coop dévora un petit sandwich, mit en route la caméra, puis se rendit dans les toilettes de l'hôtel Hilton.

Après un coup d'œil par la vitre, il vissa sur sa tête une casquette de baseball kaki, puis sauta hors de la camionnette. Il surveilla de loin le moindre mouvement vers l'entrée jusqu'à ce que la boutique disparaisse de son champ de vision. Quelques minutes plus tard, il regagna la camionnette et s'empressa de vérifier les images enregistrées. À son grand soulagement, il n'avait rien manqué.

À minuit passé, Coop consulta son téléphone pour vérifier ses messages et découvrit un message automatique provenant de la société de sécurité lui indiquant une intrusion dans ses bureaux. Après l'agression dont Annabelle avait été victime quelques mois plus tôt, il avait opté pour un système doté d'un dispositif d'alerte à distance. Ce dernier lui permettait de suivre en temps réel depuis son téléphone toutes les activités sur place grâce aux caméras.

Il réactiva rapidement la caméra d'enregistrement du fourgon, puis porta toute son attention sur son smartphone. À l'écran, il distingua avec stupéfaction ce qui semblait être un homme en sweat à capuche et pantalon sombres. Il semblait visiblement se trouver dans le bureau d'Annabelle et fouillait parmi les piles de dossiers. Effaré, les yeux rivés sur l'écran des yeux, Coop regarda la silhouette se déplacer vers son propre bureau, puis éparpiller les documents présents sur la table de conférence. Le type se mit alors à scruter le tableau, puis un flash bref apparut. Comprenant que l'intrus venait de prendre en photo l'avancée de l'enquête, Coop quitta l'application pour contacter sans attendre le commissariat.

— Ben, c'est moi. Je viens de recevoir une notification d'alerte de mon bureau. Quelqu'un s'y est introduit. Il porte un pantalon et un sweat à capuche noirs et une paire de gants. Impossible de voir son visage, signala-t-il en essayant de garder son calme. OK, je suis dans le fourgon. Appelle-moi dès que tu peux.

Il raccrocha, puis retourna sur l'application de surveillance. Alors qu'il devait désormais partager sa surveillance entre son smartphone et l'entrée du magasin, il manqua de hurler de rage en voyant le type continuer à fureter parmi leurs dossiers confidentiels puis dans ses tiroirs.

Le cœur battant, les jambes frémissantes, Coop prit sur lui pour ne pas compromettre sa mission. L'envie de démonter de ses propres mains cet inconnu le démangeait de façon incontrôlable. Conscient que Ben enverrait des agents sur place dans les plus brefs délais, il ne pouvait s'empêcher de vouloir s'y rendre lui-même.

Désemparé, il l'observa évoluer dans l'espace, s'arrêter quelques secondes devant le système d'alarme, puis sortir par la porte arrière avant de disparaître dans l'obscurité. Coop appela son acolyte pour l'informer du départ de l'inconnu.

— Les agents seront là-bas dans moins d'une minute, répondit Ben d'une voix partiellement couverte par le bruit d'une sirène en fond. Je suis en route. J'y serai d'ici une dizaine de minutes.

— Ratissez large autour du bureau. Il semblait se diriger vers l'ouest. Il mesure environ 1m80, de forte corpulence, chaussures foncées.

— Je te rappellerai dès que j'en saurai plus.

Tout en reprenant la surveillance quelque peu délaissée de la boutique, Coop contacta Annabelle pour la tenir informée de la situation. Après de longues négociations, Coop accepta qu'elle aille au bureau.

— Attends Ben et ne t'aventure surtout pas dans le quartier. Patiente dans ta voiture jusqu'à ce que la police soit là. On ne sait pas de quoi il est capable.

— Je vais envoyer les fichiers vidéo à Ben pour qu'il puisse demander à ses techniciens de décrypter au mieux les images, répondit la jeune femme. Ah, et je tiens absolument à vérifier s'il nous manque des dossiers.

Coop laissa échapper un soupir.

— Tout ce que je l'ai vu prendre, c'était une photo du tableau. Je ne l'ai pas vu voler quoi que ce soit, précisa-t-il en scrutant la boutique. Promets-moi de m'appeler dès que tu seras sur place.

— Promis. Tu veux que je demande à Ross de te remplacer plus tôt ?

— Non, laisse-le se reposer. On l'appellera plus tard si on a besoin de lui.

Coop raccrocha, puis retourna à sa surveillance. Quelques minutes plus tard, son téléphone sonna de nouveau.

— On ne l'a pas encore trouvé, résonna la voix de Ben à l'appareil. Chaque rue est passée au crible. La zone est essentiellement résidentielle, donc pas de caméras avant d'avoir dépassé plusieurs pâtés de maisons. Franchement, je n'ai pas beaucoup d'espoir. Il pourrait avoir caché son véhicule et être parti avant qu'on arrive.

— Bon sang. Vivement que je mette la main sur ce clown…

Coop laissa Ben répondre à la radio qu'il entendit en arrière-plan, puis reprit :

— Annabelle est en route. Elle a insisté pour venir. Je lui ai dit de ne pas entrer sans la police.

— Ça marche. Je le dirai aux agents sur place. À plus tard.

Dans un long soupir, il s'adossa contre le dossier de son siège, le cerveau en ébullition à la recherche de suspects possibles. *Seul le coupable serait intéressé par ce qu'on sait. On a visé juste et quelqu'un s'est senti en danger. C'est forcément Featherstone*, pensa Coop.

Tout en poursuivant ses réflexions, il continua de surveiller le magasin et descendit d'un trait une limonade de la glacière.

— Featherstone est lié à Hunt. D'une manière ou d'une autre, marmonna-t-il entre ses dents.

Il consulta l'heure et, réalisant qu'il lui restait encore quatre heures à tenir, se leva et s'étira. Pour se réveiller et faire face au temps qui s'écoulait à la vitesse d'un escargot, il décida de faire un tour autour de la camionnette puis reprit son poste. Sans grande conviction, il fixa la zone en réprimant un bâillement sonore et sentit ses yeux se croiser quand tout à coup, une présence attira son attention. Un homme en sweat à capuche venait d'apparaître dans son champ de vision. Le type regarda à droite et à gauche, puis entra dans la boutique.

Coop se précipita alors sur son siège, alluma la caméra d'enregistrement de secours et regarda à travers l'objectif. Maintenant le zoom de l'appareil au maximum, il mitrailla l'intrus d'autant de photos qu'il put. Pantalon et sweat à capuche foncés, chaussures de sport noires, gants. Aucun doute, il s'agissait du même homme.

— Nom de nom, chuchota-t-il en continuant ses clichés.

Tête baissée, l'individu s'approcha de la boîte de Featherstone et l'ouvrit pour récupérer deux enveloppes qu'il mit dans les poches de son sweat. Quand il se retourna, Coop eut le temps de distinguer une casquette sous sa capuche, dissimulant en grande partie son visage.

Le regard rivé sur les images, Coop attrapa son téléphone et contacta Ben.

— Ça y est. Un homme en capuche vient de récupérer le courrier de Featherstone. Ça semble être le même type qu'à mon bureau.

— Quoi ? s'écria Ben. Une patrouille est en route. Moi aussi. Tu es sûr ?

— À cent pour cent. Je n'arrive pas à discerner son visage, mais sa carrure et ses vêtements correspondent. Il sort ! Je vais le suivre.

— Fais attention, Coop. Il ne doit surtout pas te voir.

Coop raccrocha et empocha son téléphone portable. Il ouvrit discrètement la portière latérale du fourgon et s'efforça de faire le moins de bruit possible avant de se diriger dans la rue parallèle à celle qu'avait prise le suspect.

Alors qu'il commençait à le filer, le détective vit l'homme

se diriger vers l'hôtel Hilton. Coop le garda dans son champ de vision et avança silencieusement derrière lui. Arrivé à une intersection, l'individu sembla hésiter, puis, sans attendre le feu vert, traversa la rue en courant.

Coop accéléra le pas, et comme il l'avait prédit, le suspect pénétra dans l'enceinte de l'hôtel et prit la direction du parking. Tout en gardant ses distances, il le suivit de loin et zigzagua entre les voitures stationnées. Tout à coup, il vit l'homme prendre de sa main gantée son téléphone et le porter à son oreille.

Le détective l'imita, aussi discrètement que possible.

— Il est dans le parking du Hilton, chuchota Coop dans son smartphone. Il appelle quelqu'un.

— Compris, répondit Ben. La patrouille sera là d'une minute à l'autre.

Soudain, le type se mit à détaler à travers les dernières rangées de voitures et atteignit le trottoir près d'une grande rue où une berline sombre pila. Le conducteur ouvrit la porte, laissant l'individu s'y engouffrer avant de démarrer en trombe. Avant que la voiture ne s'éloigne, Coop eut tout juste le temps de relever l'absence de plaque d'immatriculation.

— Merde, merde, merde.

Fou de rage, il reprit la communication interrompue.

— Il vient de monter dans une Toyota bleu foncé dernier modèle, quatre portes. Pas de plaque d'immatriculation, vitres sombres. Ils se dirigent vers l'est, sur Broadway.

Dans le combiné, il entendit alors le grésillement de la radio, puis Ben qui transmettait les informations que Coop venait de lui fournir.

— Je te rappelle le plus vite possible.

— Je retourne au fourgon pour récupérer les caméras. Je serai au bureau si tu as besoin de moi.

Coop courut jusqu'à la camionnette, démonta tout

l'équipement avant de se précipiter dans le parking jusqu'à sa Jeep. Une quinzaine de minutes plus tard, il se stationna devant son bureau éclairé dans la nuit noire.

À son arrivée, l'odeur intense du café emplissait la pièce. Deux policiers se tenaient à la réception avec Annabelle.

— Coop, tu es déjà de retour ?

— Oui. Un type s'est pointé à la boîte aux lettres. Je crois que c'est le même que celui qui s'est introduit dans nos bureaux.

— Le type a désactivé l'alarme et l'a réinitialisée en partant, commenta l'un des agents.

Exténué, Coop posa son grand sac par terre et s'affala sur le canapé.

— On vient tout juste de mettre à jour le système pour empêcher la manipulation de l'alarme, soupira-t-il.

Annabelle récupéra les caméras dans le cabas et ne perdit pas de temps pour transférer les données sur son ordinateur.

— Tout est sous contrôle. Merci d'être venus, messieurs les agents. Vous pouvez y aller, déclara Coop.

— L'inspecteur Mason nous a demandé de laisser une patrouille près de votre bureau jusqu'à nouvel ordre. On sera à l'extérieur en cas de besoin.

Coop les raccompagna jusqu'à la porte, puis s'assura de bien la refermer derrière eux.

Après s'être servi une tasse de café, il rejoignit Annabelle à son bureau. La jeune femme afficha sur un écran les images de la caméra de surveillance du bureau et sur un second celles prises depuis la camionnette.

Ils visionnèrent chaque séance en silence.

— Qu'est-ce que tu en penses ?

— C'est le même type sur les deux vidéos, confirma-t-elle.

— C'est ce que j'ai dit à Ben. Cet abruti s'est bien gardé de ne pas dévoiler une once de son visage.

— Je vais envoyer un message à Ross et Madison pour les avertir que la mission de surveillance est levée. Ils pourront être de repos dimanche comme ça.

Coop repassa les vidéos une par une et scruta avec attention les moindres faits et gestes du suspect. En les regardant au ralenti, il comprit que l'homme avait manipulé le clavier de l'alarme à l'aide d'un appareil électronique dissimulé dans son sweatshirt. Tout en continuant à l'observer fouiller et examiner les lieux, Coop scruta le reste de la vidéo en vérifiant si l'homme retirait à tout moment ses gants.

Lorsque l'individu se rendit dans son bureau, Coop mit la vidéo au ralenti. Dès l'instant où le flash lumineux apparut, il put se faire une meilleure idée du visage de l'intrus. Visiblement bien préparé, l'homme portait un masque de ski sous sa casquette et sa capuche, ce qui rendait son identification impossible.

Excédé, Coop tapa du poing sur la table.

— Fais chier !

Il franchit la porte d'entrée et arpenta le jardin tout en pestant violemment. Son téléphone se mit alors à sonner.

— Vous l'avez eu ?

— Non... On a perdu leur trace à l'échangeur. Une unité patrouille les autoroutes en ce moment même.

— Merde. En plus, j'étais persuadé qu'il allait monter dans une voiture quand je l'ai vu sur le parking. J'aurais dû anticiper la présence d'un autre conducteur, s'agaça Coop. Peut-être que les caméras de l'autoroute pourront nous aider.

— Kate est de retour au bureau et travaille sur les vidéos. On récupère aussi les caméras de surveillance du Hilton et de tous les endroits possibles. On va finir par lui tomber dessus.

— Au moins, on sait qu'on est sur la bonne voie. Si ce type pensait être discret en allant chercher son courrier, c'est raté. Sans parler du fait qu'Annabelle et moi avons visionné les vidéos de mon bureau et du service de boîtes aux lettres côte à côte. C'est le même type.

— Envoie-les à Kate. Elle demandera aux techniciens d'en améliorer la qualité.

— Annabelle s'en charge. Au fait, ce n'était pas un cambrioleur ordinaire. Il possédait une sorte d'appareil qui a désactivé mon nouveau système d'alarme censé être imparable.

— Essayez de vous reposer un peu, toi et Annabelle. On surveille votre bureau.

— Oui, deux de tes agents sont là. Merci, Ben. À plus tard.

En raccrochant, Coop vit qu'il avait manqué un appel de sa tante. Il retourna à l'intérieur et s'installa sur le canapé pour la rappeler. Après avoir discuté plusieurs minutes, Coop abrégea la conversation :

— Ça marche, tante Camille. Annabelle rentre avec moi.

La concernée se détourna de son écran en haussant un sourcil.

— Où suis-je censée aller ?

— Chez moi. Mme Henderson a préparé un petit-déjeuner gargantuesque. Elle pensait avec Camille que je rentrerais de mon service et elle a voulu me faire une surprise. Rien de mieux qu'un bon repas pour se remettre de cette soirée… chaotique.

CHAPITRE QUINZE

En début d'après-midi, après un repas copieux, une sieste réparatrice et une douche revigorante, Coop retrouva Annabelle au bureau. Trevor, l'agent en charge de la sécurité des lieux, arriva quelques minutes plus tard.

Coop l'accueillit sous le porche d'une poignée de main.

— Bonjour Trevor. Merci d'être venu un dimanche. Quelqu'un s'est introduit la nuit dernière dans les bureaux en désactivant notre système d'alarme à l'aide d'un dispositif électronique. J'aimerais que vous passiez chaque pièce au peigne fin pour détecter une quelconque présence de microcaméras ou vérifier qu'on n'est pas sur écoute. Je veux m'assurer qu'il n'a rien laissé derrière lui.

Afin de ne pas prendre de risque, il se mit d'accord avec Annabelle de ne pas discuter de l'affaire tant que le technicien n'aurait pas terminé ses recherches, et pour masquer tout bruit, la jeune femme diffusa sur les enceintes une compilation de chansons de Noël.

Tandis que Coop patientait à l'accueil, elle ouvrit le courrier récupéré à la poste et, après avoir enregistré les paiements, imprima une feuille de calcul puis lui tendit la feuille. À son grand soulagement, leurs comptes en souffrance, à l'exception de deux, avaient tous été payés en totalité. Il lui adressa un signe de la main, le pouce en l'air. Trépignant d'impatience de savoir ce que le technicien fabriquait, Gus suivit Trevor à la trace et attrapa au passage une friandise qu'Annabelle lui tendait désespérément pour l'attirer vers elle.

Lorsque Trevor sortit du bureau de Coop, il mima un geste pour signifier qu'il avait mis la main sur quelque chose, mais lui indiqua de ne toujours rien dire. Il examina le reste du bâtiment, puis termina par le bureau d'Annabelle. Sur le seuil de la porte, Coop vit alors l'homme leur désigner une plante verte dans le coin de la pièce, puis hocher la tête. Toujours sans un mot, Trevor fit comprendre à Coop de le suivre jusqu'à son bureau et lui montra un minuscule appareil situé derrière l'un des cadres accrochés au mur.

Pour être certain de tout passer au crible, le détective conduisit Trevor dans le jardin arrière et le regarda inspecter sa Jeep et la voiture de son amie. Quelques minutes plus tard, il secoua la tête pour lui signaler qu'aucun dispositif n'avait été installé.

— Est-ce que vous voulez que je retire les deux de vos bureaux ? Hormis ceux-là, il n'y en a pas d'autres. Rien dans les téléphones ni à l'extérieur. Pas de caméras.

— Hum, laissez-moi y réfléchir. À quelle distance ces microphones transmettent-ils ?

— Ils sont très efficaces. Étant donné qu'ils disposent d'une carte SIM, celui qui écoute peut les programmer par message. Ainsi, cette technologie permet à l'auditeur d'écouter de n'importe où, et l'appareil transmet une alerte dès qu'il est activé par une voix, expliqua Trevor.

— Et l'alarme ? Le type a utilisé quelque chose pour la désactiver.

Le technicien se pinça les lèvres et hocha la tête.

— Oui. Si tous les voyous avaient assez d'argent et de ressources, aucun système d'alarme ne leur résisterait, soupira-t-il. Vous avez beau posséder l'un des meilleurs systèmes, il ne faut pas longtemps aux experts du monde criminel pour tout trafiquer. Les justiciers comme nous doivent constamment se battre avec ça. Au moins, vous avez eu l'intelligence de faire installer des caméras, sinon vous n'auriez découvert l'effraction que le lendemain.

— Je suis content de vous avoir appelé, en tout cas, se félicita Coop. Il faut que j'en parle à Ben et à Annabelle pour réfléchir à un moyen d'utiliser les mouchards à notre avantage. Est-ce que vous pourriez éventuellement récupérer le numéro de téléphone associé sans alerter l'auditeur ?

— J'ai ce qu'il faut, confirma Trevor avec un sourire. Je vous récupère ça et vous laisse plancher dessus.

— Annabelle, que dirais-tu d'un thé dans cette boulangerie que tu adores ? Je ferais bien une petite pause.

Il fit un geste de la tête vers l'extérieur et posa un doigt sur ses lèvres.

— Ça ne se refuse pas ! s'exclama la jeune femme.

Elle laissa la musique allumée et le suivit par la porte de derrière, Gus sur leurs talons.

Une fois dehors, Coop expliqua brièvement la situation à son associée, puis tenta de contacter le téléphone de Ben qui tomba immédiatement sur sa messagerie vocale.

— Il doit déjà être dans l'avion, déclara-t-il en consultant sa montre.

— Je me demande si on pourrait attirer Featherstone à nous avec ces micros…

— Je pensais à la même chose. On pourrait lui faire croire

qu'on a réuni les preuves nécessaires pour l'inculper, sans rentrer dans les détails.

— Mettre sous surveillance tout un périmètre autour du bureau et le prendre sur le vif ? suggéra Annabelle conquise par l'idée. Attendons à la boulangerie pendant que Trevor termine. Il fait un froid de canard.

Frigorifiés, ils partirent se réfugier dans la Jeep, puis prirent la route pour Sugar Buns, un petit salon de thé local qui, au plus grand bonheur de Gus, accueillait les animaux et le récompensait toujours de quelques biscuits pour chiens au potiron.

Ils s'installèrent dans un box confortable avec Gus à leurs pieds, occupé à se délecter de sa pâtisserie. Entre deux bouchées de son scone, Coop articula :

— J'ai oublié de te dire, Ben m'a dit qu'ils avaient localisé la Toyota de la nuit dernière sur l'autoroute 40, abandonnée et entièrement nettoyée de toute empreinte. Pas de caméras dans la zone, donc aucun moyen de savoir quel véhicule les a récupérés ou combien de personnes se trouvaient dans la voiture. Apparemment, ils ont recherché le numéro d'identification du véhicule et ont trouvé son propriétaire, qui n'avait pas encore découvert que sa voiture lui avait été dérobée.

— Ça semble compromis comme piste.

— Oui. Ils vont tenter de chercher la présence de caméras dans la zone et examiner chaque image pour identifier un véhicule avec des passagers supplémentaires, mais c'est chronophage. Rien non plus du côté du quartier résidentiel dans lequel la Toyota a été volée.

Coop consulta l'heure sur son téléphone.

— Ben ne pourra pas nous appeler avant quelques heures. Ils atterrissent à Seattle autour de vingt heures trente sur notre fuseau horaire.

— On pourrait voir avec Kate et Jimmy pour trouver un moyen d'appâter Featherstone ici.

Coop acquiesça et termina le reste de son thé.

— Oui. Voyons ce qu'on peut trouver. Je veux mettre la main sur cette enflure.

À leur retour, Trevor les attendait. Attentif au détail, il avait soigneusement documenté l'emplacement des appareils avec sa caméra vidéo avant d'utiliser son expertise électronique pour déchiffrer les informations de la carte SIM. Il leur fournit également un rapport écrit de ses découvertes, une copie de la documentation vidéo et le numéro de téléphone associé aux appareils.

— Il n'est pas enregistré, donc ce doit être un téléphone prépayé. Appelez-moi quand vous voudrez les enlever.

Après le départ du technicien, Coop et Annabelle mirent en place leur plan d'action et usèrent de leurs meilleurs talents de comédiens. Prétextant être fatigués et vouloir rentrer chez eux, ils coupèrent la musique, puis rassemblèrent tous leurs dossiers confidentiels avant de se rendre chez tante Camille.

Occupée à préparer son habituel souper du dimanche, la vieille dame était ravie d'apprendre qu'Annabelle se joignait une nouvelle fois à eux pour le dîner. Installé dans le bureau, Coop entreprit d'appeler Kate pour lui narrer les derniers événements.

— Je vais ajouter son numéro à la liste de ceux qu'on trace et voir ce que l'on trouve. Vous n'avez rien dit qui puisse laisser sous-entendre que vous avez trouvé leurs mouchards, n'est-ce pas ? s'enquit-elle.

— Non. On a été très prudents. Avant que Trevor n'arrive, on a regardé la vidéo, Annab' et moi, et simplement dit qu'il s'agissait du même type que celui de la boîte aux lettres, mais rien sur les micros.

— Parfait. Votre idée d'essayer de les piéger me plaît, mais plutôt que d'essayer de les faire venir à vous, pourquoi ne pas tracer le téléphone et remonter à eux directement ?

— En effet, ça semble moins dangereux.

— Trouvez une histoire pour capter leur attention et je vous enverrai un message dès qu'on aura quelque chose.

— Donne-nous jusqu'à vingt heures. On sera de retour au bureau à cette heure-ci, confirma Coop.

— Au fait, dès l'instant où tu as dit à Ben que le type dans le parking passait un appel, un des téléphones prépayés s'est activé. Il en a contacté un autre, mais pas celui de Featherstone.

— Logique. Je t'enverrai un message tout à l'heure.

Il raccrocha et reposa lentement son téléphone sur le bureau avant de hausser les sourcils.

— J'ai cru comprendre qu'on allait leur tendre un piège ce soir ?

— Exactement. Il faut qu'on trouve une conversation suffisamment intéressante pour les garder au téléphone, ne serait-ce que quelques minutes.

Après avoir envisagé plusieurs sujets de discussion possibles qui inciteraient les coupables à les écouter, ils élaborèrent un plan.

— Ça devrait faire l'affaire, conclut Coop.

— De mon côté, commença Annabelle en sortant un bloc-notes de sa pile de dossiers étalés sur le canapé, j'ai examiné minutieusement les pages des journaux sur quatre années pour trouver le moindre article mentionnant l'Académie Camden. J'ai trouvé des infos sur les clubs de sport et les activités scolaires de l'école. Tout comme dans l'annuaire, Logan et Hunt étaient bien présents sur les photos de groupe. Il y avait toutes sortes d'articles sur différents événements et collectes de fonds, et l'un d'eux portait sur la façon dont les jeunes diplômés étaient acceptés dans les universités. Ils étaient apparemment tous les deux de véritables athlètes à Camden. Il y avait aussi toute une page consacrée au programme d'études à l'étranger, l'année où ils sont partis étudier en Europe pour un semestre.

— Rien qui sorte de l'ordinaire, remarque Coop.

— Rien. Le seul élément intéressant lié à Mount Camden, c'est la mort d'une jeune femme qui travaillait sur un événement pour l'école en 1980. Ils avaient organisé un bal en collaboration avec une école pour filles et cette femme travaillait pour le traiteur. Elle était rentrée tard à pied jusqu'à chez elle après son service, et un chauffard l'a percutée. C'était juste avant qu'ils soient tous les deux diplômés.

— Tu as trouvé un éventuel rapport avec eux ?

— Non. Si j'ai découvert cette histoire, c'est uniquement en cherchant le nom de l'école. Aucun étudiant n'était mentionné dans l'article. Je l'ai lu dans les journaux, impossible de savoir si l'affaire a été résolue. C'était une mère célibataire avec un enfant en bas âge. Une bien triste histoire. C'est la seule anecdote négative que j'ai trouvée en lien avec Camden.

— Dis-le à Kate et demande-lui s'ils peuvent enquêter davantage sur cette affaire.

Un coup à la porte les interrompit, puis Camille apparut dans l'entrebâillement.

— Le dîner est prêt.

Ils mirent en suspens leur travail et retrouvèrent leur hôtesse à table. Coop lui narra le déroulement de sa mission de surveillance et l'effraction en dégustant son poulet frit.

— Toute cette histoire m'inquiète. Ces vauriens ont l'air sacrément dangereux.

— Tout va bien, tante Camille, la rassura Coop en lui

tapotant la main en voyant la mine affligée de la vieille dame. On va te laisser Gus ce soir. Ne te fais pas de soucis si je rentre tard.

— On est en contact avec Kate, et des patrouilles surveillent toute la zone. Tout ira bien, ajouta Annabelle avec un sourire. Passons au dessert.

Les yeux de Camille se mirent à pétiller.

— Oh, oui. J'ai préparé du brownie pour accompagner la glace.

Elle fila dans la cuisine tandis que Coop rassemblait les assiettes.

Une fois leur dessert englouti, ils reprirent la direction du bureau et s'installèrent dans celui de Coop. Son téléphone en mode silencieux, le détective envoya un message à Kate pour lui faire savoir qu'ils étaient en position.

Une fois qu'il eut reçu sa confirmation, ils mirent en place leur plan soigneusement orchestré. Annabelle commença par des banalités, puis Coop rentra dans le vif du sujet :

— Au fait, Ben m'a appelé tout à l'heure. Ils ont réussi à obtenir de très bonnes images du type en sweat à capuche sur des vidéos surveillance du centre-ville. Apparemment, grâce à leurs logiciels, il y a de fortes chances qu'ils parviennent à l'identifier.

— Sans parler du voisin qui s'est présenté à la police et qui leur a fait un portrait-robot de l'intrus venu dans nos bureaux. Et de notre caméra de surveillance.

— Heureusement qu'on a fait installer ces caméras, renchérit Coop. Je pense que ce sera suffisant pour conclure qu'il s'agit du même fumier. Avec un peu de chance, il sera dans leur système et la police parviendra à l'interpeller rapidement.

Sous leurs yeux, le téléphone de Coop s'alluma tout à

coup. Un message de Kate apparut à l'écran. Il hocha la tête et décocha un large à Annabelle.

— Et sa voiture ? demanda la jeune femme jouant à la perfection son rôle.

— Un véhicule volé, mais Ben m'a informé que les techniciens de la criminelle avaient trouvé des preuves suffisantes. Elles sont en cours d'analyse. Bref, avec tout ça, on devrait être en mesure de mettre la main sur notre coupable.

Pour crédibiliser son discours, Coop décrivit le lieu d'où la voiture avait été cambriolée et précisa qu'ils avaient également reçu un témoin qui les aidait à identifier le voleur.

Un second message s'afficha sur son smartphone. Kate indiquait que le premier téléphone prépayé avait été identifié et qu'un deuxième s'était activé, ainsi que celui de Featherstone, et que des renforts étaient en route.

Leur petite comédie dura jusqu'à ce qu'ils reçoivent un message final de Kate précisant qu'ils venaient de placer deux hommes en garde à vue et qu'elle les recontacterait bientôt. Coop poussa alors un long soupir de soulagement, suivit de près par Annabelle.

Les yeux rivés sur le tableau, l'un comme l'autre espérait qu'une de leurs informations recueillies sur les suspects permettrait de percer tout le mystère autour de la mort de Callie.

— J'irais bien me divertir un peu, histoire de m'éloigner de toute cette affaire pendant quelques heures et laisser mon esprit travailler. Ça te dirait d'aller voir un film ?

— Avec grand plaisir.

En route pour le multiplex de Green Hills, Coop rassura tante Camille pour lui faire savoir que tout allait bien et choisit un film d'espionnage sur le point de commencer. Munis d'un sac de pop-corn chacun, ils se laissèrent divertir par le long-métrage à l'intrigue bien ficelée et aux acteurs plus que convaincants.

Absorbé par une scène au suspens implacable, le détective sentit soudain Annabelle sursauter et lui agripper le bras de ses doigts pleins de beurre. Elle se pencha vers Coop et lui chuchota dans l'oreille.

— Il faut qu'on vérifie quelque chose. Je crois que je sais où se trouve l'enveloppe de Callie.

— Tu veux quand même finir le film ? tenta Coop, regrettant presque de manquer la fin.

— Non. Allons-y maintenant.

Suivie de près par Coop, la jeune femme avança rapidement, tête baissée, dans la pénombre jusqu'à la sortie avant de se précipiter dans les couloirs couverts à moquette bordeaux.

— Va à la bibliothèque de droit, s'exclama-t-elle alors qu'ils s'installaient dans la Jeep.

Le front plissé, il s'exécuta sans broncher.

— À quoi tu penses ?

— Dans le film, ces deux hommes utilisent une cachette secrète pour se transmettre des informations, s'exclama Annabelle surexcitée. Ça m'a rappelé l'époque où Callie et moi étudions à la fac de droit. J'avais le professeur Rhodes le matin et elle, l'après-midi. Comme elle avait des difficultés dans sa matière, je passais à la bibliothèque et lui laissais toujours un mot pour l'informer à l'avance des sujets de chaque test.

— Tu trichais ? demanda Coop, un sourire en coin.

— Techniquement, oui. Mais je ne lui donnais pas les réponses, simplement le sujet. Elle était tellement stressée, et j'essayais de lui venir en aide comme n'importe quelle amie le ferait. Bref, ce n'est pas la question, Coop !

— Je n'arrive pas à croire qu'Annabelle Davenport puisse tricher. Tu es la personne la plus honnête que je connaisse.

La jeune femme leva les yeux au ciel.

— Encore une fois, ce n'est pas le sujet. Pendant la chasse au trésor, on a déambulé dans la bibliothèque. Elle s'est forcément retrouvée seule à un moment donné. Elle aurait pu la cacher. Je veux vérifier dans notre livre pour voir si elle n'a pas laissé l'enveloppe dedans.

— Votre livre ? Quel livre ?

— On s'est toujours servies de ce vieil ouvrage de référence sur les registres de tribunaux des années 1800. Un des arrière-arrière-petits-enfants de la mère de Callie était juge à l'époque. Du coup, on en a fait notre cachette.

Allant de surprise en surprise, Coop secoua la tête alors qu'il bifurquait dans le parking de l'école.

— Sérieusement, une cachette ?

— On ne l'appelait pas comme ça. On ne savait même pas que ça existait. C'était juste un endroit qu'on avait choisi ensemble, où personne ne regarderait jamais.

Une vibration provenant du téléphone de Coop l'interrompit. Il se stationna entre deux véhicules et s'empressa de lire son nouveau message.

— Kate me dit qu'ils sont en train d'interroger les deux types placés en garde à vue. Pour l'instant, ils n'apprennent pas grand-chose, mais ils vont les garder toute la nuit et les cuisiner à tour de rôle pour écouter leurs versions. Apparemment, le téléphone de Featherstone s'est allumé quelques secondes, puis s'est rapidement éteint. Le type est intelligent.

À travers le garage vide, ils pressèrent le pas jusqu'à l'entrée de la bibliothèque. En tant que membre du barreau, Coop possédait depuis des années un accès à la bibliothèque le soir. Devant la porte close, il présenta sa carte sous le lecteur, mais une lumière rouge apparut. Interloqué, il réitéra l'opération, sans succès.

Sentant l'impatience la ronger, Annabelle lui saisit la carte des mains et la repassa contre le lecteur.

— Bon sang !

Congelée de la tête aux pieds, elle pesta intérieurement tout en resserrant son manteau autour d'elle. Coop vit alors à travers les portes vitrées un petit panneau indiquant la fermeture annuelle.

— Annab', c'est fermé.

Elle détourna son attention du lecteur de carte et plongea aussitôt ses mains dans les poches de sa veste.

— Mince.

— J'appellerai dans la matinée pour essayer de convaincre quelqu'un de nous donner accès. Si on n'y parvient pas, je suis sûr que Kate pourra nous l'obtenir, la rassura Coop.

— Pourquoi n'y ai-je pas pensé plus tôt ?

Bravant la brise glaciale, ils regagnèrent sans attendre la voiture de Coop.

— En toute franchise, je ne suis pas certaine de pouvoir attendre jusqu'à demain matin.

CHAPITRE SEIZE

Lundi matin, Coop et Annabelle relâchèrent toute leur tension dans une séance de sport carabinée. À leur sortie de la salle, le détective s'empressa d'envoyer un message à Kate pour lui demander si elle avait pu obtenir un accès à la bibliothèque de droit, puis ils filèrent reprendre le cours de leur enquête.

Tant que les micros et les caméras étaient installés au bureau, travailler chez Camille se révélait être la seule option possible. Alors que Coop sortait de la douche, une agréable odeur de son café préféré se faufila jusqu'à sa chambre. Une fois séché, habillé et rasé, il se rendit dans la cuisine et repéra aussitôt la grosse cafetière bouillante. Assise près de l'îlot, Annabelle trépignait d'impatience sur son tabouret.

— Des nouvelles ? questionna-t-elle.

— Pas encore. Il est à peine huit heures. Kate nous contactera dès qu'elle aura trouvé quelqu'un qui peut nous laisser entrer.

Coop prit une longue gorgée de son nectar favori avant de préciser :

— Au fait, la police est sur le point de faire craquer le type à capuche.

Entouré de Gus et accompagné d'un bon café, Coop appréciait pleinement ces rares moments de sérénité, à écouter le tic-tac incessant de l'horloge qu'il ne connaissait que trop bien. Le ramenant sur Terre, son téléphone se mit alors à vibrer.

— C'est Kate.

Annabelle le dévisagea avec de grands yeux.

— Hum. Mmm… Ça marche, répondit-il en hochant la tête à plusieurs reprises. On se met en route et on le retrouvera là-bas.

Quand il raccrocha, la jeune femme se tenait déjà dans l'entrée, sa veste sur les épaules. Comme Camille semblait encore dormir, et que Gus affichait une mine attristée, ils se décidèrent à l'emmener, puis grimpèrent dans la Jeep. De retour à Vanderbilt, ils stationnèrent dans le même parking vacant avant de se présenter devant les portes en verre. Quelques minutes plus tard, un petit homme chauve déverrouilla la porte.

— Vous devez être M. Harrington et Mme Davenport, je présume ? demanda-t-il.

— Oui, monsieur.

Coop lui serra la main.

— Merci d'avoir accepté de nous recevoir, M. Conrad.

— On m'a expliqué qu'il s'agissait d'une requête urgente en rapport avec un meurtre. Si je peux vous rendre service, déclara l'homme d'une voix douce.

Il referma la porte derrière eux, puis leur fit signe de le suivre dans le couloir. Brûlant d'impatience, Annabelle lança un regard appuyé à Coop qui lui fit un signe de tête.

— Il faut que l'on consulte les rayonnages à l'étage, dans les registres historiques.

— Bien sûr, acquiesça l'homme en les invitant d'un geste de la main à faire à leur guise. Je serai dans mon bureau au premier étage, juste après l'atrium.

Après un énième remerciement, ils gravirent les marches quatre à quatre, puis se dirigèrent dans la salle de lecture. Annabelle précéda Coop et parcourut toutes les étagères du regard jusqu'à se positionner devant un étalage pour en retirer un gros livre en cuir. Tel un objet précieux, la jeune femme le déposa délicatement sur une table sur la tranche et réprima un petit cri de victoire lorsqu'elle aperçut à travers les pages de l'ouvrage une petite épaisseur. Le cœur battant, elle releva la tête et s'écria à voix basse :

— J'avais raison !

Impressionné par les talents d'enquêtrice de son amie, Coop lui tendit une paire de gants de sa poche qu'elle enfila avant de saisir méticuleusement le courrier. L'enveloppe était bel et bien adressée à l'attention de Featherstone au service de boîte aux lettres qu'ils surveillaient.

Du bout des doigts, elle caressa l'enveloppe, puis l'examina.

— Regarde, il y a le morceau d'une étiquette.

Le détective prit plusieurs photos de l'enveloppe, puis laissa à la jeune femme le privilège d'en découvrir le contenu.

Elle fit glisser le tout sur la table, puis sépara chaque feuille de sa main gantée. Parmi les différents documents, Coop distingua quelques clichés, et examina ensuite de plus près les papiers.

— Le voilà, notre lien, Annab', chuchota-t-il tout en peinant à contrôler l'excitation dans sa voix.

Il désigna l'une des feuilles portant le nom et les photos d'Avery Logan.

— C'est donc ça qu'a fait parvenir Hunt à Featherstone,

murmura Annabelle, le regard rivé sur les éléments étalés devant eux. Mais pour quelle raison ?

— Je me pose la même question.

Sans perdre une seconde, il contacta Kate, lui expliqua brièvement avoir mis la main sur des preuves irréfutables, puis raccrocha.

— Elle envoie un technicien. Elle m'a dit de l'attendre, puis de la retrouver au commissariat. Je veux qu'on passe prendre le reste de nos dossiers en y allant.

Tandis que son associée restait près des documents, Coop partit avertir le bibliothécaire de la venue imminente de la police. Soudain agité, M. Conrad sortit un trousseau de clés de sa poche et se précipita dans l'entrée.

Après avoir remis les preuves et rempli un rapport, Coop et Annabelle récupérèrent leurs dossiers et se rendirent au commissariat. Comme à son habitude, Gus reprit rapidement ses marques à leur arrivée et s'installa dans le panier que Ben gardait rien que pour lui dans son bureau. Tout aussi à son aise, Coop prit deux bouteilles de thé vert dans le minifrigo que son ami lui réservait pour soutenir sa nouvelle hygiène de vie.

— Allez en salle de conférence, déclara Jimmy. Kate revient tout de suite.

Ils s'exécutèrent et étalèrent tous les dossiers sous leurs yeux. Derrière eux trônait un grand tableau blanc décrivant tout le travail effectué jusqu'à présent sur le meurtre de Callie.

Coop feuilleta rapidement les rapports, puis consulta son téléphone.

— La série de numéros sur le morceau d'étiquette du dossier que tu as trouvé correspond aux numéros d'expédition attribués par le bureau de Hunt.

La porte s'ouvrit, laissant Kate et Jimmy se joindre à eux.

— L'enveloppe est en cours d'analyse. Ils cherchent des empreintes ou toute preuve. Il semblerait que Hunt soit bien lié à ce courrier.

— L'explication la plus plausible, c'est que cette enveloppe contenait toutes les informations nécessaires pour abattre Logan. Pourtant, j'ai du mal à croire qu'une personnalité éminente comme Hunt soit impliquée dans une histoire aussi sordide. C'est quelqu'un de très respecté et sur le point d'être nommé à la Cour d'appel.

— Peut-être que c'est justement sa nomination qui en est la raison. Logan a peut-être souhaité compromettre son futur, hasarda Annabelle.

— Ben va nous appeler dans quelques minutes pour qu'on lui soumette les avancées de l'affaire. On préfère attendre son accord avant toute action.

— Au fait, le type à capuche s'appelle Ricky Dunbar. Il est en pleine négociation avec le bureau du procureur. Il demande l'immunité en échange de tout ce qu'il sait sur Featherstone, les renseigna Jimmy. Il connaît le système. Il a un casier pour cambriolage, fraude et agression. Il s'est tenu à carreau depuis sa dernière probation. Le chauffeur qui l'a récupéré quand tu le filais, Coop, était un ami à lui.

— On doit attraper Featherstone avant qu'il disparaisse. Du côté de son téléphone, qu'est-ce que ça donne ?

— Selon Ricky, Featherstone se montre très prudent avec son téléphone. Ils ont prévu de se contacter tard ce soir.

— Featherstone aurait dit à Ricky de faire profil bas suite à votre fausse conversation, pour que les flics ne puissent pas le trouver. Bien entendu, on s'est gardés de lui dire que ce n'était que de la comédie.

Alors qu'ils étaient tous plongés dans leurs pensées, le téléphone fixe se mit à sonner. Kate bascula l'appel en haut-parleur et mit rapidement au courant leur chef de la situation actuelle.

— Si on s'en prend à un juge en exercice, il faut que notre approche soit impeccable. On ne peut pas se permettre de l'impliquer dans l'affaire si l'on doute de sa culpabilité. En toute franchise, j'ai du mal à y croire, résonna la voix de Ben dans la pièce.

— Quand je lui ai parlé, il s'est montré coopératif et a feint la surprise quand je lui ai dit que les informations sur Featherstone étaient douteuses. Je comprends ce que tu veux dire, Ben, mais mon instinct me dit qu'il a joué un rôle dans cette affaire.

Malgré les délibérations et les arguments qui fusaient de toutes parts, Ben fut celui qui trancha.

— Tant que vous n'êtes pas à cent pour cent certains que Hunt est coupable, il est hors de question de l'interroger. Toutefois, si vous trouvez quelque chose de concret, rappelez-moi.

Personne n'osa protester devant le ton autoritaire et non négociable de l'inspecteur.

— Vous l'avez entendu comme moi, soupira Kate. Il faut qu'on trouve une véritable preuve.

— Le boulot de Ben est loin d'être évident, reconnut Coop. Qu'on le veuille ou non, il doit sans cesse faire preuve de bon sens politique pour ne pas se faire taper sur les doigts.

— Et ce délit de fuite des années 80 dont je vous avais parlé ? Des nouvelles ? s'enquit Annabelle.

— Pas encore. Désolé, ça ne faisait pas partie de nos priorités, s'excusa Jimmy. Si tu veux approfondir le dossier, je te le ferai apporter ici.

— Oui, parfait.

— Vous feriez mieux de continuer à rester éloignés de

votre bureau. Il faut à tout prix éviter qu'ils n'entendent quoi que ce soit.

— En théorie, on est fermés pour les deux prochaines semaines, donc ça ne pose pas de problème. On travaillera à la maison ou ici, confirma Coop.

Chaque dossier présenté devant lui, il se mit alors au travail en attendant la réception de l'archive demandée par Annabelle. Une fois en leur possession, ils s'y plongèrent tous les deux et firent apparaître une nouvelle section sur le tableau avec les éléments significatifs du dossier.

La victime se dénommait Patricia Redmond, mère célibataire d'une petite Amy. Les parents de Patricia ont obtenu la garde de leur petite-fille à la mort de leur fille. Les pistes étaient minces : aucun témoin et pas de caméras disponibles à cette époque. Les détectives avaient écumé les ateliers de carrosserie pour trouver des véhicules endommagés, sans succès. Patricia était décédée sur le coup, son corps sans vie retrouvé le lendemain matin au bord de la route.

Annabelle se mit alors à chercher dans la base de données du commissariat les parents de Patricia. Par chance, le couple résidait toujours à Nashville. Elle écrivit leur adresse sur un pense-bête et le donna à Coop.

— Allons leur rendre visite et voir s'ils peuvent nous éclairer sur la mort de leur fille, proposa la jeune femme.

Après un bref claquement de doigts à l'intention de son chien, Coop le reconduisit jusque chez Camille, puis se rendit, accompagné de son amie, chez les Redmond. Lorsqu'ils toquèrent, le visage d'une femme particulièrement âgée apparut dans l'embrasure de la porte.

— Mme Redmond ? demanda Coop.

— Oui, répondit-elle avec un regard méfiant. Qui êtes-vous ?

— Bonjour, madame. Je m'appelle Cooper Harrington, et voici mon associée, Annabelle Davenport. Nous sommes détectives privés et travaillons en étroite collaboration avec la police sur une affaire. Au cours de notre enquête, on est tombés sur l'accident qui a causé la mort de votre fille en 1980, exposa-t-il. On espérait pouvoir vous poser quelques questions.

Abasourdie, elle battit plusieurs fois des paupières.

— Ma… Ma Patricia ? demanda-t-elle en ouvrant plus largement la porte.

— Oui, Mme Redmond. On sait que cette histoire remonte à bien longtemps. Et sachez qu'on est navrés de revenir sur un souvenir aussi douloureux.

La vieille dame acquiesça doucement, puis leur fit signe d'entrer.

— Mon époux est malade. Il est en train de dormir.

Elle les conduisit dans la salle à manger qui donnait sur une petite cuisine modeste, puis les invita à prendre place autour de la table. Coop s'éclaircit la gorge.

— Comme je vous le disais, nous enquêtons sur une affaire en rapport avec l'école Mont Camden, plus précisément dans les années 80. En feuilletant de vieilles coupures de journaux, nous avons vu l'article au sujet de votre fille. Aviez-vous une théorie sur ce qui avait pu se passer à l'époque ?

La vieille dame se frotta les mains, puis secoua la tête.

— Non. On n'est jamais parvenus à comprendre ce qui s'était passé.

— Patricia avait-elle des ennemis ou des problèmes avec quelqu'un qui aurait voulu lui faire du mal ? interrogea Annabelle.

— Oh, non, pas à notre connaissance. Patricia était très gentille. C'était une fille sans histoires. Elle essayait simplement de gagner un peu d'argent pour sa fille, Amy, fit leur hôtesse avec des yeux larmoyants. Elle devait souvent prendre le bus et marcher jusqu'à l'arrêt. On n'avait pas les moyens de lui acheter une voiture.

— On a cru comprendre que vous aviez eu la garde de sa fille après la mort de Patricia. Comment va-t-elle ?

Une lueur scintilla dans son regard.

— Elle va très bien. Elle était si jeune que je ne pense pas qu'elle ait pris conscience de ce qui est arrivé à sa mère. On l'a aimée et élevée comme notre propre fille. C'est une adulte maintenant. Elle est mariée et mère de famille.

La vieille femme se leva de sa chaise et se dirigea vers une bibliothèque où elle récupéra plusieurs photos encadrées.

— Voici Amy quand elle a été diplômée.

Elle leur tendit en souriant un autre cadre.

— À son mariage.

Puis suivi d'un dernier.

— Et voici Amy avec sa famille à Noël dernier. Elle ressemble tellement à sa maman.

Coop étudia consciencieusement chaque photo.

— Elle a fait ses études à Vanderbilt ?

Le sourire de Mme Redmond s'élargit.

— Oui. C'était une excellente élève. Elle est avocate maintenant. Elle travaille en ville chez Bailey et Fulgram.

— Un excellent cabinet, confirma Coop. Annabelle et moi avons aussi étudié là-bas.

La vieille femme jeta un coup d'œil nostalgique aux clichés.

— Patricia serait fière de sa fille. On n'a jamais eu l'argent pour l'envoyer à l'université et quand elle est tombée enceinte, c'était hors de question.

Elle rassembla les cadres photos et les replaça sur les étagères.

— Amy a eu la chance d'obtenir une bourse d'études. Elle est allée à l'Académie Magnolia, puis à Vanderbilt. Sans cette bourse, nous n'aurions jamais pu l'inscrire dans l'une ou l'autre de ces écoles.

— Magnolia est liée à Mount Camden, c'est bien ça ?

— C'est exact. C'est une école pour filles. L'établissement nous a contactés et nous a dit qu'Amy avait reçu une bourse. On n'avait pourtant jamais fait de demande et jamais pensé qu'elle pourrait y aller. C'était tellement cher, même à l'époque.

— Quel était le nom de sa bourse ?

— Oh, laissez-moi réfléchir. Un nom étrange, il me semble. Ils ont payé pour tout le temps qu'elle a passé à Magnolia et ensuite pour toute la durée de l'école de droit. Pour toutes les dépenses, y compris une allocation mensuelle pour les frais de subsistance.

Elle se leva et se dirigea vers un petit secrétaire dans le salon. Ils entendirent plusieurs tiroirs s'ouvrir et se refermer, puis elle revint auprès d'eux.

— Voilà.

Elle leur tendit un dossier jauni par le temps, accompagné d'une lettre.

— Il est écrit ici qu'Amy est la bénéficiaire d'une bourse de la fondation Corrigenda Apsconditus. On n'en avait jamais entendu parler.

— Je ne la connais pas non plus. C'était très généreux de leur part, et je suis sûr que c'était amplement mérité.

Coop sourit et prit quelques notes dans son carnet avant de lui rendre la lettre.

— Transmettez nos félicitations à Amy. Vous pouvez être fier d'elle, déclara le détective en se levant, suivi de près par Annabelle.

— Si vous découvrez un jour ce qui est arrivé à notre Patricia, revenez nous voir, s'il vous plaît.

Coop prit la main couverte de rides et de taches de la vieille dame dans la sienne.

— Vous avez ma promesse. Merci de nous avoir reçus.

À peine furent-ils de retour dans la Jeep qu'Annabelle lui tendit son téléphone, une page Internet affichée à l'écran.

— Je le savais ! Le nom de la fondation correspond à du latin. Je n'étais pas sûre de ce que ça signifiait.

Il plissa les yeux pour tenter d'en comprendre le contenu, puis abandonna.

— Vas-y, lis-le-moi.

— En gros : choses cachées ou dissimulées, à corriger.

Ses yeux s'agrandirent soudain.

— Il faut qu'on en sache plus à ce propos.

Sur le chemin, ils passèrent prendre le déjeuner, puis partirent pour le commissariat. Une fois sur place, ils ne perdirent pas de temps pour examiner de plus près la fondation.

Les sourcils froncés, son sandwich dans une main, Annabelle pianotait à toute vitesse sur son clavier.

— Rien sur la fondation. Ils ne dépensent pas d'argent pour faire de la publicité ou pour chercher des candidats potentiels pour leurs bourses. Il n'y a rien sur le site de Vanderbilt où toutes les bourses sont listées. Et rien non plus sur celui de Magnolia. Tout ce qui apparaît, c'est une aide en vocabulaire et des traducteurs de latin.

Kate apparut alors devant la salle de conférence.

— Alors, des progrès ? demanda-t-elle.

— Peut-être. Tu cherchais des bourses d'études pour les enfants Logan. Tu as trouvé quelque chose ?

Elle ouvrit le dossier et feuilleta les documents.

— Rien. J'ai passé un appel à l'Académie Camden et à

l'Université du Tennessee, mais pas encore de retour. Sa femme ne nous a rien appris. Son mari s'occupait de toutes les finances. Elle n'avait aucune idée de l'existence des bourses d'études. Pourquoi ?

Il lui expliqua ce qu'ils avaient découvert auprès de la mère de Patricia Redmond, dont la bourse généreuse offerte par la Fondation Corrigenda Apsconditus.

Interloquée, Kate fronça le nez.

— On dirait une pénitence secrète ou quelque chose dans le genre.

Annabelle parcourut à son tour le dossier.

— Je vais essayer de contacter quelqu'un de chez Magnolia et faire un suivi avec ces deux autres écoles pour obtenir plus d'informations.

— Kate, est-ce que tu as demandé à sa femme les vieux annuaires de Logan à Camden ?

— Je peux l'appeler et lui demander si elle les a encore.

Tandis qu'il laissait les deux femmes passer leurs coups de fil, Coop partit utiliser le téléphone du bureau de Ben. Quelques minutes plus tard, il ressortit de la pièce, un sourire suffisant sur le visage.

Annabelle raccrocha et prit une chaise à côté de la sienne.

— D'après Magnolia, aucune trace d'une telle bourse. La femme à qui j'ai parlé m'a dit qu'ils ne conservaient pas les dossiers de plus de dix ans.

— Mme Logan est toujours dans un état désespéré, mais elle m'a dit qu'on pouvait passer récupérer les annuaires si ça peut aider. Je vais envoyer un agent les chercher dès maintenant.

Coop se racla la gorge plusieurs fois.

— Seriez-vous surprises, mesdames, d'apprendre que Reese Hunt possède sa propre fondation qui attribue des bourses d'études ?

Les deux femmes se regardèrent une seconde avant de hausser les épaules.

— Il dirige la fondation Corrigenda Apsconditus depuis 1988, année à l'issue de laquelle il a obtenu son diplôme de droit à Vanderbilt, poursuivit Coop.

— Sacrée coïncidence, remarqua Kate.

Coop et Anabelle échangèrent un regard

— Les coïncidences n'existent pas.

CHAPITRE DIX-SEPT

Suite à cette révélation, une effervescence s'empara du commissariat. Kate réquisitionna les hommes nécessaires pour se concentrer sur la localisation du personnel de chacune des écoles, des agents débarquèrent avec les annuaires de fin d'année de Logan, et Jimmy se chargea de faire pression sur l'avocat qui finalisait les négociations avec le type interpellé.

En consultant chaque annuaire, Coop et Annabelle repérèrent la signature de Reese Hunt et un message adressé à son ami de l'époque, Avery. Chaque année, il prenait soin de rédiger un texte court tourné autour de leur amitié. Dans le dernier, une annotation datant de la fin du mois de mai 1980 attira leur attention.

« Avery, quelle chance d'avoir un ami comme toi. Profite de tes années d'université à Auburn. J'espère qu'on se reverra pendant les vacances. Je te suis à jamais redevable et je n'oublierai jamais ton dévouement, tant sur le terrain qu'en dehors.

Ton ami et doctorant en droit, Reese Hunt. »

— On a passé un marché avec notre type, déclara Jimmy.

Il va garder son rendez-vous avec Featherstone et le faire parler pour qu'on puisse obtenir sa localisation et l'arrêter. Ricky est le bras droit de Featherstone. Il lui rend toutes sortes de services. Comme on s'en doutait, son nom n'est qu'un alias, Ricky le connaît sous le nom de Marcus. Mais il n'est pas sûr que ce soit son vrai nom non plus.

Coop retourna l'annuaire vers le jeune agent et tapota du doigt sur un encart.

— Voici le lien avec Hunt. À présent, on doit lui poser la question concernant Avery Logan et observer sa réaction.

— Voyons ça avec Kate. En plus, Ricky a admis s'être rendu dans la ruelle après le délit de fuite qui a coûté la vie au coursier à vélo. Featherstone l'a envoyé là-bas pour chercher une enveloppe. Apparemment, il attendait une livraison pour midi et a envoyé Ricky la chercher.

— Que s'est-il passé quand il s'est aperçu qu'elle n'y était pas ?

— Ricky a contacté Featherstone sur son portable et lui a dit que l'enveloppe n'était pas là et que c'était tout ce qu'il savait.

— Ricky est au courant d'une éventuelle connexion avec Hunt ? interrogea le détective.

Jimmy secoua la tête.

— Il ne sait rien en dehors de ses fonctions de livreur. Du moins, c'est ce qu'il dit. Difficile de savoir à quel point il faut le croire.

— Donc il ignorait ce qu'il y avait dans l'enveloppe qu'il a récupérée dans la boîte aux lettres ?

— C'est ça. Il n'a fait que récupérer et livrer.

— Et accessoirement, entrer par effraction dans nos bureaux, intervint Annabelle sur un ton narquois.

— Oui. Si Featherstone ne tombe pas suite à ses aveux, Ricky risque de passer un mauvais quart d'heure, répondit

Jimmy en consultant un message sur son portable. On m'informe que les empreintes sur l'enveloppe récupérée par Annabelle appartiennent bel et bien à notre victime, Callie. Pas d'autres empreintes identifiées.

Coop fronça les sourcils.

— Étrange, j'étais persuadé qu'il y en aurait d'autres, comme celles des employés de Hunt.

La sonnerie stridente de son téléphone l'interrompit dans ses réflexions. Il récupéra son smartphone dans sa poche et plissa les yeux en découvrant un numéro inconnu provenant du Colorado. Il lui fallut quelques secondes avant de se souvenir qu'Hildie lui avait dit y passer ses vacances. Il s'excusa, puis se rendit dans le bureau de Ben.

— Coop Harrington.

— M. Harrington, répondit une voix affolée de femme. Je suis Sandie Coleman, la belle-sœur de Hildie. Je me permets de vous appeler, car Hildie est à l'hôpital à Denver. Je suis infirmière, et sa famille m'a conseillé de vous contacter. Elle nous avait parlé un peu de vous.

— Je suis désolé de l'apprendre, répondit Coop. Que s'est-il passé ?

— D'après les médecins, elle aurait un niveau élevé de digitaline dans le corps. Elle n'en prend pas en temps normal, donc on essaie de comprendre comment une telle chose a pu arriver… Au début, elle s'est plainte de voir des auras, puis elle est devenue léthargique et somnolente. J'ai insisté pour qu'elle se rende à l'hôpital, et après une batterie de tests sanguins, ils ont fini par trouver.

— Elle va s'en sortir ?

— Il est trop tôt pour se prononcer. Ses niveaux étaient assez élevés. Des infirmiers sont venus collecter tout ce qu'elle a pu manger ces derniers jours. On pense que ça provient de la bouteille de whisky qu'elle a apportée. Elle est la seule à en avoir bu. C'était un cadeau de son bureau. Aucun de nous n'est un grand fan de whisky, expliqua la jeune femme.

— Donc elle l'a eue par quelqu'un de son travail ?

— Je ne pourrais pas vous le dire avec certitude. Ils sont en train d'analyser le contenu de la bouteille.

— Est-ce que vous pourriez éventuellement vous renseigner pour savoir d'où vient la bouteille ? Je suis en train d'enquêter sur une affaire en lien avec l'endroit où travaille Hildie. Ça pourrait être important.

— Bien sûr, je vais essayer. L'hôpital a contacté la police, donc je pense qu'on devrait avoir bientôt de leurs nouvelles.

— Donnez-leur mes coordonnées et demandez-leur de m'appeler.

Par anticipation, Coop lui transmit également le nom et le numéro de Kate, sachant que les commissariats étaient plus à même de communiquer entre eux.

— Rappelez-moi si vous obtenez le nom de l'inspecteur en charge de l'affaire, et je les appellerai directement.

— OK, je ferai de mon mieux. Vous pensez qu'Hildie a été délibérément empoisonnée ? s'enquit la jeune femme.

— Je ne peux pas en être sûr, mais il y a un risque. C'est pour cette raison que je dois en savoir plus sur l'origine de la bouteille.

Il entendit son interlocutrice inspirer, puis expirer profondément.

— D'accord, je vous recontacterai très bientôt.

— Dites à Hildie que je pense à elle. Faites-moi savoir comment elle réagit au traitement.

Après avoir raccroché, il s'empressa d'envoyer à Sandie un message avec ses coordonnées et celles de Kate, puis sortit d'un pas lent de la pièce pour retrouver les autres dans la grande salle. À son arrivée, Annabelle leva les yeux vers lui.

— Qu'est-ce qui ne va pas ? Tu es aussi pâle que les draps de ta tante.

— C'était la belle-sœur d'Hildie. Elle est à l'hôpital de Denver.

Il leur donna le reste des détails fournis par Sandie, puis se tut, abattu par la nouvelle.

— Comme tu l'as dit, il faut qu'on détermine l'origine de la bouteille, confirma Jimmy.

Lorsqu'elle arriva à son tour dans la pièce, Kate remarqua aussitôt leurs visages fermés.

— Vous en faites une tête. Qu'est-ce qui se passe ?

Jimmy lui exposa rapidement les faits, puis regarda Kate faire les cent pas à travers la salle.

— Bon, l'avantage, c'est qu'on dispose maintenant d'une excuse suffisante pour interroger Hunt.

— J'aimerais venir avec vous, fit Coop, le visage d'une pâleur toujours extrême.

— Ça marche. Après tout, c'est toi qui as parlé avec sa famille.

Elle se tourna vers Jimmy.

— Je vais y aller avec Coop. Toi et Annabelle, continuez à étudier cette affaire sous tous les angles et essayez de contacter un de ses proches à Denver pour en savoir davantage sur cette bouteille. Envoyez-moi tout ce que vous trouverez.

— Je vais appeler la famille d'Hildie. Je vous tiendrai au courant de son état, proposa Annabelle.

Grâce au gyrophare de la voiture de police, Coop et Kate débarquèrent au palais de justice en un temps record après avoir serpenté à vive allure parmi la circulation. Boudant l'ascenseur trop lent à leur goût, ils gravirent les six étages à la hâte et fondirent sur Sadie postée à l'accueil.

— Kate Woodman, détective, annonça Kate en

brandissant son badge sous les yeux interloqués de la standardiste. Vous avez déjà rencontré Cooper Harrington, ici présent. On doit parler à Reese Hunt immédiatement.

Sadie les regarda par-dessus ses lunettes écaille d'un œil méfiant.

— Ça concerne une affaire en cours ?

— Non, madame, pas une affaire. C'est une urgence qui concerne la police. Il faut qu'on le voie. Tout de suite, insista Kate de sa voix autoritaire.

La réceptionniste laissa échapper un soupir, puis appuya sur un bouton près de son téléphone fixe avant de porter le combiné à son oreille. Elle leur tourna le dos quelques secondes pour marmonner des paroles indistinctes, puis fit de nouveau tourner son fauteuil vers eux.

— M. Hunt est disponible.

Sadie les escorta jusqu'à son bureau, et une fois devant la porte du cabinet, frappa deux coupes rapides. Sans lui laisser le temps de les annoncer, Kate entra en trombe dans la pièce, suivie de près par Coop, sous la mine choquée de la standardiste qui referma la porte derrière eux.

— M. Harrington, que puis-je faire pour vous ? demanda Hunt en se levant précipitamment. Sadie m'a dit qu'il s'agissait d'une urgence.

Avant que Coop ne puisse répondre, Kate entra dans le vif du sujet :

— Détective Woodman. On est ici au sujet de votre assistante, Hildie.

— Hildie est en vacances avec sa famille. Elle ne doit pas revenir avant janvier. Elle est dans le Colorado si mes souvenirs sont bons.

— C'est exact. M. Harrington a reçu un appel de sa belle-sœur il y a une heure environ. Hildie est à l'hôpital.

Hunt écarquilla les yeux, stupéfait.

— Que s'est-il passé ? Elle va bien ?

Kate adressa à Coop un bref signe de la tête.

— Ils ne sont pas encore certains. Elle est sous traitement. Elle a été empoisonnée.

— Empoisonnée ? Comment ça, empoisonnée ? s'étonna le juge.

— On vient tout juste de recevoir plus d'informations de la part des autorités de Denver. Hildie a bu du whisky provenant d'une bouteille qu'elle a reçue comme cadeau de Noël à son bureau. La bouteille contenait de la digitaline. D'où notre présence ici.

— On a souvent tendance à se retrouver inondés de cadeaux de Noël, justifia le juge en se grattant les tempes. Je fais toujours en sorte de laisser le personnel prendre ce qu'il veut. Cookies, chocolats, alcools… C'est la seule chose à laquelle je pense.

— Est-ce que ça vous arrive d'échanger certains cadeaux entre vous ?

— Non, enfin, pas de manière formelle. J'offre toujours à mes employés des cartes-cadeaux. Cette année, j'ai offert à Hildie un week-end en thalasso. C'est ma femme qui s'en occupe. Elle sait ce qui plaît aux femmes.

— Savez-vous d'où vient le whisky ? questionna Kate.

— Non, navré. Ils sont déposés dans la salle de repos, et les gens prennent ce qu'ils veulent en général.

Kate se leva et lui montra l'écran de son téléphone.

— Voici une photo de la bouteille. C'est une bouteille spéciale en édition limitée pour les fêtes. Ça ne vous dit toujours rien ?

— Non, répondit l'homme en scrutant l'appareil. Je ne prends pas part à ces cadeaux. Je ne veux pas qu'on pense qu'il y ait des inconvenances. J'avais déjà essayé de dissuader nos clients de nous en envoyer, et entre nous, je préfère même les retourner. Mais il y a quelques années, on a finalement fait un compromis en laissant le personnel se servir.

— D'après vous, quelqu'un aurait-il pu délibérément s'en prendre à vous ou à vos employés ? demanda-t-elle en reprenant son téléphone.

La jeune femme devina une pointe d'émotion dans le regard du vieil homme.

— C'est une question difficile, répondit-il, les lèvres pincées. Beaucoup de gens venus ici repartent malheureux ou finissent en prison, alors il y en a sûrement qui me souhaitent du mal.

— Avez-vous reçu des menaces récemment ?

— Non, heureusement.

Il se leva, puis s'approcha des grandes fenêtres qui surplombaient la rivière.

— Pauvre Hildie. Je n'arrive pas à y croire, soupira-t-il en se frottant la nuque. Elle est formidable. Elle ne mérite pas ça.

Coop et Kate échangèrent un regard imperceptible.

— Au cours de notre enquête, commença Coop, le nom d'Avery Logan est sorti. Est-ce que ce nom vous dit quelque chose ?

Hunt s'humecta les lèvres.

— J'ai étudié à Mount Camden avec Avery, oui.

— Saviez-vous qu'il avait été assassiné ?

Sans répondre immédiatement, il battit des paupières, puis hocha la tête.

— Oui, j'ai lu ça dans la presse.

— Étiez-vous toujours proche d'Avery après vos études à Mount Camden ? interrogea Coop.

— Non. On s'est perdus de vue quand on est partis à l'université. J'ai étudié à Vanderbilt, lui à Auburn.

— Donc, vous n'avez pas été en contact avec lui depuis quoi ? Disons trente ans ?

Lorsque Hunt se pencha en arrière, Coop remarqua ses doigts anormalement agrippés sur les accoudoirs de son fauteuil.

— Oui, c'est ça, répondit le concerné en replaçant ses coudes sur son bureau. Mais quel est le rapport avec Hildie ?

— Henry Featherstone, lâcha Coop. L'enveloppe dont je vous ai parlé. Featherstone est lié à Avery Logan.

Le front du juge se plissa aussitôt sous la surprise.

— Hum, quelle coïncidence ! marmonna Hunt avant de consulter sa montre. Je suis désolé, je suis attendu au tribunal. Tenez-moi au courant de l'état de santé d'Hildie.

Il se leva, congédiant sans délicatesse ses deux visiteurs.

— On vous tiendra au courant, M. Hunt. Vous restez en ville pour les vacances ? demanda Kate.

— Oui. Contactez-moi à mon domicile. Je tiens à savoir comment va Hildie. Elle travaille avec moi depuis une éternité... répondit-il en récupérant sa robe dans la penderie. Je vais demander à ce qu'on lui envoie des fleurs.

En le regardant enfiler sa tenue officielle, Coop releva ses mains tremblantes qui tâtonnaient le tissu à la recherche de la fermeture éclair.

De retour dans le véhicule de police, ni l'un ni l'autre ne parla jusqu'à ce que Kate interroge le détective d'un haussement de sourcils.

— Il est secoué. Il ne voulait pas parler d'Avery Logan. Je crois qu'il a été choqué d'apprendre l'empoisonnement d'Hildie. Sa réaction semblait sincère, en tout cas.

— Je suis d'accord. Je ne pense pas qu'il ait un rapport avec tout ça.

— Peut-être que c'était lui la cible, et pas Hildie ?

La jeune femme hocha la tête.

— C'est ce que je me disais. J'aimerais tout de même qu'on le surveille pour savoir où il se rend.

— Si Callie a été tuée pour cette enveloppe, il se pourrait que Featherstone veuille continuer à régler les derniers détails. C'est un type prudent. Ce qui veut dire que Hunt pourrait être le prochain.

Alors qu'elle les reconduisait jusqu'au commissariat, Kate informa ses équipes de se concentrer sur les déplacements du juge jusqu'à nouvel ordre.

———

À leur retour, Jimmy et Annabelle bûchaient toujours d'arrache-pied.

— Des nouvelles d'Hildie ?

Son amie secoua tristement la tête tandis que Jimmy raccrochait.

— C'était la distillerie du Kentucky. Il s'agissait bien d'une édition limitée pour les fêtes. Seulement 288 exemplaires. Ils vont m'envoyer une liste d'acheteurs. C'est une exclusivité, donc on aura un dossier complet.

— Denver a rappelé pour donner plus de détails ? questionna Kate.

Son collègue hocha la tête en feuilletant son carnet de notes.

— Selon les résultats préliminaires du laboratoire, la cire originalement placée pour fermer la bouteille a été remplacée pour qu'on puisse verser le poison à l'intérieur. Ensuite, il semblerait qu'on ait appliqué une nouvelle cire de couleur rouge, légèrement différente de l'originale. Bref, un détail indiscernable à l'œil nu.

— Donc Hildie n'aurait rien remarqué d'anormal en l'ouvrant ?

— Probablement pas. Comme le nouveau sceau recouvrait l'ancien, je doute qu'elle ait remarqué le surplus de cire. Elle aurait dû couper la cire, puis dévisser le couvercle. Pas de tirette facile sur la bouteille.

— Des empreintes digitales ?

— Apparemment, la bouteille était étonnamment propre. Il y avait les empreintes d'Hildie et certaines autres. Elles sont en cours d'analyse.

— Tout en sachant que la bouteille a dû être manipulée par le vendeur, la personne qui l'a achetée, Hildie, et tout autre employé qui l'aurait éventuellement regardée, ajouta Coop. Le coupable a dû prendre le temps de bien la nettoyer avant de l'envoyer.

— Rappelle-les et dis-leur de les comparer avec celles du personnel. On peut leur fournir leurs empreintes depuis notre base de données. Si c'est l'un des employés, ça fera gagner du temps à tout le monde.

Jimmy approuva d'un signe de la tête, puis quitta la grande salle.

— Ricky est censé contacter Featherstone dans plusieurs heures, rappela Kate en consultant sa montre.

Alors qu'elle était alpaguée par un agent, Coop donna à Annabelle une description détaillée de leur conversation avec Hunt.

— À t'entendre, il semblait nerveux. Si tu as vu juste, il aura compris que Featherstone est à ses trousses.

— Il faut qu'on l'attrape avant que la situation ne s'aggrave davantage, soupira le détective en s'adossant contre sa chaise. On devrait appeler Ben.

Quelques minutes après, ils furent rejoints par Kate et Jimmy. Ce dernier plaça une liste devant leurs yeux et pointa du doigt une ligne surlignée en jaune.

— Henry Featherstone est bien celui qui a acheté la

bouteille. Elle lui a été envoyée au service de boîtes aux lettres. Payée via un mandat envoyé à la distillerie avec des instructions de livraison.

— Et Ricky vient de confirmer que Featherstone l'a envoyé acheter un mandat dans une épicerie locale à peu près au moment de la commande de la bouteille. Il prétend ne rien savoir de plus sur le whisky ou le poison.

Le téléphone de Kate se mit alors à sonner. Elle décrocha, puis raccrocha au bout de quelques secondes.

— Hunt est parti. Il doit rentrer chez lui.

— Il est un peu tôt, remarqua Coop. Il doit être secoué.

Tandis qu'ils attendaient l'appel fatidique entre Ricky et Featherstone, Kate contacta son supérieur.

— Allez parler à Jeff au bureau du procureur. Dites-lui tout ce qu'on sait jusqu'à présent et demandez-lui si c'est suffisant pour intervenir. À mes yeux, on devrait demander à Hunt de venir au commissariat pour l'interroger.

Ce fut Jimmy qui se rendit sans perdre de temps au centre-ville. Dès qu'il fut parti, l'équipe en charge de la surveillance du juge appela Kate pour lui donner des nouvelles. Le concerné était passé chez lui, puis ressortit après une heure environ et semblait à présent se diriger de nouveau vers le centre-ville.

En parallèle, la police de Denver confirma que les autres empreintes sur la bouteille de whisky appartenaient à celles de Sadie. Lorsque l'heure du dîner arriva, l'un des agents leur apporta un sac rempli de mets asiatiques que Coop ne parvint qu'à picorer, l'esprit trop préoccupé par la santé d'Hildie. Alors qu'il s'apprêtait à jeter tout ce qu'il n'avait pu avaler, la sonnerie de son smartphone le coupa dans son élan.

Tout en décrochant, il fit signe aux deux jeunes femmes de garder le silence.

— Bien sûr, M. Hunt, je me ferai un plaisir de vous y

retrouver. Je peux être à votre cabinet d'ici une trentaine de minutes.

Il marqua une pause sous le regard brûlant d'impatience d'Annabelle et Kate.

— Non, on n'a pas plus de nouvelles malheureusement. On fait notre possible pour en avoir. Je vous informerai dès que j'en saurai plus. À tout à l'heure.

Coop raccrocha, puis se tourna vers elles.

— Je dois aller voir Hunt. Il a laissé sous-entendre qu'il pourrait détenir des informations sur Featherstone. Il est réellement bouleversé pour Hildie.

— Je vais appeler le bureau du procureur. Ils voudront en être informés. Je transmettrai les informations à Ben, déclara Kate.

— Sans vouloir te manquer de respect, je préfère y aller seul. Mais j'ai une oreillette avec un micro-espion dans ma Jeep. Tu peux écouter ce qui se dit et me parler en même temps. Je n'ai pas besoin de l'informer de ses droits constitutionnels ou d'impliquer le procureur. Je ne veux pas l'effrayer, déclara Coop. Il m'a dit d'utiliser l'interphone situé à l'entrée latérale réservée au personnel. Il va demander aux agents de sécurité de me laisser entrer pour monter dans son bureau.

Une fois leur stratégie mise au point, Coop se rendit à sa voiture, accompagné d'Annabelle qui récupéra l'oreillette et le micro-espion pour Kate.

— Tu as ton arme ? s'enquit son amie.

— Dans la Jeep, oui. Je la prendrai avant d'entrer dans le bâtiment, vu que je vais échapper aux détecteurs de métaux, ajouta le détective, un sourire en coin.

CHAPITRE DIX-HUIT

Alors qu'il fonçait dans la nuit noire en direction du palais de justice, son téléphone résonna dans l'habitacle. Annabelle venait de raccrocher avec la famille d'Hildie et selon les médecins, la jeune femme allait s'en sortir. Les traitements fonctionnaient et son rythme cardiaque s'était stabilisé. Coop laissa échapper un soupir de soulagement et sentit aussitôt la tension logée depuis quelques heures dans son cou et ses épaules se relâcher.

Sa voiture stationnée dans une rue adjacente, il parcourut les quelques mètres qui le séparaient de l'entrée du bâtiment, puis trouva la porte latérale indiquée par Hunt. Avant d'appuyer sur l'interphone, il testa son oreillette pour s'assurer que Kate pouvait l'entendre. Partie un peu après lui du commissariat, la détective le rejoindrait à l'étage en présentant son insigne à la sécurité et attendrait à l'extérieur du bureau jusqu'à ce qu'elle entende Coop lui donner le feu vert pour débarquer. Si la situation venait à ne pas se dérouler comme prévu, ils s'étaient mis d'accord sur un code d'urgence.

À son entrée, il fut contrôlé, puis orienté par deux agents de sécurité vers les ascenseurs qui menaient au cabinet. Lorsqu'il se retrouva dans le couloir désert, un silence pesant s'abattit autour de lui. Seul le bruit de ses pas martelait le sol en pierre immaculé. Une fois au sixième étage, Coop repéra derrière le comptoir d'accueil inoccupé la porte ouverte des services administratifs d'où émanait une faible lumière.

Coop chuchota discrètement sa position et quelques observations, puis progressa dans le couloir alors qu'un grésillement bourdonna dans son oreillette, puis la voix de Kate qui accusa réception de son rapport.

Quand la porte en chêne apparut devant lui, il frappa plusieurs coups et s'annonça :

— C'est Coop Harrington.

— Entrez, répondit une voix ternie d'inquiétude.

En pénétrant dans la pièce tamisée, il découvrit le magistrat assis derrière son bureau, les traits de son visage anxieux accentués par le manque d'éclairage. Ses yeux étaient rouges et vitreux, et ses mains étaient jointes sur son bureau.

— Tout va bien ? s'enquit Coop.

— Je me suis renseigné sur vous. Je sais que vous êtes quelqu'un d'intelligent. Vous n'êtes pas loin d'avoir résolu votre enquête, mais je dois vous révéler certaines choses que vous ne savez pas.

Confus par ces soudaines révélations, le détective l'observa tout en prenant place en face de lui.

— J'ai eu des nouvelles de la famille d'Hildie. Elle va guérir. Son état s'est amélioré, commença Coop.

— Dieu soit loué ! soupira Hunt.

Il laissa tomber son visage dans ses mains, puis releva tout à coup la tête, une profonde tristesse voilant ses yeux bleus.

— Tout a commencé il y a plusieurs années. Lorsque vous avez évoqué Avery, je savais que ce n'était qu'une question de temps, confessa-t-il. Quand on était en terminale à Mount Camden, j'avais convaincu Avery de s'éclipser du bal de fin d'année pour aller boire en cachette près de la rivière. Au retour, Avery craignait de conduire pour rentrer, alors j'ai pris sa voiture. Il faisait nuit, et je me dépêchais de retourner à l'école avant qu'ils ne remarquent notre départ…

Ses épaules s'affaissèrent de nouveau, lui donnant l'apparence d'un homme faible et misérable loin de l'image du prestigieux magistrat tel qu'on lui connaissait.

— Je ne l'ai pas vue, lâcha Hunt.

— Patricia Redmond ? devina Coop.

— Ou…oui. On était tous les deux terrifiés. On l'a laissée sur le bord de la route. Elle était morte, vous comprenez. Heureusement, la voiture d'Avery était déjà cabossée. C'était une vieille bagnole sur laquelle il travaillait constamment sans jamais la terminer. Un accroc de plus ou de moins n'aurait pas fait une grosse différence. Il avait réussi à camoufler ça avec du mastic et personne ne s'en était aperçu.

Hunt prit une longue inspiration.

— Avery m'a promis de ne jamais rien dire. Je lui ai fait confiance. Je me suis dit que j'allais me rattraper pour le drame que j'avais causé. J'ai fait tout ce que j'ai pu.

— Avec votre fondation ?

Reese Hunt scruta un point derrière Coop alors qu'une larme glissait sur sa joue.

— Je savais que Patricia avait une fille, et je me suis dit que si je l'aidais, je pourrais d'une certaine manière me racheter. Je lui ai donc fait don d'une bourse d'études et l'ai envoyée à l'école de droit. Sa fille s'appelle Amy.

Un léger sourire se forma sur ses lèvres.

— Une brillante avocate.

— Que s'est-il passé ensuite ? demanda Coop.

— Ce satané Avery ! Pendant des années, je lui ai donné un paquet d'argent pour avoir tenu sa promesse. Au fond, ça ne me dérangeait pas. Je gagnais bien ma vie et je savais qu'Avery en avait besoin. Donc, j'ai aussi fait le nécessaire pour que ses enfants puissent aller en école privée et à l'université. Tout se passait bien... Jusqu'à l'arrestation de Brad.

— Pour conduite en état d'ivresse et possession de drogue ?

— C'est ça. Une stupide histoire d'ados. Avery était hors de lui. On avait toujours utilisé des comptes emails bidon pour communiquer à propos d'argent. Je laissais en général un paquet caché quelque part dans un parc ou dans un casier du gymnase. En novembre, Avery a voulu qu'on se voie. Il voulait que je fasse transférer le procès de son fils dans mon tribunal et que je statue en sa faveur ou que je prononce un non-lieu.

Le magistrat se leva d'un coup. Par réflexe, Coop positionna sa main sur son arme nichée dans son étui et l'observa aller et venir.

— Je lui ai dit que je pouvais lui donner plus d'argent, poursuivit Hunt, mais que je n'allais pas violer mon serment. Avec un parcours judiciaire irréprochable comme le mien, je n'allais pas prendre le risque de compromettre ma nomination à la Cour d'appel. J'ai toujours fait de mon mieux pour rester équitable dans mon travail.

Hunt poussa un énième soupir.

— Il ne voulait pas arrêter. Il a menacé de me dénoncer.

— C'est à ce moment-là que vous avez contacté Featherstone ?

— Oui. Il n'était pas censé blesser qui que ce soit. Je voulais simplement qu'il dissuade Avery. Featherstone est connu pour ça. J'avais entendu parler de lui suite à une affaire, expliqua-t-il. Je pensais m'être montré suffisamment prudent pour rester anonyme, mais quand je vois la tournure des événements…

L'homme s'approcha alors de son bureau et tira un tiroir pour y récupérer quelque chose. Alors que Coop resserrait son emprise sur son revolver, prêt à dégainer au moindre faux geste, Hunt jeta un petit téléphone noir sur le bureau.

— C'est le téléphone prépayé dont on se servait pour communiquer.

— Parlez-moi de Callie, s'il vous plaît.

Dépassé par tous ses aveux, Hunt se laissa lourdement tomber sur son fauteuil.

— Une erreur bête. Je faisais parvenir à Featherstone les instructions concernant Avery par le biais de sa boîte aux lettres. Cette invitation pour participer à un événement n'était autre qu'une couverture si jamais quelqu'un posait la moindre question sur l'envoi.

— Et votre stagiaire a perdu l'enveloppe, si j'ai bien suivi ?

— J'ai rarement vu quelqu'un d'aussi perspicace que vous, détective. Oui, hélas, l'un de mes nombreux faux pas. Featherstone attendait le document pour midi, mais il m'a contacté lorsque rien n'est arrivé.

Il fit un geste de la main vers le téléphone portable.

— Puis cette sotte n'a pas eu la présence d'esprit de l'inclure dans le lot de l'après-midi. Sans parler de la mort abominable de Billy…

— C'est pour cette raison que vous avez insisté pour que vos employés recréent tous les documents de la journée. Il fallait que cette enveloppe soit livrée. Et puis, il aurait été suspect que votre courrier soit le seul élément à passer par un autre service.

— Vous avez encore une fois tout compris, M. Harrington.

— Comment Featherstone a-t-il su que Callie possédait l'enveloppe ?

Le juge secoua la tête avec dégoût.

— C'était ma faute, avoua-t-il, une main sur le front. J'étais dans tous mes états quand il m'a appelé pour dire que la lettre n'avait pas été délivrée. Je lui ai dit qu'elle le serait dans l'après-midi. Mais tout a encore basculé. J'ai recontacté Featherstone pour lui dire que la livraison serait retardée car notre coursier avait été tué et que nous allions l'envoyer par un autre service. C'est à ce moment-là que Featherstone est devenu fou. Il s'est dit qu'il y avait une chance que l'enveloppe soit avec Billy et tenait à s'assurer qu'elle ne tombe pas dans de mauvaises mains. J'ai essayé de le convaincre du contraire. J'ai vérifié nos registres et Callie était la seule à avoir récupéré des dossiers ce jour-là. À part Billy.

Les doigts tremblants, il se pressa les tempes comme s'il rassemblait ses souvenirs douloureux.

— J'étais à bout de nerfs. J'essayais de l'expliquer à Featherstone. Je lui ai dit que je pouvais tout simplement contacter Callie et récupérer l'enveloppe. C'est ainsi qu'il a su que c'était elle qui l'avait. J'ai tenté de le raisonner, mais il a insisté pour que je le laisse faire. Il m'a dit qu'il s'en prendrait à ma famille si j'essayais d'intervenir de quelque manière que ce soit. Je l'ai supplié d'oublier toute cette histoire, mais rien à faire. Il tenait à finir ce pour quoi il avait été payé tout en me promettant qu'il ne prendrait aucune mesure radicale.

Coop le laissa poursuivre sa confession et regarda l'homme se mettre à sangloter. Il baissa la tête et bredouilla :

— Je suis tellement désolé. Avery n'était pas censé mourir, et Callie non plus. Évidemment, j'étais celui à l'origine de tout ce cataclysme, mais Featherstone était hors de contrôle. Et maintenant, Hildie. Ce poison m'était destiné, mais Featherstone ne se soucie pas des dommages collatéraux tant qu'il n'est pas touché.

— Connaissez-vous le vrai nom de Featherstone ?

— Non. Je ne l'ai jamais rencontré en personne. On ne communiquait qu'avec nos téléphones prépayés ou via la boîte aux lettres.

— Et la personne qui vous a mis en relation avec Featherstone ?

— Non, non, répliqua Hunt en s'essuyant les yeux. Je ne veux pas impliquer qui que ce soit d'autre. Tout doit s'arrêter. Je tenais à ce que vous sachiez toute l'histoire.

Coop observa le magistrat se tourner vers les fenêtres, son regard rivé vers les lumières de la ville et la rivière en contrebas.

— Dites-leur que je suis désolé, murmura-t-il.

Alors qu'une lueur étrange dans la main du magistrat attira soudain le regard du détective, une détonation éclata avant même qu'il ne puisse réagir et bondir de son fauteuil. Les secondes qui suivirent semblèrent alors durer une éternité. Le corps de Reese Hunt retomba dans un bruit sourd sur le sol, ses yeux inertes tournés vers le néant. Prenant rapidement conscience du drame survenu sous ses yeux, Coop se précipita par terre et posa ses doigts sur son cou à la recherche de son pouls. Mais le sort de l'homme était déjà scellé. La voix hystérique de Kate résonnant alors dans son oreillette, il s'écarta de la mare de sang qui se formait progressivement sous ses pieds.

— Je n'ai pas été touché, la rassura aussitôt Coop. Hunt est mort. Il vient de se tirer dessus.

— Je viens juste de passer la porte en bas. J'arrive.

Anéanti par la violence de la scène, il recula de quelques pas et s'éloigna du corps pour détourner son regard vers la baie vitrée.

D'ordinaire si belle, la vue était désormais brouillée de longues traînées écarlates.

CHAPITRE DIX-NEUF

Au loin, un bruit de pas précipités, suivi de la voix de Kate appelant des renforts, retentit dans le couloir. Quelques secondes plus tard, la jeune femme fit son apparition et courut s'agenouiller auprès de Coop, assis sur l'un des fauteuils en cuir, les coudes posés sur ses genoux.

— Tu es sûr que ça va, Coop ?

Bien que doté d'un courage inébranlable, le détective peinait à se ressaisir, avec cette profonde conviction qu'il aurait dû intervenir avant que le magistrat ne commette l'irréparable.

— Tu as tout entendu ? demanda-t-il d'une voix rauque.

— Oui. On a tout enregistré.

Alors que plusieurs agents apparurent à leur tour pour prendre le relais, Kate conduisit Coop dans une salle adjacente pour obtenir sa déposition. La scène macabre se retrouva rapidement submergée de policiers et de techniciens chargés d'appareils photo et de matériel professionnel. De main de maître, Kate orchestra l'arrivée des troupes, puis ordonna la détention provisoire de tous les agents de sécurité présents dans le bâtiment, sans leur donner la permission de communiquer avec l'extérieur pour le moment. Rien ne devait s'ébruiter.

Également présente, la médecin légiste, le Dr Lawrence, supervisa le retrait du cadavre d'où émanait une forte odeur métallique. Lorsque le brancard recouvert d'un drap blanc passa devant la pièce dans laquelle Coop se trouvait, le détective fut pris d'un haut-le-cœur et chercha des yeux une boîte de mouchoirs parmi les piles de dossiers dont recelait l'espace.

— Tu te sens de rentrer en voiture ? s'enquit Kate sur le seuil de la porte. Je vais rester ici encore un peu.

— Je vais d'abord passer voir Annabelle au commissariat, répondit Coop dont le visage pâle commençait à reprendre quelques couleurs. Je devrais pouvoir conduire. Tu as prévenu Ben ?

— Oui, je l'ai appelé.

Elle tira une chaise et prit place à ses côtés.

— Ben est inquiet. Il pense avoir fait une erreur en attendant pour agir. On était tellement préoccupés par cette condamnation qu'on en a oublié de garder un œil sur Hunt.

— Anticiper un tel scénario est loin d'être évident, soupira Coop. J'aurais dû l'arrêter à temps.

— Je ne suis pas certaine que tu aurais pu. Il avait pris sa décision depuis bien longtemps, il avait un plan. On a retrouvé deux enveloppes dans son bureau, une adressée à sa famille et l'autre à son assistante.

— Il a dû se décider après qu'on lui ait appris qu'Hildie avait été empoisonnée.

Kate hocha la tête.

— Oui, et il a dû sentir qu'on était sur le point de comprendre le lien qui l'unissait avec Avery et Callie.

— Hunt ne pouvait pas supporter la honte. D'après lui, il

avait déjà payé pour l'accident de Patricia Redmond. Tout l'argent qu'il a versé à Avery et les bourses d'études offertes étaient un moyen de compenser son acte, sans aller jusqu'à la faute professionnelle.

— Ce qui l'importait, c'était d'exceller dans ses fonctions et cette nomination à venir, déclara Kate en récupérant la déposition avant de se lever. Je vais aller l'annoncer à sa femme et au gouverneur.

— Je suis désolé. J'aurais aimé pouvoir faire quelque chose ou réaliser plus tôt ce qu'il préparait.

— Ricky est censé contacter Featherstone dans environ une heure. Jimmy est en charge de l'opération, mais je ferai en sorte d'être de retour à temps.

Elle posa sa main sur l'épaule de Coop.

— Toi et Annabelle feriez mieux de vous reposer. On vous appellera pour vous tenir informés. Je ne veux pas prendre le risque que Featherstone ait vent de la mort de Hunt.

— Je compte sur vous pour mettre la main sur cet enfoiré, Kate.

Coop se fraya un chemin jusqu'à la sortie à travers la nuée d'agents de police qui fourmillaient à l'étage, puis fendit la nuit noire pour regagner son véhicule. Un souffle d'air frais lui balaya le visage. Il prit une profonde inspiration et apprécia cette sensation de vie, contrastant avec l'atmosphère lugubre qu'il venait de quitter.

À son arrivée au commissariat, Annabelle l'enlaça sans un mot dans une longue étreinte, laissant son geste parler de lui-même.

— Partons d'ici, fit Coop en tentant de sourire à son amie visiblement perturbée par ce qui lui était arrivé.

Ils se rendirent dans un petit restaurant non loin du poste de police et s'installèrent à une table dans un coin feutré, éloignés de toutes sources de dérangement. Pour surmonter cette soirée éprouvante, Coop s'octroya une part de tarte et un café, entorse à son régime alimentaire qu'Annabelle n'avait même pas le cœur de relever.

— C'est le réveillon demain, soupira Annabelle. Avec un peu de chance, on pourra appeler les parents de Callie pour tout leur dire.

— Oui. Je préfère attendre que Featherstone soit arrêté pour de bon. Je dois aussi l'annoncer à Hildie.

— C'est vrai, et ça ne sera pas évident. Mieux vaut attendre qu'elle se sente mieux.

— J'appellerai sa belle-sœur demain matin pour lui expliquer la situation, déclara Coop en faisant glisser son assiette sur le côté après avoir fini sa part de tarte. Visiblement, j'ai retrouvé l'appétit. Tu veux partager des frites ?

— Bien sûr, répondit la jeune femme avec un sourire.

Une fois leur repas terminé, ils laissèrent un généreux pourboire à la serveuse discrète et aimable, puis retournèrent au commissariat où les attendait la table de conférence encore jonchée des dossiers de l'affaire.

Kate et Jimmy demeurant introuvables, ils se mirent alors à réorganiser tous les documents et à nettoyer l'espace de travail. Lorsqu'ils eurent terminé, Kate entra dans la pièce, surprise de les voir encore là.

— Je pensais que vous étiez rentrés, s'étonna-t-elle.

— Non, on tenait à assister à l'arrestation finale. Alors, Featherstone ?

Un large sourire éclaira la mine fatiguée de la jeune agente.

— Jimmy l'a coffré. Ricky s'est montré relativement

efficace. Il l'a gardé en ligne suffisamment longtemps pour qu'on puisse le localiser. Comme on disposait d'unités réparties dans toute la zone métropolitaine, on a réussi à le trouver avant qu'il ne prenne la fuite.

Alors que Kate prenait place pour leur narrer le reste de l'intervention, un agent entra en trombe dans la pièce.

— Détective Woodman, on a besoin de vous.

— J'arrive, répondit-elle à l'intention du policier avant de reporter son attention sur Coop et Annabelle. Vous devriez y aller. On va passer des heures en salle d'interrogatoire à s'entretenir avec les avocats. Rien de palpitant pour vous. On en saura plus sur lui demain dans la matinée. Je vous appellerai. Promis.

— Et avec un peu de chance, sur sa véritable identité, renchérit Coop. À bien y penser, je suis épuisé.

Kate leur adressa un dernier signe de la main et disparut avec l'agent.

Sur la route du retour, ils durent, autant l'un que l'autre, lutter pour ne pas sombrer à l'appel du sommeil. Annabelle émettait un nombre incalculable de bâillements toutes les trente secondes, ce qui n'aidait en rien Coop à maintenir ses yeux ouverts. Dans l'espoir de rester concentré sur sa conduite, il baissa sa vitre pour laisser passer une brise fraîche et aperçut avec soulagement quelques kilomètres plus tard les contours de la maison de Camille se dessiner au loin.

— Comme d'habitude, tu peux dormir ici. Ta chambre est toujours prête, proposa Coop en récupérant les dossiers sur la banquette arrière. On pourrait contacter Trevor demain pour lui demander d'enlever les micros avant de retourner au bureau.

Elle acquiesça et bâilla une nouvelle fois.

— Merci, Coop. Je suis trop fatiguée pour réfléchir

correctement en toute franchise, et encore moins pour conduire.

Les deux amis pénétrèrent sur la pointe des pieds dans la grande demeure silencieuse en prenant soin de ne réveiller ni Camille ni Gus, profondément endormis. Quand il ouvrit la porte de sa chambre, Coop ne put s'empêcher d'envier son chien, déjà parti aux pays des songes depuis bien longtemps. Sans perdre plus de temps, il se débarrassa de ses vêtements et fila retrouver le confort réconfortant de son lit.

———

Le corps et l'esprit lessivés, ce ne fut qu'en milieu de matinée que Coop émergea. Après une longue douche brûlante, il rejoignit Camille et Annabelle dans la cuisine autour d'un café bien serré.

— Des nouvelles de Kate ?

— Elle et Jimmy sont rentrés chez eux dormir quelques heures, l'informa Annabelle. Ils m'ont dit qu'elle t'appellerait avant midi.

Une main sur la poitrine, Camille serra de l'autre un mouchoir en tissu.

— Je n'arrive pas à croire que le juge Hunt ait mis fin à ses jours. Et sous tes yeux.

— Oui, c'était affreux. Je n'en reviens toujours pas, murmura Coop en prenant l'assiette d'œufs brouillés préparés par Mme Henderson.

— Annabelle m'a dit que la nouvelle n'avait pas encore été divulguée. Je n'en parlerai pas au salon aujourd'hui.

Elle consulta sa montre.

— D'ailleurs, je ferais mieux d'y aller. J'ai quelques courses à faire après mon rendez-vous chez le coiffeur.

N'oublie pas notre petite fête ce soir, Coop. Ne sois pas en retard.

— Tu as ma parole, ne t'inquiètes pas, la rassura son neveu avant de se taper le front. Mince, il fallait que j'appelle Trevor.

— Déjà fait, enchaîna Annabelle. Il nous retrouvera là-bas à midi. Ça ne lui prendra que quelques minutes. Un technicien nous rejoindra ensuite pour les emmener comme preuves contre Featherstone.

— Tu as bien dormi ? s'enquit-il.

— Comme une souche. Cette affaire m'a exténuée. Je suis contente qu'elle soit enfin derrière nous.

— Je dois appeler Hildie et les Baxter.

Son smartphone se mit à sonner alors qu'il avalait sa dernière bouchée.

— C'est Kate, déclara-t-il avant d'enclencher le haut-parleur.

— Salut, Coop. Je voulais juste te faire savoir qu'on a enfin l'identité de Featherstone, résonna la voix claironnante de la jeune femme. Marcus Burns, un tueur à gages professionnel. Il accepte de nous échanger des informations sur d'autres affaires contre un marché. Le procureur travaille encore sur les détails.

— À mes yeux, il restera toujours Featherstone. On a tout ce qu'il faut pour l'inculper du meurtre de Callie ?

— Oui. D'après le procureur, c'est du solide. Pareil pour celui d'Avery. On va devoir attendre que l'accord soit finalisé. Je ne sais pas exactement ce qu'il possède comme révélations, mais son avocat joue le jeu des hypothèses pour le moment. Featherstone dit que Hunt l'aurait contacté par l'intermédiaire d'un membre de l'équipe du gouverneur. Il ne donnera pas de noms tant qu'il n'y a pas d'accord, mais d'après ses aveux, ce serait quelqu'un du cercle proche du gouverneur.

— Je vais appeler les parents de Callie et leur faire savoir, puis Hildie.

— Je compatis. Quand j'ai appelé sa femme, elle était dévastée, souffla Kate. Tout comme le gouverneur. Je ne lui ai pas encore mentionné les aveux de Featherstone.

— La presse est au courant ?

— Pas encore, mais elle le sera aujourd'hui. Il semblerait que le gouverneur veut modifier l'histoire pour donner l'impression que Reese Hunt souffrait d'une maladie incurable et qu'il a préféré se suicider. Il ne tient pas à être associé à un quelconque délit commis par le magistrat.

— Les politiciens et leur image ! siffla Coop. Ils ne pensent toujours qu'à eux.

— J'ai de la peine pour sa famille. Ils n'avaient aucune idée de cet accord avec Avery ni même de l'accident. Il avait gardé le secret pendant toutes ces années...

— En parlant de secret, Mme Redmond mérite de savoir elle aussi.

Il vit Annabelle approuver de la tête de l'autre côté de la table.

— Annab' et moi allons lui rendre visite cet après-midi.

— C'est une bonne idée. Ben sera là le lendemain de Noël. Jen et les enfants rentreront plus tard de Seattle.

— Le pauvre. Le connaissant, il a dû détester rater tout ça.

— Oui. Il voulait rentrer à la maison il y a quelques jours, mais je crois que Jen ne lui a pas laissé le choix.

— Passe un joyeux Noël, Kate. Je serai en congé la semaine prochaine, alors appelle-moi sur mon portable si tu as besoin de quoi que ce soit.

Quand il eut raccroché, Annabelle suggéra qu'ils passent voir Mme Redmond avant de retrouver Trevor au bureau. Ils grimpèrent chacun dans leur voiture et partirent en direction de la petite bourgade.

— Mon mari ne se sent toujours pas bien, s'excusa la vieille dame alors qu'elle les conduisait dans le salon. Mettons-nous ici pour ne pas le déranger.

Elle leur servit du thé et des biscuits faits maison, puis prit place en face d'eux.

— Excusez-nous de passer encore à l'improviste, mais on a des nouvelles pour vous, commença Coop.

Ouvrant de grands yeux, la vieille femme porta une main à ses lèvres.

— Vous… Vous savez ce qui est arrivé à Patricia ?

Le détective hocha lentement la tête, puis lui narra l'implication de deux garçons de l'Académie Camden à l'origine de l'accident mortel de Patricia. Il s'abstint volontairement de s'étendre sur le stratagème employé par Hunt avec Avery et sur la manière dont ce dernier était mort, mais lui révéla l'identité du conducteur.

— Il est ensuite devenu avocat, puis juge. C'est lui qui a mis en place la bourse d'études d'Amy et qui s'est assuré qu'elle aille à l'université.

Mme Redmond le fixa de ses yeux larmoyants tandis qu'il poursuivait en lui expliquant le décès de Reese Hunt une fois confronté à la mort de Patricia et à ses crimes ultérieurs passés.

— Vous étiez avec lui quand il s'est suicidé ? interrogea-t-elle d'une voix tremblante.

— Oui, madame. Je peux vous assurer que sa peine était sincère. Bien entendu, je sais que ça n'atténue pas votre douleur ou votre perte. Il a souhaité se repentir en subvenant aux besoins d'Amy. C'était la meilleure façon qu'il avait en sa possession pour se racheter.

— On était censés aller chez Amy pour Noël, murmura la

vieille dame, mais avec mon époux malade, on ne pourra pas y aller.

— Si vous préférez que je l'annonce moi-même à Amy, je le ferai avec plaisir, suggéra Coop.

— Non, je vous remercie. Elle a besoin de l'entendre de sa famille. Elle sait que sa mère est décédée quand elle était petite, mais elle n'a appris la cause qu'une fois plus âgée. À présent, elle pourra tout savoir.

— Ça va aller, Mme Redmond ? s'enquit Annabelle en posant sa main sur celle de la vieille dame.

Des larmes silencieuses glissèrent sur ses joues qu'elle tamponna avec un mouchoir.

— Toutes ces vies ruinées. La famille de ce juge souffrira pour toujours à cause de ce drame.

— Voulez-vous qu'on appelle Amy ou quelqu'un d'autre pour rester avec vous ?

— Non, Amy sera bientôt là. Comme on ne peut pas voyager cette année, elle vient à nous, répondit-elle, émue, avec un faible sourire.

— Encore une fois, nous sommes désolés, Mme Redmond. Si on peut faire quoi que ce soit pour vous aider. N'hésitez pas à donner notre numéro à Amy si elle souhaite en parler. J'espère que votre époux sera bientôt sur pied.

— Merci d'être venus. Ça faisait des années que j'attendais de savoir ce qui était arrivé à ma petite fille.

Alors qu'ils sortaient sur le perron, Coop vit Annabelle chasser quelques larmes sous ses yeux.

— C'était difficile. Ça m'a brisé le cœur de la voir dans cet état.

Attristé de voir son amie peinée, il lui serra l'épaule et attendit de voir sa voiture démarrer avant de la suivre.

———

Stationné derrière son bureau à côté de la camionnette de Trevor, Coop se dépêcha de le rejoindre près de la porte d'entrée.

— Désolé, j'ai un peu de retard.

— Aucun problème. C'est très rapide.

Le technicien arriva quelques minutes plus tard pour récupérer les preuves au moment où Trevor finissait de désactiver les différents appareils.

Après leur départ, Coop s'installa dans son bureau et prit une profonde inspiration avant de contacter la belle-sœur d'Hildie.

Soulagé, il apprit qu'elle était sortie de l'hôpital et qu'elle se reposait désormais chez Sandie. Cette dernière étant infirmière, elle s'était portée volontaire pour s'occuper d'elle.

Coop lui expliqua ensuite avoir une mauvaise nouvelle à annoncer à la jeune femme et qu'il voulait s'assurer qu'elle soit suffisamment en état pour l'entendre. Il ne tenait pas à ce qu'elle l'apprenne par les médias ou par quelqu'un d'autre, décision que Sandie approuva.

Elle le fit patienter, puis la voix douce et claire d'Hildie retentit alors dans le combiné.

— Coop, c'est gentil de m'appeler.

— Je suis heureux d'apprendre que vous vous sentez mieux. J'en sais plus concernant votre empoisonnement et le reste de l'affaire.

Il commença son récit par le délit de fuite survenu il y a plus de trente ans. Malgré sa surprise et son état de choc, elle lui demanda de poursuivre en dépit des multiples tentatives de Coop de ne pas continuer.

Après lui avoir expliqué de quelle façon le poison était destiné à Reese Hunt, il marqua une pause pour laisser à la jeune femme le temps de digérer chaque nouvelle.

— Il tenait à ce que vous sachiez à quel point il se sentait mal à l'idée que vous ayez subi tout ça.

— C'est abominable. Je n'aurais jamais pensé que M. Hunt puisse être impliqué dans une telle affaire… de corruption. Que va-t-il lui arriver ?

Les lèvres pincées, Coop sentit sa main devenir moite contre son téléphone.

— Hildie, je suis désolé de vous l'apprendre ainsi. Hunt s'est suicidé. Je ne voulais pas que vous l'appreniez autrement.

Sidérée, elle réprima un cri de surprise.

— Oh ! Non, ce n'est pas possible, non, non…

Le cœur de Coop se comprima en entendant la jeune femme pleurer à chaudes larmes.

— Hildie, ça va aller ? demanda-t-il après quelques secondes.

— Oui, sanglota-t-elle. Je suis vraiment dévastée. C'était quelqu'un de bien, Coop. Je sais que toute cette histoire ne lui rend pas justice, mais je peux vous assurer que c'était un homme droit et respectueux autant au travail que dans la vie au quotidien. Je n'aurais jamais pensé qu'il puisse faire une telle chose.

— Que comptez-vous faire maintenant ?

Hildie renifla, puis expira longuement.

— Je ne sais pas vraiment. Ma sœur et mon frère voulaient que je déménage vers Denver. Pour que je sois plus proche d'eux. Je leur avais dit que je ne voulais pas laisser Hunt en plan, mais à présent…

— Il faut que vous vous reposiez avant de prendre une telle décision.

— Je vous appellerai une fois mes idées au clair.

Un long silence s'ensuivit à l'issue duquel la jeune femme ajouta :

— Merci d'avoir appelé, Coop. Je sais que ça n'a pas dû être facile pour vous non plus.

— Prenez soin de vous. On se verra à votre retour. Passez un joyeux Noël en famille. Je suis content de vous savoir sortie de l'hôpital. Et n'oubliez pas que vous m'avez promis qu'on se reverrait autour d'un verre un soir, précisa Coop avec connivence tout en priant pour qu'elle s'en souvienne.

Par chance, il l'entendit rire légèrement, et ils bavardèrent quelques minutes de plus avant de raccrocher. Pour continuer dans sa lancée, il appela Annabelle via l'interphone, puis ils s'empressèrent de contacter à présent la famille Baxter.

Après un échange de politesses, le couple les mit sur haut-parleur et écouta Coop leur raconter de quelle façon Callie avait découvert par hasard le lien entre Reese Hunt et Avery Logan, ce qui l'avait conduite à sa mort.

Tout aussi choqués qu'Hildie d'apprendre qu'un juge était impliqué dans une telle affaire, Arden et Carter ne manquèrent pas de remercier à plusieurs reprises Coop et Annabelle pour leur travail acharné. Mme Baxter demanda à ce qu'on leur fasse parvenir la facture finale par email et leur promit d'inclure dans le courrier un chèque conséquent. Elle s'excusa pour s'occuper des préparatifs de Noël, mais son époux resta en ligne.

— M. Harrington, je tiens à vous remercier d'avoir aidé John à ouvrir les yeux. Il va divorcer de Winnie. Ça n'a pas été une décision facile, j'en conviens, mais je pense que sa vie va changer pour le mieux une fois que tout ça sera derrière lui.

— Quant à vous, ma chère Annabelle. Merci d'avoir été une amie en or pour Callie. Je suis heureux qu'elle vous ait eue dans sa vie…

La voix du vieil homme fut prise d'un trémolo, il se racla la gorge, puis poursuivit :

— Je me rappellerai toujours votre gentillesse à l'égard de ma petite fille.

Ils se dirent au revoir, puis Coop mit fin à l'appel.

— Oh, cette journée n'avait franchement rien de réjouissant.

Annabelle sécha ses quelques larmes.

— Pas le meilleur des réveillons.

— Tu as réservé ton vol ?

— Oui. Je pars demain après-midi, répondit Annabelle en souriant.

— Le jour de Noël ?

— Oui. Tante Camille m'a conviée à votre réveillon ce soir. Je n'ai pas eu de mal à trouver un vol. Étonnamment, personne ne veut prendre l'avion le jour de Noël, plaisanta son amie.

— Logique. Tu m'en vois ravi de te savoir parmi nous ce soir, en tout cas. Je ne dirai pas non à une amie de moins de soixante-dix ans.

— Ce dîner va être sympa. Ta tante est géniale, répliqua-t-elle en se débarrassant de son mouchoir. J'ai accroché une pancarte pour dire qu'on est fermés jusqu'à janvier et j'ai enregistré un message sur le répondeur. Je dois faire quelques courses avant ce soir.

— Bien sûr. Je n'ai pas eu le temps de faire mes achats de Noël, admit Coop en jetant un œil à sa montre. Je serai à la maison d'ici une ou deux heures.

Il se leva, son fidèle golden retriever sur ses talons, éteignit les lumières et s'assura que les portes étaient toutes verrouillées avant de partir en quête de cadeaux de Noël.

Les discussions et les rires animaient le salon alors que six des amies de Camille se joignirent à Coop et Annabelle. En fond, des chansons de Noël accompagnaient le somptueux buffet concocté par Mme Henderson et le généreux panier de fruits et autres friandises livrés par Lola Belle et Daisy.

Toutes sur leur trente et un, les femmes alternaient entre le salon et la salle à manger, à se délecter du festin tout en admirant les décorations de Camille. Seul homme de la soirée, Coop faisait office de barman et approvisionnait ces dames en Whisky Sour, Old Fashioned et Mint Julep. Après tout, ils étaient tous fiers des spécialités du Tennessee et savaient comment les apprécier.

Après s'être échangé leurs cadeaux, les convives terminèrent la soirée avec du champagne et une sélection décadente de desserts tous plus alléchants les uns que les autres, dont les célèbres gâteaux au bourbon et au lait de poule de leur hôtesse.

Lorsque la limousine louée par tante Camille pour reconduire ses invitées jusque chez elles arriva, Coop aida chacune à enfiler son manteau de fourrure et porta leurs sacs. Telles des poules à l'heure du repas, les vieilles dames jacassèrent à l'arrière du véhicule ce qui fit rire Coop et tante Camille qui leur adressèrent un dernier signe de la main.

La vieille dame prit le bras de son neveu, puis ils retrouvèrent ensemble la chaleur de la maison.

— Laisse tomber, fit Camille alors qu'Annabelle s'affairait à débarrasser et à ranger la cuisine. J'ai une surprise pour vous.

De retour dans le salon, elle leur présenta à chacun une boîte élégante enrubannée de papier-cadeau. Annabelle découvrit dans la sienne une jolie robe d'été et une paire de sandales, l'ensemble parfait pour des vacances au soleil.

— Oh, génial. J'ai hâte de la porter.

Elle prit Camille dans ses bras.

— Vas-y, Coop, ouvre le tien, insista sa tante, une étincelle illuminant ses yeux fauves.

Les sourcils levés, le détective déchira son paquet et déplia avec surprise une chemise aux motifs tropicaux, un short et un maillot de bain, puis aperçut ensuite une grande enveloppe vierge.

Perplexe, Coop l'ouvrit et fit glisser une pochette cartonnée d'où sortirent deux billets d'avion ainsi qu'une réservation dans une station balnéaire des Bahamas. Alors qu'il comprenait peu à peu, sa tante s'écria :

— On va se joindre à Annabelle et à sa famille aux Bahamas !

Abasourdi, Coop leva un sourcil interrogateur vers Annabelle.

— Tu étais au courant ?

— C'est une information que je ne peux hélas pas divulguer, déclara la jeune femme en peinant à contenir son fou rire. Après que tu as dit à ta mère que vous veniez avec moi, ta tante s'est dit que c'était une excellente idée.

— On sera dans la villa à côté de celle d'Annabelle et sa famille. C'est un endroit magnifique au bord de la plage, se réjouit Camille. On prend l'avion avec Annabelle demain. M. et Mme Henderson resteront dans une des chambres d'amis pour s'occuper de Gus et de la maison.

Touché par cette attention, Coop partit embrasser sa tante avant de la soulever dans les airs.

— Merci, tante Camille.

— Oh, je me suis dit qu'une petite pause serait bien méritée après toute cette histoire. Un changement dans nos traditions nous fera du bien à tous les deux.

Également gâtée d'une garde-robe adaptée pour ses vacances, Camille partit se changer, elle aussi, alors qu'ils essayaient leurs nouveaux ensembles, et apparut dans une robe raffinée décorée de fleurs exotiques. Tous les trois rassemblés près du sapin brillant de mille feux, Coop aperçut leur reflet euphorique en tenues estivales dans l'une des décorations du grand arbre et réalisa enfin que les vacances débutaient. Il pouvait presque déjà sentir le sable chaud glisser entre ses orteils.

Aux anges, Coop déposa un baiser sur la joue de sa tante et serra l'épaule d'Annabelle.

— Ce sera assurément le plus beau des Noëls, entouré de mes deux femmes préférées.

ÉPILOGUE

Lien fatal est le second livre de la série de romans policiers Cooper Harrington. Vous découvrirez dans chaque livre une nouvelle affaire avec les personnages que vous avez appris à connaître. Il n'est pas nécessaire de lire les livres dans l'ordre, mais il sera plus appréciable puisque vous en apprendrez davantage sur l'histoire du détective au fil de la série. Découvrez ci-dessous d'autres polars qui vous tiendront tout autant en haleine. Si vous êtes un nouveau lecteur de cette série, ne manquez pas les autres romans mettant en scène Coop.

Si vous avez omis d'en lire certains, voici les liens vers l'ensemble de la série :

Killer Music (version anglaise de *Mélodie mortelle*)
Deadly Connection (version anglaise de *Lien fatal*)
Dead Wrong (version anglaise)
Cold Killer (version anglaise)

REMERCIEMENTS

J'adore les personnages de Coop et Annabelle. J'ai pris un grand plaisir à écrire *Lien fatal*. Comme pour le premier livre de la série Détective Cooper Harrington, construire cette intrigue s'est révélé tout aussi complexe que stimulant. Je me plais à tisser chaque enquête avec mon détective préféré et m'efforce d'offrir une lecture divertissante et pleine de rebondissements et de surprises.

Ce que je préfère dans l'écriture d'une fiction, c'est la création des personnages. Dans ce livre, le lecteur en apprend un peu plus sur le passé de Coop, dont un aperçu de sa mère. Je me suis également amusée à imaginer d'autres personnages anecdotiques, surtout la sulfureuse Audrey. Comme pour *Mélodie mortelle*, ce livre s'éloigne de ma série Hometown Harbor, qui s'inscrit dans le genre de la fiction féminine, mais je prévois de plonger Coop dans une autre affaire prochainement et un nouveau livre sortira fin 2021.

Comme toujours, je remercie du fond du cœur mes premiers lecteurs, particulièrement assidus lorsqu'il s'agit de lire mes manuscrits. Theresa, Vicki, Dana et Jana ont eu la gentillesse de lire mes ébauches et de me donner des idées et de précieux commentaires. Je me suis aussi appuyée sur l'expertise de mon père concernant tout ce qui est lié au crime, travaillant lui-même dans le domaine de l'application de la loi depuis plus de trente ans.

J'adore les nouvelles couvertures que j'utilise d'Elizabeth Mackey Graphic Design. Elle est extrêmement talentueuse et ne déçoit jamais.

Je suis également reconnaissante du soutien et des encouragements de mes amis et de ma famille, qui me permettent de poursuivre mon rêve d'écriture. J'apprécie le temps que consacrent tous les lecteurs pour me laisser leur avis sur Amazon ou Goodreads. Ces retours sont particulièrement importants pour la promotion de mes futurs livres, alors si vous appréciez mes romans, n'hésitez pas à me laisser un avis positif. Je vous encourage également à me suivre sur les principaux sites de vente de livres pour être les premiers à être informés des nouvelles sorties.

N'oubliez pas de visiter mon site Internet www.tammylgrace.com ou de me suivre sur Facebook www.facebook.com/tammylgrace.books pour rester en contact. Je serais ravie que vous me fassiez part de vos commentaires.

NOTE DE L'AUTEUR

Merci d'avoir lu le second livre de la série Détective Cooper Harrington. Ces livres policiers sont écrits pour être lus indépendamment les uns des autres, mais je vous recommande vivement de les lire dans l'ordre. Vous en apprendrez ainsi davantage sur les personnages récurrents. Si ce roman vous a plu et que vous êtes un(e) amateur(trice) de romans féminins, découvrez les séries HOMETOWN HARBOR et GLASS BEACH COTTAGE.

Les deux livres que j'ai écrits sous la plume de Casey Wilson, A DOG'S HOPE et A DOG'S CHANCE, ont tous deux reçu un soutien enthousiaste de la part de mes lecteurs. Si vous appréciez nos amis les chiens, ces romans sont incontournables.

Si vous aimez les histoires féériques, découvrez CHRISTMAS IN SILVER FALLS et HOMETOWN CHRISTMAS. Ce sont des contes de Noël où se mêlent espoir, amitié et famille. Je suis également l'une des auteures de la série best-seller SOUL SISTERS AT CEDAR MOUNTAIN LODGE, relatant l'histoire d'une femme qui ouvre son cœur et son foyer à quatre jeunes filles orphelines un jour de Noël.

Enfin, je suis également l'une des fondatrices de My Book Friends et vous invite à rejoindre ce groupe Facebook réunissant lecteurs et auteurs. En guise de remerciement pour avoir rejoint mon groupe exclusif de lecteurs, je serais ravie de vous envoyer mon interview exclusive des compagnons canins de ma série Hometown Harbor. Vous pouvez vous inscrire en suivant ce lien : https://wp.me/P9umIy-e.

J'espère vous lire sur les réseaux sociaux. Vous pouvez me trouver sur Facebook, où j'ai une page et un groupe spécial pour mes lecteurs, et suivre mes parutions et mes offres sur les sites de vente de livres en ligne et BookBub. N'oubliez pas de télécharger la novella gratuite, HOMETOWN HARBOR : THE BEGINNING. Il s'agit d'un prologue à FINDING HOME qui vous plaira à coup sûr.

Si vous avez apprécié ce livre ou l'un de mes autres ouvrages, je vous serais reconnaissante de prendre quelques minutes pour laisser un petit commentaire sur Amazon, BookBub, Goodreads ou tout autre site que vous utilisez.

A Dog's Hope

A Dog's Chance

Tammy aime communiquer avec ses lecteurs sur les réseaux sociaux et espère vous retrouver sur votre plateforme préférée.

N'oubliez pas de vous inscrire sur sa liste de diffusion pour recevoir une interview exclusive avec les chiens de ses livres, réservée exclusivement aux lecteurs inscrits sur sa liste de diffusion. Suivez ce lien pour vous inscrire : https://wp.me/P9umIy-e.

À PROPOS DE L'AUTEURE

Tammy L. Grace est une auteure à succès de *USA Today*, lauréate de nombreux prix. Parmi ses livres figurent les romans policiers Cooper Harrington, la série à succès Hometown Harbor et la série Glass Beach Cottage, ainsi que plusieurs novellas de Noël. Tammy écrit également sous le nom de plume Casey Wilson pour Bookouture et Grand Central Publishing. Vous trouverez Tammy en ligne sur www.tammylgrace.com où vous pouvez rejoindre sa liste de diffusion et faire partie de son groupe exclusif de lecteurs. N'hésitez pas à contacter Tammy sur Facebook : www.facebook.com/tammylgrace.books ou sur Instagram : @authortammylgrace.

www.ingramcontent.com/pod-product-compliance
Lightning Source LLC
Chambersburg PA
CBHW031325210726
48287CB00005B/1692